魔王様、リトライ！

5

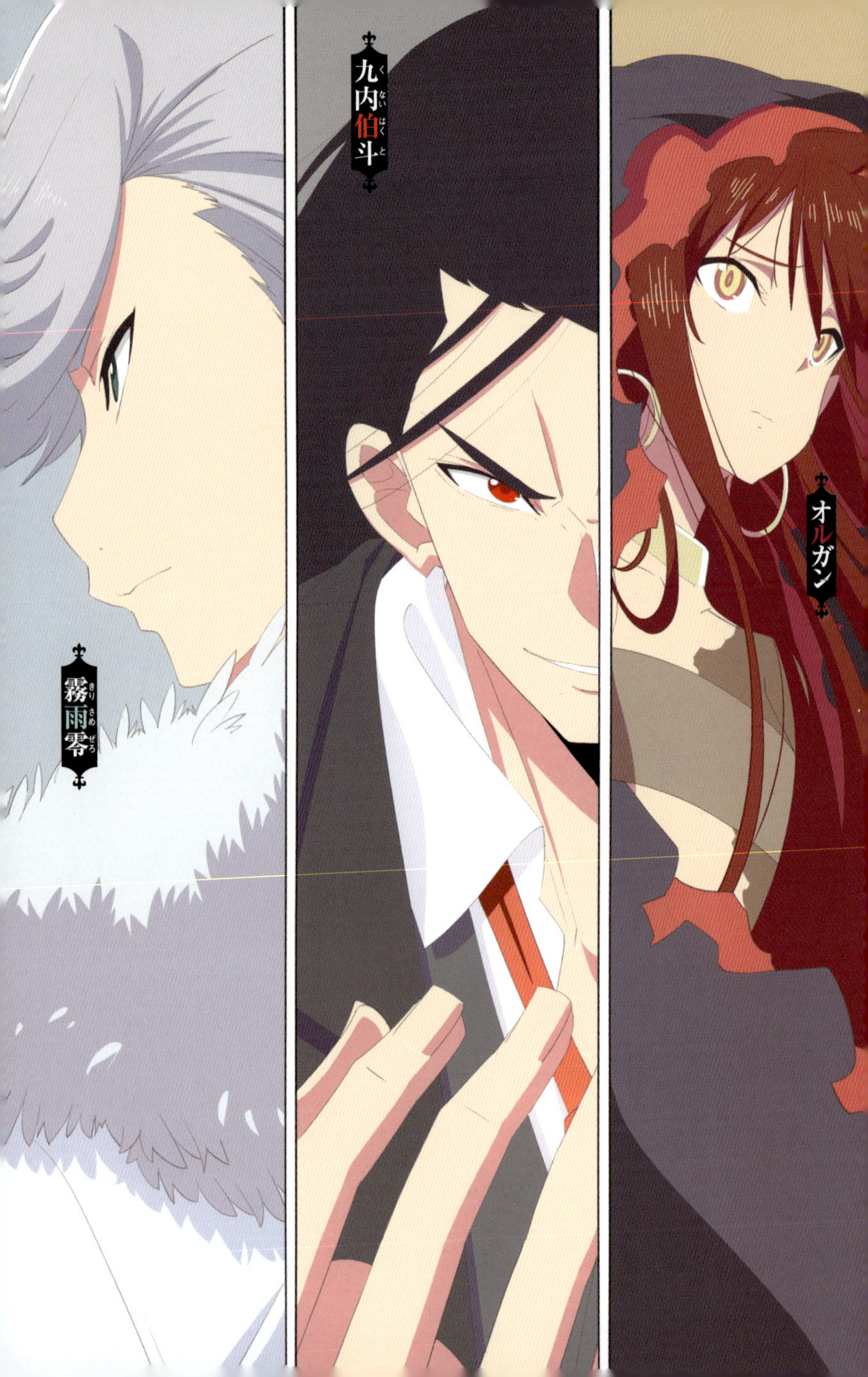
九《く》内《ない》伯《はく》斗《と》
オルガン
霧《きり》雨《さめ》零《ぜろ》

串刺し公
ベルフェゴール
オルイット

ミンク
藤崎《ふじさき》茜《あかね》

Maousama Retry!

魔王様、リトライ！ 5

神埼黒音
Kurone Kanzaki

[ill] 飯野まこと
Makoto Iino

魔王様、リトライ！ 5

七章 全面対決

盟主とラビの村　前編 …… 6
盟主とラビの村　後編 …… 28
エレガントな仕事 …… 42
裏取引 …… 50
品評会 …… 63
東部戦線　異常あり …… 79
乱入者 …… 94

ライブショー …… 109

空模様 …… 141

長く短い祭 …… 162

招待状 …… 232

父と娘 …… 265

「大野晶」というラスボス …… 303

あとがき …… 364

七章　全面対決

盟主とラビの村　前編

優しい木漏れ日の中、アーツが目を覚ます。

視界に映るのは、真っ白なシーツに、染み一つない天井。

(助かったのか…………)

脳裏によみがえる様々な記憶、映像、その欠片たち。皇国とサタニストの衝突からはじまり、強大な悪魔や擬似天使まで現れ、まるで地獄のような戦場であった。

(足は……どうなった…………)

恐る恐る足を動かすも、しっかりとした感覚がある。数多の戦場を駆け抜け、数え切れぬほどの敵を葬ってきた誇るべき足は、あの時、確かに千切れ飛んでしまったはずであった。

であるのに、どういうことであろうか?

その足からは、痛みすら感じない。むしろ、近年は寄る年波に勝てず、両足に鈍痛が走ることも多かったのだが、それすらも消えている。

(これも、あの男の力に依るものなのか…………)

頭に浮かぶ映像を振り返り、アーツの背中にぶるりと震えが走る。

並いる皇国兵を、天からの裁きであるが如く稲妻で消し去り、威容を誇った擬似天使を一撃で木っ端微塵に打ち砕いたあの姿。

（あの男が、〝魔王〟と名乗るなど、当たり前のことではないか…………）

アーツの顔に苦い笑みが浮かぶ。

名乗っていたのではなく、本人そのものであったのだから。

（誰もがそんな噂を信じていなかった。私も、話半分に聞き流していた）

むしろ、ルナやマダムといった権力者に近付き、権勢を得ようとする胡散臭い男であると。

いつの時代も、どんな国にも、そんな小物は吐いて捨てるほどにいる。そういった山師は、往々にして悲劇的な結末を迎え、表舞台から消えるか、惨《むご》たらしく死ぬ。

だが、今回のケースはそれに当て嵌《は》まらない。

（本物の魔王。伝承に謳われし、堕天使ルシファーの復活…………）

アーツの胸に、暗澹《あんたん》としたものが込み上げてくる。

それが、何を意味しているのか。

また、その復活がこの国に何をもたらすのか。

アーツのみならず、誰にも想像すらつかないものであろう。むしろ、そんな神話めいた御伽噺より、彼の頭に圧し掛かってくるものがある。

（もはや、この流れを止めることは不可能に近い…………）

強大な悪魔を打ち滅ぼした、聖女ルナの覚醒。

そこにマダムの政治力と豊富な資金、太い人脈まで加わってしまえば、聖光国の東部と南部は現実問題として塗り替えられてしまうであろう。

欠けていた固有の武力も、個を以って事足りる。

かの擬似天使を鉄屑であると嗤《わら》う、あの超常の力を見てしまった今では、自らが手塩にかけて育ててきた武断派の強兵たちであっても、一瞬で消し飛ばされてしまうであろう。

(私は、どうするべきなのか…………)

己の決断で、一族郎党のみならず、武断派に属する者たちの運命が決まる。

アーツは上半身を起こすと、目を閉じて黙考に耽る。簡単に答えが出る問題ではなかったが、その答えを持つ男が軽快なノック音を響かせた。

「よぉー、爺さん。体の調子はどうだい?」

「田原殿、であったか…………お陰で、随分と具合が良い」

「そりゃ、良かった。あんたの手は、軍の采配を握る大切なもんだしナ」

言われてみて、アーツは捻じ曲がった両手が綺麗に治癒されていることに気付く。長年、戦場を駆けてきた相棒とも言える足に、意識を取られすぎていたのだ。

(足だけでなく、手もか…………)

今更ながら、アーツの胸に恐怖が込み上げてくる。

いったい、どんな力がこの驚異的な治癒力をもたらしたのか、と。そんなアーツの思考を読んだのか、田原は何でもないことのように言う。

「ウチにゃ、良い医者がいてナ。中身はともかく、腕だけは確かだ」

「医者…………」

「サンボの爺さんも、ここで治療したクチさ」

「そうで、あったな………」

あの時は、政敵であるマダムに借りを作ってしまった、と臍《ほぞ》を噛んだものである。だが、本当に借りを作ってしまった相手はもっと性質の悪い、目の前の連中であった。

「卿に、幾つか聞きたいことがある」

「んー？　俺に答えられる範囲ならナ」

言いながら、田原は咥えた煙草に火を点ける。

病人の前であるのに、その姿は些かの遠慮もない。

「卿らが企てる〝クーデター〟は、どこまで話が進んでいるのか――――？」

「………おんや。開口一番、物騒な話じゃねぇか」

アーツの口から、剣を突きつけるような問いが飛び出すも、聞いている田原の表情はヘラヘラとしたままであり、うまそうに煙を吹き出す。

白煙の向こうに霞む、田原の表情や動作をじっとアーツは見ていたが、そこには些かの動揺も見られない。卓越した軍略家でもあるアーツは、それを見て一つのことを悟る。

（この連中にとって、クーデターはもはや非常のことではないのだ………）

むしろ、日常。

朝の挨拶と同じく、して当然という意識で動いている、とアーツは見抜く。こんな状態の男にどんなカマをかけようと、取引を持ちかけようと、全く無意味であった。

正確に言えば、田原の中にクーデターなどという大仰なお題目は存在しない。

かの〝大帝国の魔王〟が、こんな僻地の経営をするだけで満足をするはずもなく、その飽くなき野心は、いずれ全世界の支配へと向けられるのは必然である、というだけである。

一度、権力を掌握したのであれば、それを決して手放さず、維持し、それらを地盤としながら権限を増やし、それらを更に拡大させていくのは九内伯斗の常套手段でもあった。

文字通り、田原にとってそれらは日常そのものでしかない。

「まっ、大袈裟に考えんなって、爺さん」

ヘラヘラとした表情で、軽く田原が言う。

しかし、次に飛び出した言葉はどぎついものであった。

「――――水が、高きから低きに流れるのは当たり前のこったろ」

気付けば、ヘラヘラ顔が真顔に変貌していた。自分たちが権力を掌握するなど、日常どころか自然現象である、とでも言いたげな顔付きである。

全く悪びれない態度に、流石のアーツも絶句する思いであった。

「卿らは……この国をいったい、どうするつもりなのか………」

「さぁて、長官殿には長官殿の思惑があるだろうからナ」

歯噛みする思いで問いかけるも、田原の返答はいつも通りのもの。

別にはぐらかしたわけではなく、田原も全てを把握しているわけではないのだから。実際のところ、あの魔王に高度な戦略や思惑などは存在しない。

そう、そんなものはないのだ。

幾ら田原であっても、存在すらしないものを察知できるはずもない。

この天才をして、「判らない」ということが、田原の勘違いを加速させている原因の一つでもあると言える。魔王からすれば「お前、マジで勘弁してくれよ！」と叫びたい状況であろう。

「…………ならば、問いを変えよう。卿はどう考えているのか？」

「んぁ、俺かぁ？　んなもん、俺の大天使が平和に暮らせるようにってだけさ」

アーツが深刻な表情で問うも、これに対する回答は意味不明なものであった。真顔で大天使などと言われても、アーツとしては困惑するしかない。

「大……天使……？　それは、何かの比喩か？　それとも、暗号の類であるのか？」

「…………俺の、妹さ」

どこか遠い目付きで、柔らかい笑みを浮かべながら田原が言う。再会した時のことでも頭に浮かんだのか、その表情は段々と愉快なものになっていく。

――ＰＯＫＥＲ　ＦＡＣＥという異名まで与えられた田原であるが、妹のことになると表情も崩れるらしい。

「だ、大天使……様が、妹…………？　卿は、私を煙に巻こうとでもしているのか？　真面目に答えて欲しい」

「真面目も真面目、大真面目だっつーの。これ以外に俺の答えなんざねぇよ」

心外だ、と言わんばかりに田原が言う。

実際、田原の中では妹である真奈美が平和に暮らせることが何よりも大事であり、それ以外に目的らしい目的などはない。

妹が平和に、のびのびと暮らしやすい環境を整える。

そのためには聖光国の完全な掌握が必須であり、様々な土木工事も、全ては妹の快適な生活へと繋がる大切なものでもあった。妹の安全を考えるのであれば、最終的に全ての国家を傘下に収め、反乱の芽すら浮かばせない完璧な統治を田原が目指すのは、ごく自然なことでもある。

「判らない……私には、卿が何を言っているのか理解しかねる……」

アーツはくたびれたように、首を左右に振る。こちらを撹乱させるつもりであるのか、論点をズラして誤魔化そうとしているのか、その意図すら不明であった。

よもや、目の前の男が妹のために「全世界統一国家」を築こうとしている、など常識人であるアーツには判るはずもない。言ったところで、余計に困惑するだけであろう。

「それと、サンボの爺さんに使いを出しておいたからよ。迎えが来るまで、のんびりと銭湯にでも浸かって羽を伸ばしといてくれや」

手を振り、田原が病室を出て行く。

最後の最後まで、アーツには全く理解ができないものばかりであった。当然、アーツの中では銭湯とは戦闘のことであり、その中で羽を伸ばすなど訳が判らない。

（掴みどころがない男だ……しかし、あの男が魔王の、ルシファーの腹心であることは疑いようもない。サンボとも随分と親しげであったが……）

　アーツは疲れ果てたように窓から見える景色へと目をやり、深々と息を吐く。気を紛らわせるどころか、そこには驚くべき光景が広がっていたからだ。

「ここは、本当にあのラビの村であるのか…………」

　そこはバニーたちが住む寒村であり、枯れた荒野だけが続く不毛の地。誰からも顧みられない、自分たち武断派の領地と似たような僻地であったはずである。

　それが、どうであろう。往来には人と物が溢れ、忙しなく馬車が行き交い、まるで交易都市のような有様になっているのである。

　村の外へと目をやると、荷を満載した馬車が数珠繋ぎのようにして並んでいるではないか。

「いったい、この村に何が起きているというのか…………」

　病室に静かなノックの音が響き、答えを持つ人物が姿を見せる。中央の社交界を思うがままに牛耳る女帝――――マダムその人であった。

「怪我の具合はどうかしら？」

「……っ。随分と、良くなった」

「無事で何よりよ。勇戦されたようね」

　アーツはそれには答えず、思わず顔を伏せて考える。

　これまでであれば、マダムから「勇戦」などと言われても皮肉にしか聞こえなかったものだが、今はストレートに耳へと入ってきたからだ。

　何より、以前に見た姿より、随分と痩せて見えるのである。

アーツとて、貴族だ。

女性の容姿やドレス、アクセサリーをさり気なく褒めたりする程度の社交性や能力は持ち合わせていたが、その容姿の変化はあまりにも大きすぎた。

見るものを萎縮させ、圧倒するような巨体が驚くほどに細くなっているのだから。この艶姿で社交界へと赴けば、周囲は驚嘆するに違いない。だが、アーツの頭に咄嗟に浮かんだのは、部下から聞いた「療養」という文字である。

本当に悪い病にでもかかり、食すら進まない状態なのかと思ってしまったのだ。

「…………失礼を承知で聞くが。貴女こそ、体調を崩しているのではないのか？」

アーツが何を言おうとしているのか、鋭敏なマダムはすぐさま悟る。扇を口元にあて、思わず笑みを浮かべてしまう。痩せた、と褒められたようなものであった。

それも、無骨さを絵に描いたようなアーツの口からとなれば、喜びもひとしおであろう。

「ご心配なく、私はいたって健康よぉ？　悠ちゃんにも毎日診てもらっているの」

「…………そう、であるか」

その言葉を最後に、病室に長い沈黙が降りる。

元々、犬猿の仲であった二人であり、会話が弾むような間柄ではない。アーツはマダムに対し、聞きたいことが山ほどあったが、先に口を開くのは癪だと無言のままでいた。

普段なら、このまま沈黙が続き、どちらともなく退席したであろう。もしくは、互いに感情を抑えながら皮肉の応酬でもはじまっていたに違いない。

しかし、今回はマダムの方からゆったりと口を開いた。

「ルナちゃんを守ってくれたこと、感謝するわ――――」

「別に、貴女から感謝される謂《いわ》れはない。聖女様を守るのは当然のことだ」

アーツの返答はにべもない。実際、アーツの立場からすれば聖女様を守り、戦うことは当然のことであり、第三者から褒められたり、感謝されるような事柄ではない。

「いいえ、それでも礼を言わせてもらうわ。あの子は、私の大切な友人ですもの」

その言葉に、アーツは思わず目を見開く。ルナをクーデターの神輿にするであろうことは考えていたが、友人ときたのは予想外であった。

そのルナも、古き友人を救うために、あの巨大な悪魔へと立ち向かった姿がいやがおうでも頭へと浮かぶ。アーツからすれば、やりにくいこと、この上ない。

権力の簒奪《さんだつ》――その野心に対し、非を鳴らしたい気持ちが妙に削がれてしまうのだ。

「友人、か……あの亜人を、どうするつもりなのだ?」

「イーグルちゃんのことぉ？　あの子なら今頃、村中を連れ回されているわよぉ。ルナちゃんが張り切って自慢してるみたいね」

体を揺らし、可笑しそうにマダムが笑う。

自分がはじめて〝温泉旅館〟を案内された時のことを思い出したのであろう。あの時のルナは鼻高々といった様子を体言したような姿であった。

「皇国との関係悪化は免れまい。最悪、戦争になるだろう」

言いながら、アーツは違う、そんなことを聞きたいわけではないと苦悶する。

アーツが本当に聞きたいのは、あの魔王と、目の前の女帝が、この国をどうしようと考えているのかである。しかし、マダムの口からあっさりと核心めいたものがこぼれた。

「私には戦争のことなんて判らないわ。ただ、魔王様の意に従うだけ」

「随分な言い様だ。まるで、〝主従関係〟のようにしか聞こえなかったが…………？」

「あら、堕天使様に逆らえる人間なんて、この世に存在するのかしら？」

「…………っ、それ、は」

マダムのそんな返答に、アーツの喉が詰まる。あの超常の力を目の当たりにし、あれに逆らえるなど、不可能にも限度があるという話であった。

純軍事的に見ても、あれに抗えるような存在など、アーツの頭には一人も浮かばない。

それこそ、「堕天使ルシファー」と世界を二分化して争った、「大いなる光」が復活でもしない限りは。そこまで行くと、もはや神話の類であって、現実の問題から乖離してしまう。

「あの方は、この国をどこへ運ぼうとしているのだ。また、どのような統治を目指しているのか。貴女は、恐ろしいとは思わないのか？」

「あの方の統治、ねぇ…………」

マダムが首を傾げ、その様を想像する。

そこに浮かぶのは各地に井戸が掘られ、水の心配がなくなった民衆が喝采を上げる姿であり、毎晩のように銭湯へと入り、笑みを浮かべる労働者たちの姿であった。

そして――――この村を中心にして進んでいる、途方もない規模の大工事。

これが聖光国の全土に広がっていく姿を想像すると、マダムは年甲斐もなく興奮し、胸が高鳴ってしまうのだ。まるで、自分が神話の中にいるようではないか、と。

しかも、その神話の極めて中心に近い場所に――――彼女は椅子を与えられている。そこは、あの魔王が認めた者しか座ることができない、世界で最も特別な場所と言えるだろう。

そんなことまで考え出すと、少し前まで肥満の一途を辿る自分の体に絶望していたことが嘘のようでもあり、酷く昔の話に思えてしまうのだ。

マダムの身を覆っていた呪いなど、今では断末魔の悲鳴を上げ続け、彼女の耳に心地よい響きを届けてくれる優雅な楽曲のようになってしまっているのだから。

これだけでも、「魔王の統治」とやらにマダムは諸手を上げて大歓迎したであろう。無論、その統治がもたらすであろう、貧民層への救済も。

「そうね…………とても、とても、豊穣な未来が見えるわ」

「魔王の、堕天使による支配が豊穣…………だと？」

マダムの長考が終わり、その口からアーツが予想もしていなかった言葉が飛び出す。堕天使による支配が豊穣など、頭がおかしくでもなったのかと叫びたくなる話である。

「失礼だが、貴女は歴史を知らぬらしい。遥けき古の時代、堕天使は夜を支配し、そこは魔族が跋扈《ばっこ》する地獄の世界であったという。人々は光を求め、朝が来るのを待ち続けたとある」

「アーツ、貴方はそれを直に見たのかしら？」

「何を言っている？　私は神代の」

「そんな昔の、何万年前なのかも判らない話なんて私は知らないわ。私はこの目で見て、直に接したものをこそ信じたいの」

　嫌な言葉であった。

　何せ、アーツ自身が相手の立場や身分ではなく、自らが信頼する者たちに背中を預け、過酷な戦場を共に駆けてきたのだ。

　信頼する者たちに命を預け、命を賭ける、それが彼の人生そのものであったのだから。

「それで裏切られたのなら、それは、私の見る目がなかったってことよ――」

　マダムに目をやると、口調こそ平坦であるが、その表情には揺るぎないものが見て取れる。

　そこにあるのは、利害や計算などを度外視した情念とも言うべきもの。

（どうしてこう、やりづらい相手ばかりなのか…………）

　アーツは深々と溜め息を吐き、いっそ強いワインでも煽りたくなった。

　ルナには友を救うという姿に胸を打たれ、魔王の腹心には「大天使」などと話をはぐらかされ、マダムからは自分と似通った、愚かしくも否定できないものまで突きつけられてしまう。

　まるで、自分が道化にでもなったような気分であり、その馬鹿馬鹿しさにアーツはつい、笑い出しそうになる。

（こんな連中と争って、我々に何か益があるのであろうか…………？）

　とうとう、アーツの意識までブレそうになってくる。現実問題として、武断派の領地は貧しい上に、北方諸国からは常に侵略の機会を窺われているのだ。

　本来なら、中央の政争などに関わっている余裕などはない。貧しいながらも収穫と備蓄に努め、厳しい季節を乗り越えていかねばならないのだから。

　アーツはおもむろにベッドを出て、窓辺に立って眼下の風景へと目をやる。

　そこには相変わらず賑やかな光景が広がっていたが、そこでは人間と、亜人であるバニーが、ごく自然に交わりながら生活していた。

　これまでの聖光国では、決して見られなかった光景である。

「あの方は、亜人を許容されるのだな…………」

　特に意識していなかったことを、アーツが口にする。

　単純に、マダムと二人では間が持たなかったからだ。

「いいえ、魔人もよぉ」

「…………ならば、悪魔や魔獣の類もか？　まさに、夜の支配者の復活ではないか」

　半ば、ヤケになってアーツが言う。

　そんな神話の御伽噺が、現実として降りかかってくるなど、嘆けばいいのか、いっそ、笑えば良いのか、もう判らない。

「そんなに気になるなら、あの方の統治、というのを直に御覧なさいな。歴史書なんて開くまでもなく、今、貴方の眼下に広がっているじゃない」

「…………簡単に言ってくれるものだ」

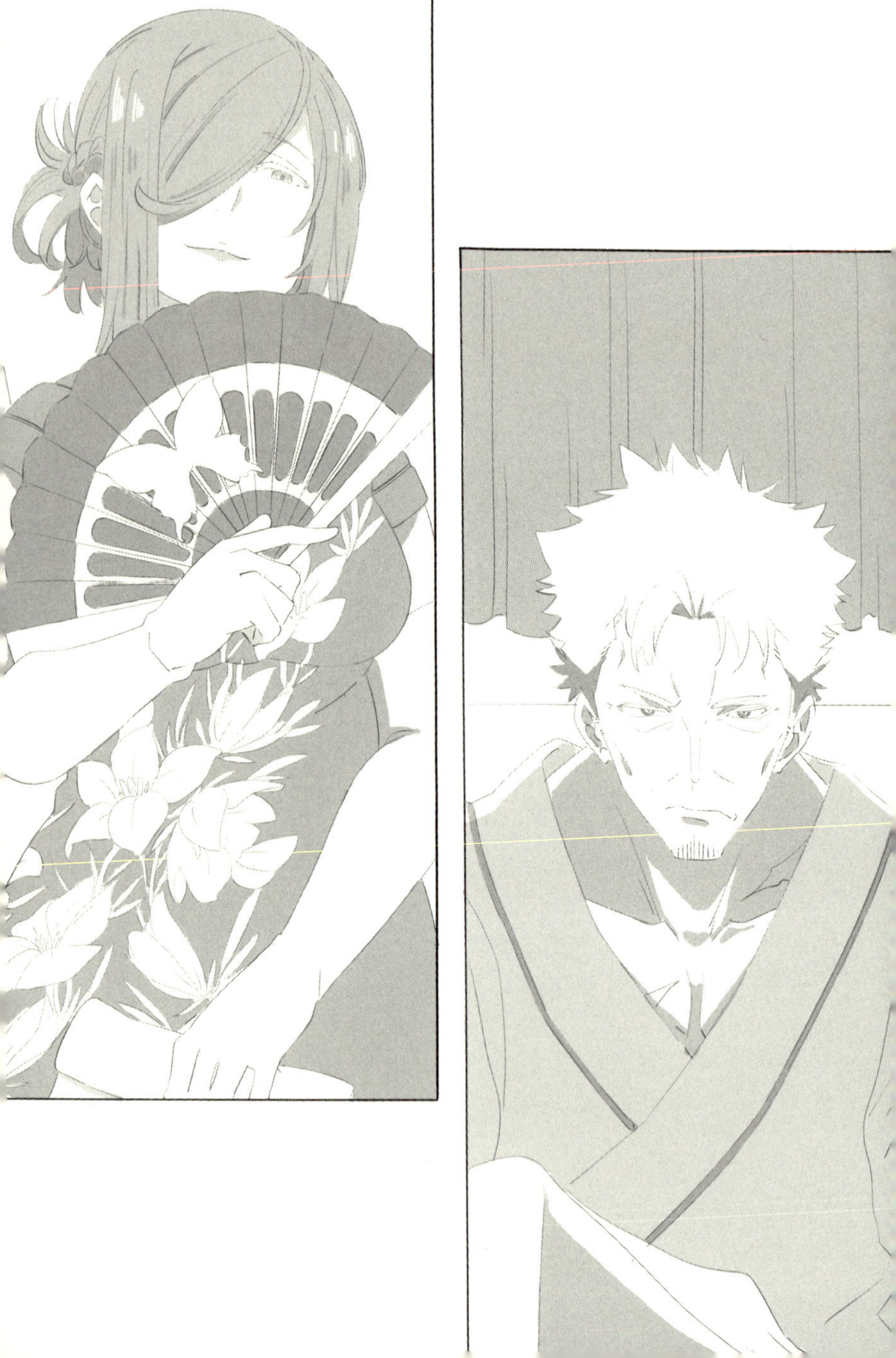

苦々しく返したものの、これにはアーツも二の句を継げなかった。

ぐだぐだと部屋の中で理屈ばかり捏ねてないで、一歩でも外に出ろ、と母親から苦笑交じりに言われたような気分である。

武断派の盟主たるアーツに、ここまであけすけに物を言えるのもマダムくらいであろう。

「あの外に連なる馬車の群れは……外で買い付けてきたものか？」

「えぇ、そうよ。建築資材を中心に、嗜好品や布地、装飾品なんかも運び入れているの」

「まるで、身代を傾けるような入れ込みようだな………どうやら、堕天使様は女性を口説くことを得手としているらしい。確かに、これは歴史書では学べぬことだ」

アーツのそれは皮肉を含んだものであったが、マダムはどこ吹く風である。

それどころか、サラリと驚くべき誘いを口にした。

「貴方さえ良ければ、私がこの村の案内をさせてもらうわ」

（この女、何を考えている………⁉）

そんな仕事は本来、身分の軽い者が行うものであって、マダムのような立場の者が誰かを案内することはありえない。まして、相手は長年の政敵であったアーツである。見る者が見れば、アーツの軍門に下ったのかと思われかねない危険な行為であった。

貴族社会とは、〝格〟と〝見栄〟のぶつかり合いであり、些細な行為が命取りとなる。

アーツは探るように、目の前の女帝へ確認を行う。

「諸国にまで響いたバタフライ家の御当主が、自ら案内役を努めてくださろうとは。これは、国許に戻った際には良い土産話となるであろうな」

確認というよりも、これは彼の持つ本来の優しさや、紳士的な態度であったのだろう。お前のような立場の女が、下女のように案内役を務める意味を判っているのか、と。

「あら、無骨な男と思っていたけれど……案外、優しいところもあるのね」

そんなことは百も承知よぉ、と言わんばかりにころころとマダムが笑う。

アーツとしては、困惑せざるを得ない。

「その格好だと少々まずいでしょうから、幾つか容儀を整える服を用意させてもらったわ。準備が済んだら表に出てきて頂戴」

一方的に告げ、マダムが音もなく病室を後にする。

入れ替わるように、多くのメイドが服や装飾品を手に部屋へと雪崩れ込んできた。その中にはキョンやモモも混じっている。

「準備の良いことだ……ともあれ、服を置いて外に出てもらえるか。北方の男は、女性に着替えを手伝わせるような習慣はもたん」

貴族派の連中であれば、着替えから食事まで全て下女にさせるような男も多いが、武断派の男たちはそうではない。言い方は酷いが、妻や娘、子供であっても立派な戦力なのだ。

領地が戦場となった時、大地が干上がるような時、厳しい寒波が訪れた時、どんな厳しい局面も共に乗り越えていかなければならないパートナーであり、運命共同体なのだ。

そんな存在を、飾り物のようにしている余裕などはない。まして、戦場にも立ち、台所にも立ち、子育てまでこなす北方の女を怒らせると大変なことになる。

武断派の男たちは野蛮だと罵られることも多いが、家庭に戻れば良き夫であり、良き父親でもある。行き場のない女たちが、武断派の領地に流れることが多い理由の一つであろう。

「………………では、失礼いたします」

アーツの言葉を聞き、メイドたちは静かに去ったが、キョンとモモは残ったままであった。

今日はバニースーツではなく、農作業用の服を着ているが、その容姿は実に愛らしい。

「君たちも出てもらえるか。私のことは気にせずともよい」

「では、着ている服をお預かりします……ピョン」

「洗濯するウサ」

「いや……洗濯も自分でさせてもらう。北方の男はみな、自分のことは自分でやるのだ」

バニーと接したのははじめてということもあり、アーツは彼女たちの語尾に眉をあげる。

しかし、二人は物怖じない性格をしているのか、普段接している人間が、色んな意味で規格外すぎたのか、まるで遠慮なしの態度であった。

「洗濯は一度にした方が楽なんです……ピョン」

「お爺さん、早く脱ぐウサ」

「ま、待ちたまえ………………おい、君！」

モモが背後に回り、スルスルと病衣の紐を外す。途端、はだけた上半身が露になったが、そこにあったのは老人とは思えぬ頑強な肉体であった。

その齢は60を超えているが、壮年の男も顔負けの屈強なものである。

「お爺さん、傷が一杯だピョン…………」

「凄いウサ…………」

その肉体には余すところなく、切り傷や抉られたような痕が残っていたが、アーツからすれば別に見慣れたものであり、殊更に述べるようなことは一つもない。

普通の男であれば、盛りに盛った戦場での自慢話をしたり、自らの武功を大いに誇るところであろう。アーツには良くも悪くも、そういったケレン味がまるでない。

彼は軍を纏め、麾下《きか》の将兵から絶大な支持を得ることはできても、世論を動かし、一国の空気を塗り替え、それに便乗して支持基盤を拡大し、大きな仕事をしていく〝英雄〟などとは違い、根っからの職人気質の男であった。

「…………古い傷だ。今ではもう、痛むこともない」

淡々とアーツは地味な服を選び、それに手を通す。

その背中には、失った多くの戦友たちを背負っているような孤独な悲しみがあり、それを見た二人に奇妙な思いを抱かせた。

それは、悲しい共感とも言うべきもの――――

ラビの村も、打ち続く干ばつや魔石の値上がりにより、多くのバニーたちが心ならずとも村を去って行った。ルナが領主となってからは税が大幅に下げられたものの、流出した人口はもう、増えることはなかった。

ここは普通の村ではなく、亜人が住む村であり、人口など増えようもなかったのだから。

「お爺さん、こっちの服の方が良いと思う」

「……ん？」

キョンが一つの上着を取り、アーツに薦める。

それを見たモモも、ウサ耳をピクピクと動かしながら、それに合うズボンを取り出す。

「下はこれでどうかな？」

「良いと思う！」

「少し……待ちたまえ。そんな服は若者が着るものだ。私はこれで良い」

「こっちには渋いネックレスもあるよ！」

「綺麗な男より、今は枯れ専が熱い」

妙な語尾が消えていることにアーツは気付いたが、特に言及することはなかった。

それよりも、二人のあつかましさの方が問題である。

（これが、バニーという種族なのか。人参を作るのに長けているとは聞いていたが…………）

それがどんな能力であるのか、種族として何を好み、何を嫌うのか。

アーツは何も知らないし、これまで知ろうともしなかった。武断派の盟主たる彼に、そんな心の余裕はなかったし、彼が出会った亜人はみな、戦場で稀に遭遇した猛者だけである。

そんなことを考えている間に、二人はテキパキと服を脱がせ、勝手に着替えさせていく。

「な、何をしているのか…………」

二人を乱暴に振り払えば大怪我でもさせかねず、アーツは口頭で注意する。

何と言っても、この村は聖女ルナの領地であり、そこの住人に怪我でも負わせれば、今の緊迫した政治的状況下では何らかの負い目になりかねない。

動けなくなったアーツをよそに、二人は楽しそうに着替えを済ませ、満足そうに頷いた。

「これで完璧……だピョン！」

「か、枯れてる……これは絶妙な枯れ具合ウサ！」

二人が何を言っているのか判らなかったが、鏡に映る自分の姿を見てアーツも驚く。そこに映っていたのは、無骨な老騎士ではなく、どこか洒脱な老人がいたからだ。

気付けば、服だけではなく髪型まで変えられてしまっている。もはや、怒るというより、呆れるしかない状況であった。

「…………っ。まぁ、よい。たまにはこのような装いも必要であろう」

ここ数十年、アーツは自身の外見など気に留めたこともなかった。自身の領地から遠く離れたこの村であれば、一日くらいは構わんだろう、と思い直す。

「では、マダムの下に案内します……ピョン」

「ウサウサ♪」

上機嫌な二人に連れられ、アーツは野戦病院の玄関へと出る。

建物内の全く凹凸がない不思議な壁や床、見たこともない器具には目を見張るものがあったが、あえて言及することはなかった。

サンボから、既にさんざん聞かされていたからである。

玄関口で待っていたマダムも、アーツの姿を見て目を丸くする。相対する者に、自然と背筋を伸ばさせるような威厳のあった老騎士が、良い感じに仕上がっていたからだ。

「あらあら、随分と良い男になったわねぇ……やっぱり、歳を食った男には若い女の子の感性が必要よねぇ。二人とも、良い仕事をしたわ」

「やった！　マダムに褒められたピョン！」

「後で美味しいお菓子が欲しいウサ」

はしゃぐ三人を前に、アーツは苦笑を浮かべるしかない。女が三人集まればか〜〜、という諺《ことわざ》があるが、この面々は一人だけでも十分にうるさい類である。

「それじゃぁ、行きましょうか。貴方と二人で出歩くなんて、はじめてのことねぇ」

「…………まったく、天変地異というものは続くものらしい」

マダムがくすくすと笑い、アーツはどこか投げやりな口調で返す。本物の堕天使ルシファーと遭遇したと思ったら、次はこれである。

もはや、なるようにしかならん、と言った心境であったろう。

盟主とラビの村　後編

往来に出ると、たちまち人の群れが日に付く。

ヤホーの街を除けば、聖光国の東部は荒廃した大地が続くばかりであり、多くの人間が集まる場所など、これまでは存在しなかった。

アーツはマダムのゆったりとした、それでいて気品溢れる背を見ながら周囲を睥睨《へいげい》する。村のあちこちで土木作業が行われており、土煙が立つような勢いであった。

（あれは、水樽なのか………）

労働者たちは水の張り番らしき男に声をかけ、大きなジョッキを渡されては喉を潤していた。時には木桶をもらい、頭からザブザブとかぶっている者までいる。一介の労働者が、そんな贅沢な行為を取れるはずもない。

見ると、二人がかりで手車を引っ張る男たちが往来を忙しく行き来しており、そのどれもに水が満載された木桶が載せられていた。

「何とも贅沢なものだ……ドナが小躍りするだろうて」

聖光国の水源と言えば、何と言ってもドナが支配する西部の鉱山から取れる魔石である。この工事が、ドナを更に肥え太らせる結果になっているとアーツは舌打ちしたい気分であった。

「それは誤解よぉ。あれらは全て、魔王様の御力がもたらしたものなの」

「堕天使ルシファーは、水を司る力を持っていると？　寡聞にして知らぬ話だ」

アーツの言葉を聞きながら、「まぁ、無理もないわよねぇ」とマダムは小さく呟く。

どこの誰が、無限に水を生み出し、湯を幾らでも垂れ流すというのだろうか。これぱかりは、実際に銭湯や温泉を体験しなければ到底判らないものであろうと。いや、幾ら見ようと体験しようと、恐らくは本当の意味での理解など、この世界の誰にもできないに違いない。

この村にある施設は、〝大野晶〟の世界であって、異物でしかない。地球に火星の文明や、木星の遺物などが突然現れたようなものである。

そんなものを理解しろ、という方が無理なのだ。

「ついでに言うなら、魔王様は労働者に塩も無償でお配りになるの」

「先程から、何の話をしているのか…………」

馬鹿馬鹿しい、とアーツは吐き捨てる。

高い山々に囲まれた聖光国では、塩はれっきとした輸入品であり、決して安いものではない。入ってくる品は海水を煮詰めただけの粗悪な物ではあるが、貴重であることには変わりない。

アーツたち、武断派の領地でも塩は非常に貴重な品であり、大きな蔵などに入れて厳重に保管するのが常であった。

「後で塩サウナにでもお入りなさいな。きっと、貴方の常識も変わるはずよ」

「さう……？　そう言えば、田原と言う男も、セントウがどうと言っていたが――」

「あぁ、確かに最初は銭湯で慣らした方が良いかも知れないわね」

「それも、堕天使が支配する世界の用語か、概念であるのか…………？」

アーツのそんな真っ当な反応に、マダムは思わず、初心へ立ち返ってしまう。

今ではすっかり慣れてしまったが、この村は常識外の奇跡に溢れており、常人には到底、理解できないものばかりなのだ。

「そうね、焦ることはないわ。貴方も少し、この村で〝療養〟すればどうかしら？」

実際、アーツは大怪我を負った身であり、療養という言葉はしっくり来るものがあった。

日本風に言うなら、それは湯治《とうじ》というものになるであろう。

「私を待っている者が多くいる。この村でのんびりしている暇はない。それにしても……大胆な設計であることだ」

アーツは優れた軍人の目で、しみじみと町割《まちわり》を見る。土地を均《なら》し、複数の街路を整備し、区画ごとに機能をはっきりと分けさせている。

思い付くだけなら簡単だが、これらを実行するには大変な蓄えが必要であった。何せ、最初に全てを更地にし、白紙にする必要がある。

失敗すれば目も当てられない。というより、これまで積み上げてきた村や町の機能を、全て失ってしまうのだから、余程、豪胆な者でなければ実行には移せないであろう。

「待っている、ね…………貴方はもう、十分に戦ったじゃない――――」

そんなマダムの言葉に、アーツの足が止まる。

それは、つい先日、自身がルナに向けて放った言葉であった。

「貴方が少しくらい休んだところで、誰も文句なんて言わないわよ。いいえ、言わせない」

「……貴女の口から、そんなしおらしい言葉が聞けるとはな。長生きはしてみるものだ」

つい、アーツの口から皮肉がこぼれてしまうが、致し方ないことである。これまでの関係を振り返るに、マダムの口からそんな言葉が出る方がおかしいのだから。

そんな二人の間に、場違いな明るい声が割って入る。

「あら、アーツじゃない。どう、私の村は？」

「これは、ルナ様………」

普通であれば、最初に怪我の具合を聞こうものだが、ルナは相変わらずルナであった。自分の村を自慢したくて仕方がないのであろう。その後ろでは、心配そうにイーグルがあたふたしていたが、アーツを見て深々と頭を下げる。

「あ、あの、アーツ、様……先日は、ありがとうございました。ご迷惑を、おかけして……」

「……ルナ様の友人であったな」

アーツとしては、複雑な気分であった。

この亜人がキッカケとなり、皇国との戦端が開かれるかも知れないという思いと、この亜人によって、ルナは本物の聖女としての力を覚醒させたとしか思えなかったからだ。

そんな思いを知ってか知らずか、ルナは相変わらず能天気な声を上げる。

「本当ならアーツにも自慢、じゃなかった、案内をしてあげたいところなんだけど、今日は下僕を案内するのが先だから、次の機会を待ちなさい！　マダム、後はよろしくね！」

「はいはい。ところで、ルナちゃんはどこに行こうとしているのかしら？」

「バニーたちの畑よ！　アクがまた農作業を手伝ってるんだって……まったく、あの子ってば、私と遊ばないで仕事ばっかりして……何を考えてるのかしら！」

この場に魔王がいたら、「お前こそ、仕事しろ！」と突っ込んでいたことだろう。

好き放題に言うだけ言って、足早にルナはイーグルを引っ張りながら去っていった。まるで、突風のようである。

残された二人も、何やら肩から力が抜けたように脱力した面持ちとなった。

「あの娘を見ていると、毒気まで抜かれちゃうわね。これまで付き纏ってきたしがらみなんて、馬鹿らしくなっちゃうもの」

「以前と比べ、随分と親しみを持てるお人柄にはなられた………」

これはアーツの、偽らざる本音である。

以前のルナは聖光国の権力者や実力者に対し、隠しきれないほどの〝敵意〟を向けているようなところがあり、周囲の人間にも常に牙を剥いていた。

今は憑き物が落ちたように、随分と柔らかい表情も見せるようになった、とアーツは思う。

同時に、それは目の前にいる〝女帝〟もそうである、と。

（この女も、随分と変わった。以前は権柄尽《けんぺいず》くの、どうしようもない女であったが………）

各区画を回りながら、二人はとうとう村の入り口に辿り着く。そこには未だ馬車が途切れることなく数珠繋ぎとなっており、訪れた人と馬でごった返していた。

「減るどころか、先程より増えているではないか………」

後方に砂塵が巻き上がっているところを見ると、続々と後陣が待ち構えているのであろう。目を疑うような光景である。

村の玄関口では田原が笛のようなものを吹きながら馬車を誘導しており、木柵の上にはトロンがぼーっと眠そうな目で群れを見ていた。

「そこの男の人、アウトなの。汚い色が見えるの。きっと、お金か何かを盗もうとしてるの」

「おっ、ケチな盗人かぁ？　おぃ、おめぇは出ていけ」

「は、はぁぁぁ？　ちょっと待てよ！」

「おめーの席、ねーから」

田原がシッシッ、と犬でも追い払うように手を振る。言われた方は堪ったものではなかっただろう。何せ、悪事を働く前から露見してしまったのだから。

「お、お前らなぁ……何の根拠があってそん――――あひゃぁぁっ！」

言い終わるのを待たず、男の足元に銃痕が穿たれる。

見ると、男の方を見向きもしないまま田原が銃の引き金を引いていた。

「おめぇ、命拾いしたなぁ………ここに長官殿がいたら、見せしめに最適だってことで、生きたまま皮でも剥がれてっぞ」

「な、な、何なんだよ、この村はぁぁぁぁ！」

男が慌てて逃げ出し、田原は何事もなかったように誘導を再開した。

これも、田原なりの一種のパフォーマンスなのだろう。この村に、何か良からぬことを考えて近付けばヤバイ、というのを周知させていくためのものである。

今の光景を見て、アーツは得体の知れない警備網に背筋が凍る思いであった。

あの少女が、悪意を見抜く何らかの魔道具でも持っているのか、と。そんなものが存在するのであれば、各地の警備体制に革命が起こるであろう。

「何から何まで規格外な村だ。この馬車の群れも常識外だが…………」

アーツは疲れたように呟いたが、それに対するマダムの返答も大概なものであった。

「ざっと、村に来る荷はこれで十分の一といったところかしら。別途、買い集めさせている荷は、保存の効く肉や野菜、ワインなんかを中心に石材や鉄、鋼や青銅、木材や革製品、魔石や肥料なんかを買い集めさせているの。他にもしっかりと製塩された塩もね」

「まるで、交易都市でも作るような勢いだな」

マダムが並べていく品に、アーツの握り拳がつい、固くなる。

それらはアーツをはじめとする、武断派の面々が喉から手が出るほどに欲している物ばかりなのだ。特に、この戦争期には値が高騰する貴重な物資でもある。

あの馬車の群れが本当に十分の一程度であるなら、その費用は想像を絶する金額であり、どんな大商会であっても胴を震わせるであろう。

「今言ったものは、全てゲートキーパーで荷を解くように伝えてあるわ」

「我々の要塞に……？　何のつもりだ⁉」

声を荒らげるアーツを前に、マダムが深々と頭を下げた。

突然の行動に、アーツの頭が真っ白になる。

「アーツ。これまでの非礼を詫びるわ」

「詫びる、だと……………どういう風の吹き回しか…………！」

混乱するアーツをよそに、マダムは頭を下げたまま赤裸々に語る。

「貴方たちが思っていた通りのことよ。これまでの私は、自分のことだけを考え、見つめ、他を顧みることなんてなかった。国境で血を流し続けてきた貴方たちからすれば、何度殺しても飽き足りない、嫌な女だったでしょうね」

してやられた、とアーツは思った。

そして、すぐさまこの状況を脱しようと口を開く。

「…………よせ、まずは頭を上げろ」

あの誇り高いマダムが、長年の政敵であったアーツに頭を下げるということも衝撃であるが、その場所まで、甚だまずい。

今、村の入り口は人でごった返しているのだ――

当然、そこには国内の人間もいれば、マダムが招待した貴族も無数にいる。

国外の商人や運搬業者まで多数混じっており、そんな衆人環視の中で、いかにも身分ありげなご婦人に頭を下げさせている男など、彼らの目にどう映るであろうか？

（この女……やってくれる…………！）

頭を下げ、全面的に謝罪している相手に対し、それでも握手を拒もうものなら、アーツはその狭量さを責められ、喧伝されかねない。

頭を下げているように見えて、果敢に攻め立てているのはマダムである、という構図だ。

群集は知る由もないが、その前にマダムは武断派が欲するであろう物資を山のように積み上げ、札束ビンタまで振るっているというオマケ付きである。

(何という、無様な状況に立たされたことか…………！)

流石のアーツも絶句する思いであった。

群集に映る姿と、本当の姿がまるで噛み合っていない。

貴族にとって最も大事な見栄やプライドを捨て、群衆の前で全面的に頭を下げる。その上で、誠意を込めて金塊でブン殴るような離れ業をマダムはやってのけた。

根っからの軍人であるアーツは、酷い劣勢に立たされたと臍を噛む。もしも、これが戦場であったのなら、アーツは巧緻《こうち》極まりない用兵で戦局を覆したであろう。

しかし、悲しいかな、ここは戦場ではなく——既に政治の舞台であった。

このフィールドにおいて、マダムは千両役者とも言うべき力量を備えており、気付いた時には、既にアーツは全く別の舞台へ立たされてしまっていた。

(完全に、してやられた…………！)

騒ぎを聞きつけ、温泉旅館で宿泊していた貴族の奥様方や、その従者たちまで集まり、二人の周囲は一層に騒がしくなっていく。

「信じられませんわ……あの誇り高いマダムがアーツに頭を下げるなんて…………！」

「あの唐変木《とうへんぼく》、いつまでマダムに頭を下げさせているつもりですのッ！」

「このような公の場で、ご婦人にあのような無体を…………」

「アーツ殿はいったい、どうなされたのか」

まさに、アーツにとっては地獄のような空間ができ上がりつつあった。

騒ぎがこれ以上に大きくならぬよう、アーツも懸命に動く。

「頭を、上げられよ…………謝罪の意は、確かに、受け取った…………」

搾り出すように、アーツは辛うじてそう口にした。

しかし、マダムの追撃は終わらない。政治とは、口約束などで動くものではなく、そんなものは簡単に反故にされてしまうことを、マダムは誰よりも良く知っている。

しずしずと頭を上げたマダムは、満面の笑みを浮かべながら言う。

「感謝するわ、アーツ。そこで、一つ提案があるのだけれど……私は、私たちのこれまでの関係を清算し、貴方と新しい関係を結びたいと思っているのだけれど、どうかしら？」

その声に、周囲のどよめきが更に大きくなる。

中央の社交界を、思うままに牛耳ってきたマダムと、武断派の盟主たるアーツの歴史的な和解に立ち会っているかも知れない、と。

物見高い貴族の奥様方は息を飲んでそれを見守り、田原は一人、気楽そうな顔付きで旨そうに煙草の煙を吐き出していた。

何も言わずとも、その顔には「おっとろしい、女だナ」と書いてある。

田原はマダムから、「武断派と和解しようと思うの」と聞いてはいたものの、電撃的にこの場で最終局面にまで運んでしまった手腕に感心したのだ。

まるで、一方だけ開けた袋小路に相手を追い詰め、その逃げ道に金銀財宝を積み上げて塞いだような格好である。困りはするが、同時に少し嬉しくもあるという、もはや苦笑いを浮かべるしかないような状況をマダムは瞬時に構築してしまった。

この流れがもたらす効果を計算し、田原は一人、ほくそ笑む。

（犬猿の仲だった勢力が突然、手を結ぶ…………こりゃ、インパクトがでけぇわナ）

それはまるで、幕末の薩長同盟に近いものであったかも知れない。

勢力が急拡大する意味合いもあるが、何よりも、それに抵抗する敵が浮かび上がり、それらが集結することに旨味がある、と田原は考える。

（見てるかぁ、長官殿？　ぜぇーんぶ、あんたの思い描いた通りに進んでやがらぁ）

サンボの目を治癒したことからはじまり、それを橋渡しとしながら、マダムの心を掴み、次にアーツを窮地から救い出す。

その場面場面で間に悠を投入し、ルナを投入し、時にはサタニストや皇国まで投入し、手品のように玉を転がしながら、気付けば、犬猿の仲であった二人が急接近しつつある。

古くから政治の世界には魔物が潜む、などと言われるが、田原からすれば文字通り〝魔王〟の仕業でしかない。

無論、あの男にそんな高度な計算があろうはずもなく、田原の分析を聞けば本人は椅子から転げ落ちるであろう。

頃合と見たのか、パチパチと拍手しながら、田原が陽気な声を上げる。

「いやぁー、良いもんを見させてもらったナ！　同じ国に住んでるモン同士、仲良くするのが一番良いってもんよなぁ！　いや〜、感動した！」

アーツは苦虫を潰したような表情で田原を睨んだが、とてもではないが、異を唱えられるような雰囲気ではない。

「ご両人よぉ、まずはルナのお嬢ちゃん――――〝聖女様〟を仲介にして、握手からはじめようじゃねぇか。ナ？」

アーツは深々と息を吐きながら、とうとう腹を括る。

聖女様の仲介に、マダムからの謝罪、膨大な支援物資、そして、何よりも――伝承に謡われる〝夜の支配者〟の復活などを並べられては到底、勝ち目がないと。

これが、プライドだけを優先する愚かな貴族であれば話は違ったかも知れない。が、アーツは引き際を心得た男だ。勝ち目がない戦を続けるような趣味はない。

騒ぎを聞きつけたのか、遠くから走り寄って来るルナの姿が見えた。

その後ろには札付きの山賊集団の頭、オ・ウンゴールがぜぇぜぇ息を切らしながら走っており、困った表情を浮かべたイーグルの姿も見える。

その隣には――――楽しそうに笑うアクも。

大した用事もないくせに、ルナが全員を掻き集めてふんぞり返っていたのであろう。

「なぁに、この集まりは？　私抜きで面白そうなことしないでっ！」

「ル、ルナ姉様……皆さん、大事なお話をされているのでは？」

アクが空気を読み、それとなく諭すものの、ルナには全く伝わらなかった。

「なら、尚更、私がいないとダメじゃない！　私はこの村で一番偉い領主なんだからっ！」

「あ、あはは………」

「ハァ……ルナは相変わらずルナなんだね………」

「ふざけんなよ、てめぇ！　こっちゃ井戸掘りで忙しいんだッ！」

「黙りなさい、下僕二号！　あんたに人権なんて与えた覚えはないわよっ！」

騒がしい面々を見ながら、アーツはしみじみと思う。

要塞を出発し、ルナとの会話中にふつふつと浮かんだもの――――この旅路の先に、何らかの答えが見つかるのだろうか、と。

（これまでは、現状を維持するだけで精一杯のジリ貧であった………これは、私が望んでいた答えであったのか？　それとも、違ったのか？）

まだ結論を出すには早い、と思いながらも、アーツは一つだけ確かなものを感じ取る。

（この仮初の握手が、本物の握手になるのであれば………）

聖光国を覆う暗雲、ドナ率いる貴族派とはじめて対峙しうると。

マーシャル・アーツ

Martial Arts

【種族】人間　【年齢】64歳

スキル

リーダー	集団を率いる素質。人心掌握率に補正。
烈風脚	鎧ごと切り裂く蹴撃。
回転双舞	蹴撃による全方位攻撃。
軍指導者	軍事面における指導者の資質。軍事関連に補正。
戦場指揮	戦場において、集団を意のままに動かす才能。
戦場把握	戦場において、的確に地理や状況を掴み取る才能。
叱咤激励	平常時、戦争時を問わず、配下のやる気を引き出す。
篭城戦	篭城戦を行う際、軍の防衛力に補正。
騎馬戦	騎馬戦を行う際、軍の突撃力に補正。
士気向上	劣勢時、軍の士気を回復させる。
天軍攻勢	聖光国内での戦いにおいて天使の加護を得る。 軍の攻撃力に+40%
天軍守勢	聖光国内での戦いにおいて天使の加護を得る。 軍の防御力に+40%
武断の大号令	兵数3割未満に減少時、軍の攻撃力に極大補正。 防御力激減。

【レベル】19　【体力】?　【気力】?　【攻撃】14+5　【防御】13+12　【敏捷】16
【魔力】5　【魔防】13+8

聖光国と他国を隔てる大要塞、ゲートキーパーを守る貴族。北方の武断派と呼ばれる貴族たちから「盟主」と仰がれており、それに相応しい能力と人格を備えている。個人として見ても抜きん出た戦士であるが、その本領は戦場での指揮にある。北方諸国はアーツの采配を前に何度も苦汁を飲まされ、その度に打ち払われてきたが、彼とその配下が守ってきた平和が、貴族たちを更に腐らせる皮肉な結果を生んできた。

エレガントな仕事

多くの貴族が固唾を呑む中、アーツとマダムは真正面から向き合い、握手を交わす。

ルナはそれを厳粛な顔で見守り、握手の上にそっと聖杖を乗せた。

「聖女ルナ・エレガントの名において、両名の和解を祝します。願わくば、この関係に智天使様の祝福があらんことを――」

その静かな威厳に、マダムとアーツは息を飲むような表情となった。

先程まで騒いでいた人物とは、とても同一人物とは思えない。

やがて、聖杖から金色の魔力が溢れ出し、二人の体を優しく包む。ルナが編み出した、この「金」の系統は攻撃に特化し、魔を撃ち滅ぼす内容が多いのだが、この時ばかりは違った。

視界を染め上げるような黄金の光は、二人を包み込むような優しさに満ちており、アーツとマダムは束の間の多幸感に酔い痴れる。

まるで、この場に天使様が舞い降り、これまでの人生を労ってくれたような気がしたのだ。

戦場と、中央の社交界と。

立っていた場所は違えど、両名の人生は戦いの連続、それも難戦ばかりであった。

どういうわけか、それが、今――報われたような気がしたのだ。一連の光景を見守っていた群衆も声を上げ、この歴史的な和解を祝う。

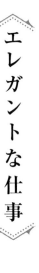

娯楽が少ないこの世界においては、こういった事も立派な〝イベント〟である。田原も敏感に周囲の空気を感じ取り、その祝福ムードを更に煽っていく。

「おーし、今日はもう仕事はおしめぇにして、真昼間から酒でも飲むぞー！　騒ぎてぇ奴は一般区画に来い。他の連中にも声をかけてやれ」

田原がパンパンと手を叩きながら、大声で叫ぶ。この大工事を指揮する〝総監督様〟が仕事終わりを宣言したのだから、今日の作業はそれで終了である。

「お仕事が終わったの。お酒を飲んで酔うの」

トロンも田原の背中を追ってフラフラと飛んでいく。

しかし、村に来たばかりの労働者は不安になったのか、おずおずと声を上げた。

「で、でも、それじゃあ日給が減らさ…………」

「んなケチ臭ぇことを言うかよ。日給は同じだけ払うから心配すんナ。今日は俺が奢ってやっから、さっさとこぉ～い」

「ま、マジですかい⁉」

「うおぉぉぉぉぉぉぉぉぉぉ！」

「やったぜ！　総監督様の奢りだってよー！」

「早く他の連中にも声をかけてやれ！」

群衆のどよめく声は次から次へと広がり、郊外の馬車の群れにまで伝わっていく。それは、国内のみならず、〝国外〟にまでこの話が伝わるということでもある。

マダムはそれを見て、しみじみと思う。

何て怖い男かしら、と。

一つの握手を、村全体のお祭りのようにして盛り上げ、国内や国外にまでこの話題を振りまいていく。興味を持って、この村を訪れる者も当然のように出てくるだろう。

景気の良さを聞き付けて、働きに来る者も増えるに違いない。

そして、何より――――アーツを土壇場にまで追い込んだとも言える。もはや、これだけの騒ぎになったからには、今更なかったことにはできない。

何気ない一つの行動で、貪欲に多方面へと手を打つ。田原という男の抜け目のなさに、アーツも怒るというより、呆れの方が先立つようであった。

「言っておくけど、全部私が仕込んだことじゃないわよぉ？」

「それぐらいは判っている。まったく、嫌な男がいたものだ………」

戦場で最も手を焼くタイプだ、とアーツは吐き捨てるように呟く。そんなアーツの姿に、マダムはコロコロと笑いながら鈴を鳴らす。

途端、老執事が目の前に現れた。

「お呼びでしょうか、マダム」

「総監督様の仕事を引き継いでおあげなさい。あれらの荷は、元々こちらが差配しなければならないものだもの」

老執事が頷き、バタフライ家の者たちが一斉に動き出す。

群集のどよめきも覚めやらぬ中、アクとイーグルも一連の騒ぎを見守っていた。

「何だか良く判らないですけど……ルナ姉様は凄いですねっ！」

「そうだね……あの子は、ルナは、本当に聖女様になったんだって実感したよ」

アクが興奮したように叫び、イーグルも嬉しそうに微笑を浮かべる。そして、気になっていたことをこの機会にぶつけてみることにした。

「そう言えば、君はルナのことを姉様と呼んでいるけれど………」

「ぁ、その、そう呼ぶように言われている、と言いますか……」

「そんなことだろうと思ったよ。あの子のそんなところは変わらないね」

「で、でもっ、別に嫌と言うわけではないんです。ただ、その、畏れ多いと言いますか……」

「君は、とても良い子だね。ルナが妹にしたがるのも判るよ」

「あぅ………」

イーグルが優しく髪を撫で、アクが恥ずかしそうに俯く。その透明がかった美しさに、何だか目を合わせていられなかったのだ。

彼女の美しさは――儚さと、芯の通った心が一つになったもの。世に言う、普通の美人といったカテゴリーではなく、より〝幻想的〟な意味合いの方が強い。

「あ、あの、聞いて良いのか判らないのですが…………北で、何があったのでしょうか？」

「……うん、そうだね。何から話せば良いのか」

あまりにも、多くのことがありすぎた。

あらゆる困難と苦難が押し寄せたが、最後にはルナが巨大な悪魔を撃ち滅ぼし、あの擬似天使と皇国の軍勢は、魔王が木っ端微塵に打ち砕いてしまった。

ルナの場合は魔法という力の延長線で考えられるが、魔王の力は全く異質のもの。見たことも、聞いたこともないものばかりであった。

「あの魔王と呼ばれていた人は…………」

「魔王様に何かあったんですか!?」

「いや、あの人は恐ろしく強かった。しかも、全く本気を出していないように見えたよ」

「そ、そうですか…………」

北の地で何があったのか、アクは正確には知らされていない。ルナも田原も、ましてや魔王も、アクに血生臭い話を聞かせようとは思わないのであろう。

しかし、知らされていない方からすれば、どうしても気になるものだ。

「魔王様は、無事に戻ってこられるのでしょうか…………」

「断言するよ。あの人はどこに行っても無事に帰ってくる。約束しても良いくらいさ」

「あぅ、その、あり、がとうございます…………っ」

イーグルが優しく小指と小指を絡め、透き通った笑顔を見せる。同性でありながら、アクはその美しさに何故か顔が真っ赤になってしまう。

「無事に帰ってくるどころか…………行った先の心配をした方が良いのかも知れないね」

「へっ？　それって、どういう意味ですか？」

「あははっ、気にしないで」

そんな二人の下に、土竜の頭領を引き連れたルナがやってくる。頭領の顔は歪みきっており、一方のルナは鼻高々といった姿であった。

「今日も良い仕事をしたわ。これこそが、エレガントな仕事ってものよ！」

「なぁにがエレガントだ……てめぇ、また俺の手をぶっ刺そうとしてただろうがッ！」

「二人が仲直りしたんだから、私の名で誓紙を出してあげようとしただけじゃない」

「ふざけんじゃねぇぞ！　そんなもんは当事者の血でやるもんだろうが！　何が悲しくて無関係の俺が血を流さなきゃならねぇんだッ！」

「あんた、何言ってんの？　私の下僕一号になったんだから、何でも言うことを聞きなさい」

「てめぇ、本当は聖女じゃなくて、魔女なんだろ⁉」

二人のやり取りに、アクとイーグルも笑う。今のような我侭な姿も、先程のような威厳ある姿も、全てひっくるめてルナなのだ、と。

「さぁ、アクとイーグル。そろそろ温泉に行くわよ！」

「はい、ルナ姉様っ！」

「また、あそこかい？　何だか、凄く勿体ない気がするんだ。あんな風に、水やお湯を……あの魔王という人は、どういう力であんな……」

「あんたねぇ、まだそんなことを言ってるの？　細かいことを気にする必要はないわ。あいつが何を建てようと、作ろうと、私の村にあるんだから、ぜぇーんぶ私のものよっ！」

相変わらずなルナの発言に、イーグルとしては苦笑いするしかなかった。

実際、ルナの領地にあるのだから間違った話でもない。

「あんたも今日は休んで良いわよ。これで下僕の下僕たちとご飯でも食べなさい」

そういって、ルナは銀貨の詰まった革袋を頭領へと投げ渡す。

訝《いぶか》しげな表情を見せる頭領であったが、中に詰まった銀貨を見て顔色を変える。

「おぅおぅ、こんな気の利いた真似もできるたぁ、驚かしてくれるじゃねぇか！」

「当然でしょ。犬に餌…………じゃなかった、下僕に褒美をあげるのも、エレガントな聖女ってものよ」

「誰が犬だッ！　大体な、てめぇみてぇな聖女がいてたまるか！　上の姉なんぞ、山賊よりタチが悪いじゃねぇか！」

「あんたこそ、犬に謝りなさい！　姉様は…………まぁ、否定はしないけど」

「クソッ！　何でこんな女どもが聖女なんだッ！　この国は狂ってやがる！」

ラビの村は相変わらずの大騒ぎが続いていたが、他の騒ぎも進行中であった。

獣人国へ戻った魔王と、魔族領に突撃した茜である。

まるで台風としか思えない、この二つの渦が重なった時、どのような被害が発生するか想像するだけで空恐ろしいものがあった。

裏取引

――獣人国　秘密基地――


ス・ネオでの騒動も覚めやらぬ中、魔王が全移動で秘密基地の前へと舞い戻る。

辺りに目をやるも、そこは相変わらず深い森があるばかりで、静寂そのものであった。

（はぁ……厄介なことになったな………）

魔王はあれから、何度も茜に通信を飛ばしたのだが、全く反応がない。意図的に無視しているのか、遮断しているのだろう。

茜の下へ行きたくても、どこにいるのかサッパリ判らないという状況であった。

（でもまぁ、あいつらしいと言うか………不思議と腹は立たないんだよなぁ………）

妙な思いに、魔王も首を捻る。

これがもし、田原や悠であったら、魔王も驚愕していたであろう。ついに自分の指示を聞かなくなった、とパニックになったに違いない。

しかし、相手はあの〝茜〟である――むしろ、この状態こそが正常であって、別におかしなことじゃないよな、とすら思えてくるのだ。

（無鉄砲で、向こう見ず、命令無視など朝飯前で、自由気ままに動く――茜にそんな設定を与えたのは、俺じゃないか………）

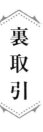

むしろ、茜が唯々諾々《いいだくだく》と指示に従うような性格になっていれば、それは〝設定の破綻〟を意味するであろう。この男にとって、それは茜の突出行為より、余程恐ろしいものである。

(あいつに関しては、異常が正常ってことだよな……ははっ、何をやってんだか、俺は)

己の設定に、その馬鹿馬鹿しさに、とうとう魔王も笑い出す。

そして、何故か零《ぜろ》の言い放った言葉が脳裏に蘇る。

――――馬鹿みたいに笑ってる奴が、いっちゃん強ぇーんだよ――――

理屈もクソもない、それは自身が生み出した暴走族のたわごとのはずであった。

しかし、今はどういうわけか胸にしっくり来るのだ。

(確かに、お前の言う通りかもな……精々、笑いながら片付けていくことにするか)

先程までの焦燥はどこへやら、いつもの顔付きで魔王は秘密基地の扉を開ける。

そこには、呆れた顔のオルガンがいた。

「戻ったのか。お前の眷属《けんぞく》はいったい、どうなっているんだ……？　ミンクを連れて、慌てて出て行ったが」

「あいつは異常なことが正常なんでな。気にするな」

そう言いながら、魔王が軽く笑う。

まんま、手を焼く娘に対し、苦笑いしている父親のような姿であったが、オルガンは何故か胸が締め付けられるような気分となった。

その感情が何であるのか、オルガンにも判らない。

「フンッ、随分と仲が良いことだ…………」

「仲が？　むしろ、着信拒否されてるような状態なんだが…………」

「チャク＝シン？」

オルガンの口から不貞腐れたような言葉が出るも、魔王の返答も意味不明なものであった。

ロングコートや上着を壁に引っ掛けながら、魔王は丸太で作られた小洒落た椅子に座り、メモ帳を広げる。

「さて、あいつはどこに行ったのやら…………確か、東がどうとか言っていたが」

「あのうるさい女の居場所か？　ミンクも今頃はどうしているのやら」

実のところ、オルガンはミンクに対しては特に心配はしていない。少なくない月日を共にしてきたこともあり、その力量を十分に知っているからだ。

むしろ、あの茜という女の方が未知数であり、何を仕出かすか判らない不気味な存在であると感じていた。

「人を売ったり、苛めたり、などと言っていたが……オルガン、何か心当たりはないか？」

「売る、ね……恐らく、奴隷市のことだろうな」

「奴隷市、ときたか……」

それを聞いて、この男の頭に浮かんだものはファンタジーなものではなく、あくまで現実世界のもの――大航海時代などに行われていた奴隷売買の光景であった。

無論、それは西洋だけの歴史ではなく、日本にも存在していた。

日本の戦国時代でも、武田信玄や上杉謙信などといった著名な武将たちも村々に侵攻しては、どさくさに紛れて女子供を乱取りし、自領へと連れ帰ったものである。

人権などが叫ばれるようになったのは近年のことであって、振り返れば人類の歴史にそれは、いつも存在していた。

「まだ、そんなものが堂々と行われているのか…………」

魔王は奴隷市というものに対し、非を鳴らしたり、正義に燃えるドラマの主人公のように怒りを覚えたり、といったことはなかった。

それは現実の地球でも行われていたことであり、人類が辿ってきた負の道でもある。それに対して、無条件に正義感を拗らせたりするほど、この男は幼くない。

「まだ、とは興味深い話だな…………お前のいた時代には、奴隷がいなかったとでも？」

「まぁ、少なくとも、私の身の回りにいなかったことだけは確かだ」

それは現代日本での生活を思い浮かべたものであったが、オルガンからすれば、そんなものが判るはずもなく、意外そうな表情を浮かべる。

「ならば、伝承にある――」

「そんな昔話より、今の話をしよう。その場所に心当たりはないか？」

妙なことを突っ込まれては面倒だと思ったのか、魔王はさり気なく話題を元に戻す。オルガンとしては不満であったが、渋々ながらメモ帳へと目を落とした。

しかし、そこに記されているのは獣人国の森であって、魔族領ではない。

「私が知っているのは、古い情報だけだ。今ではどこにあるかサッパリ判らん」

「そうか……………」

「ただ、心当たりはないこともない」

「詳しく聞かせてくれ」

オルガンは情報の取引先である、４人組の存在を伝える。特に、あの猫族の女は度々、魔族領へと侵入し、情報や物資を掠め取って生活しているのだ。

当然、現在の奴隷市がどこにあるのかも、把握しているであろう。

「なるほど。その連中に聞けば話は早いということか」

「取引には高ランクの獲物が必要だ。残念ながら、今は持ち合わせがない」

「話を聞くに、上等な酒でも良いのだろう？　ならば、何の問題もないさ」

自信満々の姿で魔王が答える。

この男は無類の酒好きでもあり、かつての会場にはプレイヤーが呆れるほどの酒類を用意していたものだ。それらは現実世界に存在したアルコール類ばかりであり、一部の酒好きからは妙に喜ばれていたものである。

「念のために言っておくが、火酒や雷水のようなトンでもなく強い酒が必要になるぞ？」

「ほぅ、この私に度数の強い酒を用意しろと…………？　うぁっはっはっ！」

何を想像したのか、魔王が膝を叩きながら笑い出す。

どんな酒を出して酔っ払わせてやろうか、とでも考えているのだろう。

その姿は無邪気な子供のようでもあり、一方では大家族を物ともせずに受け止める大きな父親のようでもあり、オルガンの視線はつい、魔王の横顔へと注がれてしまう。

オルガンから見た魔王の姿は、恐ろしい外見や伝承とのギャップもあってか、妙に可愛らしく映ったり、時には父親めいたものまで幻視してしまうのだ。

(また、一緒に星を眺めてみたいものだが…………)

そこまで考え、オルガンは自分がどんな顔をしているのか気付き、慌てて目を逸らす。本来の目的から、外れすぎていると。

(違う！　私がこの地に来たのは、あいつを殺すためだろう……今、何を考えていた！)

何に対して怒っているのか、オルガンは目を吊り上げながら立ち上がる。

その顔には「全て、この男のせいだ」とでも言いたげなものが張り付いていた。

「さぁ、行くぞ！　時間は有限なんだ！　世に100％は存在しないんだからな。急ぐぞ！」

「お、おう…………」

「まずは国境に戻るぞ…………！　さぁ、あの妙な能力で移動させろ！　但し、私に触れる時はちゃんと確認を取れ！」

「お前、何に怒っているんだ？」

「怒ってなどいないっ！」

やれやれ、と魔王はロングコートと上着を掴み、空いた手でオルガンを抱きかかえる。

完全に、小さな子供扱いであった。

「だっ、だから、確認を取れと！」

「現場の指差し呼称じゃあるまいし、そんなもの、いちいちやってられるか」

オルガンの抵抗空しく、魔王は軽々と全移動で国境へと飛ぶ。

茜の無軌道な行動に釣られたのか、そこにはまるで人の気配がない。

「お、降ろせ！　私は子供じゃないんだ！」

「子供というか、そもそも、お前が４００歳とか無理があるだろ。見た目だけなら、アクと変わらん年頃ではないか」

「誰だ、それは…………また女か？」

「また、とは引っかかる物言いをするな…………」

第三者が聞けば、痴話喧嘩にしか聞こえないものであったが、声を聞き付けて早速、見張り番の牛族の男とドワーフがコテージから顔を出す。

「誰かと思えば、嬢ちゃんか…………森に侵入したのは、おめぇさんのお仲間か？　こんな馬鹿げた騒ぎを起こされた日にゃあ、ワシにも庇えんぞ」

「別に庇ってもらう必要はない。それよりも、あの猫族の女はいるか？」

「――の前に、その人間は誰だ？　随分と親しげな様子だが」

未だ抱えられたままであることに気付き、慌ててオルガンが魔王の手から離れる。

「違うっ！　この男と私は何の関係もない！　ただの、そう、取引相手だ！」

「そ、そうかい…………」

いつにないオルガンの姿に、ドワーフも困惑した表情を浮かべる。

彼が見てきたオルガンは常にクールで、強大な魔力を持つ魔人そのものであった。こんな狼狽した姿など、一度も見たことがない。

その一方で、魔王もはじめて見る種族の姿に、目が釘付けになっていた。

（これが、ドワーフと……獣人という生き物か…………）

ドワーフはまだしも、牛族の男などは頭部が牛そのものであり、ＲＰＧゲームなどに出てくる敵のようにしか見えない造詣をしていた。その不気味な牛が、無言でモソモソと草を食《は》んでいる姿に笑いのツボでも刺激されたのか、魔王の肩が揺れはじめる。

（こいつ、ずっと草食ってるな……見た目はおっかないけど、草が主食なのか？　体格も優れているが、あの草は意外と栄養素が豊富なのかも知れないな…………）

この男の、悪い癖だ。

気になることがあれば、自分なりの答えを得るまで執拗に知ろうとする。反面、どうでも良いと思ったことには全く興味を示さない。

今も牛が食っている草をあれこれと楽しそうにイメージしておきながら、その一方では、この世界の金銭には全くの無関心であったりする。

バランスが悪い、などといったレベルではない。

興味があるものだけを、どこまでも追い求める――この男はクリエイターとしては優秀だが、田原のような参謀がいなければ、とても為政者としてはやっていけないであろう。

オルガンとドワーフの会話が続く中、魔王もおもむろに口を開く。

「あー、そこの牛の君。食事中に悪いのだが、少し良いかね？」

「モー？」

「その草は美味いのかね？　それとも、栄養が豊富だから口にしているのかな？」

「モー。草に興味を持つ人間。お前、ヘン」

（変なのはお前だろ！　何で頭だけ牛で体は人間なんだよ！）

魔王が脳内で突っ込む傍ら、牛はゆっくりと草を食んでいたが、コテージから一纏めにされた干草を持って来る。

「モー。これは美味《おい》し草《そう》を干したもの。幾ら食べても飽きない」

「あのキモい草かよ！　ちょっと待て、今食ってる草はまた別のものか？」

「これはマッ草《ソウ》。ムキムキになる」

「まんまじゃねーか！　名付けた馬鹿は誰なんだ」

「モー…………俺…………」

「お前かよッ！」

演技などとうに忘れ、魔王が素でつっこむ。

楽しそうに騒ぐ二人を見て、ドワーフとオルガンも業を煮やしたように口を挟んでくる。

「この鈍牛が！　人間なんぞと、何を楽しそうにしゃべってやがる！」

「…………牛族の男とは、随分と楽しそうに話すんだな」

コテージの前が途端に騒がしくなり、中から猫族の女まで出てくる。

寝ていたのか、両手を伸ばし、大きな欠伸をしながら。

「うるさいニャー。猫の昼寝を邪魔する奴は、引っ掻きの刑に処すニャ」

「やっと出てきたか」

猫族の女を見て、オルガンが魔王の方へと振り返る。

これが例の女だ、と。

「ニャニャ？　また人間？　最近は警備もザルだニャー」

「就寝していたところをすまない。少し、君に聞きたいことがあってね」

まんま猫人間、といった姿を見て、魔王は咥えた煙草に火を点ける。バニーで慣れてしまったのかどうか、兎の次は猫か、といった様子であった。

「君は、奴隷市の場所を知っているか？　知っているなら、ご教授願いたいと思ってね」

「なーんで、猫が人間ニャンかに教え……ニャニャ……？」

猫が鼻をピクピクと動かし、魔王へと近寄る。

そして、何故か周りをグルグルと回りだす。

「人間の癖に良い香りだニャー……何だか、少し落ち着くニャン？」

「そうかね？　まぁ、この煙に害はないので安心したまえ」

「くんくん。すんすん。にゃんにゃん」

「いや、ちょっ…………少し、嗅ぎすぎじゃないか？」

胸元に顔をうずめ、猫が至福といった表情で香りを嗅ぐ。
・・・またたびのように思っているのか、何であるのか。オルガンはその光景を見て、イライラしたように口を開く。
「…………牛の次は猫か。獣人とは随分と仲が良いのだな？」

「いや、そういう問題じゃないだろ。というか、離れろ！　いい加減、怖いわッ！」

「ニャー…………！」

無理やり猫を引き離し、魔王がネクタイを整える。さっさと本題に入ろうと思ったのだろう、魔王は携帯灰皿に煙草を放り込み、交渉を再開した。

「場所を教えてもらえるなら、こちらからは君たちの好物たる酒を進呈しようではないか」

そんな魔王の言葉を聞いて、ドワーフが鼻で笑う。

「人間風情がワシらに酒だぁ……？　お前たちが飲む、あんな水のようなものに何の価値があるってんだ。嬢ちゃんとのよしみで、この場は見逃してやる。とっとと消えろ」

「できれば、君たちの酒も飲ませて欲しいのだがね」

「ハッ、人間なんぞに飲ませるような酒があるか。そっちじゃあ、ワシらの造る火酒が大層な値になるらしいが……まったく、鍛冶の腕も悪けりゃ、酒も悪いときたもんだ」

言いたい放題にドワーフが人間をこき下ろしていたが、魔王は特に何とも思わなかった。人と亜人の確執など知ったことではないし、そもそも、この男はこの世界の人間ですらない。

どれだけ罵詈雑言を並べられても、他人事のようにしか聞こえないのである。

「火酒と言うからには、焼酎かウイスキーか、それともブランデーなどの蒸留酒か。ストレートにウォッカという線もあるが」

「てめぇ、さっきから人の話を聞いてんのか！　嬢ちゃん、こいつは何なんだ！」

「まぁ、諦めるんだな。この男は自分が思ったように動く。誰にも止められん」

「ったく、こんなところで人間なんぞと絡んでるのを見られた日にゃぁ………」

　そちらの方が怖くなったのだろう。

　ドワーフは忌々しそうにコテージの方に向かって歩いていく。

「気に入らねぇが………中に入れ。蛇の連中に見られたら面倒なことになる」

「ふむ。事情は良く判らんが、お邪魔させてもらおう。なに、安心したまえ。酒だけではなく、良いアテも用意しようではないか」

「ケッ、何がアテだ………こんな厚かましい人間がいやがるたぁな………」

　苛立ちを隠そうともせず、ドワーフが足早にコテージへと入っていく。牛と猫も、のんびりとした足取りでその後ろ姿を追った。

　彼らはまだ、知らなかったのだ。

　人間風情、と罵った男が〝正真正銘の魔王〟であることを。

　その男が七つの大罪――――その一柱を、無慈悲に消し飛ばしてしまうことも。

品評会

「ほぅ、これがこの地の住居か…………」

コテージに入り、魔王はあちこちへと目をやる。

丸太を組み合わせて作られたものであり、現代でも良く見られる山小屋とそう変わらない。変わったところがあるとすれば、所狭しと並べられている干草ぐらいのものだ。

「ほら、爺さん。さっさと火酒を出すニャン」

「何でワシが酒を出す話になっとるんじゃい！」

「ケチ臭い爺ぃだニャー。減るもんじゃあるまいし」

「このアホウ！　飲んだら普通に減るわい！」

騒がしい面々をよそに、魔王は壁に触れながらその硬度を確かめる。頑強な作りではあるが、そこに特別な技法や力は感じない。

「オルガン、この国の一般的な住居は、この山小屋のようなものなのか？」

「ん？　ここは種族によって家が変わる。木の上に住む者もいれば、土の中に住む者もいる」

「ほぅ、土の中にか…………シェルターのようなものか？　いや、動物としては普通のことかも知れんな。確かビーバーなども川の中に巣を作っていたし、鳥なら木に穴をあけて巣作りをするのもいた。他の動物が作った巣を、ちゃっかり使ってるのもいたよな…………」

魔王がぶつぶつと呟きながら、思案に耽る。

動物のことを考えることなど、あまりにも久しぶりすぎて新鮮なのであろう。まんま、仕事に疲れた社会人が、何十年かぶりに山へピクニックにきたような姿である。

「いや、そんなことを考え出すと……人間の家にも便乗して様々な小動物が住み着くじゃないか。どころか、一つの家を他者と共有する〝シェアハウス〟なんてものまである。金銭で他人に部屋を貸す旅館もあれば、ホテルもその一種と言えるのか」

「また、妙なことを口走りだしたが………納得はいったのか？」

「そうだな。何てことはない、人間の〝巣〟も多種多様だということを思い出した」

「人間の巣、ねぇ………」

オルガンからすれば、何を言っているのかサッパリ判らない。しかし、この男からすれば、辿り着いた結論は比較的大きなものであった。

（人間だ獣人だ動物だといっても、さほど変わらんということだよな………）

飯を食ったり、巣を作ったり、家族を作ったり、子孫を増やしたり。

経緯はどうあれ、どの生物もやっていることは本質的に同じであり、何ら変わらない。

住居という一つの事柄から、魔王はそんな大きな結論へと辿り着く。この男は何十年もの間、コツコツと一人で世界を創ってきただけあって、その想像力やイメージ力は桁違いだ。

その発想や思考は、常人のそれではない。

だからこそ、世界を創生したかと思えば、それを破壊する正反対のこともできてしまう。

この男は文字通り、天性の独裁者なのであろう。

自分の世界のみならず、気に入らないと思えば当たり前のように他人の世界も破壊する。この男が奴隷市に辿り着けば、その〝世界〟はどのように映るのであろうか？

「ニャー！　昼から飲む火酒は格別ニャン♪　ダメ猫生活バンザイ！」

「おい、猫の。これはタダ酒じゃねぇぞ？　次は質の良い獲物か情報を」

「毎日が日曜日……猫生活はやめられニャい♪」

「おい、ダメ猫！　人の話を聞いてんのかッ！」

騒がしい声に、魔王も振り返る。

そこには上機嫌に酒を傾ける猫の姿があった。

「何だ、もう宴会をはじめていたのか。どれ、私も一杯もらおうか」

「ほい、煙人間も飲むと良いニャ」

「コラッ！　人間なんぞに勝手に飲ませるんじゃねぇ！」

「ふむ、これがドワーフの酒とやらか………」

受け取ったグラスになみなみと注がれたそれは琥珀色をしており、芳醇な葡萄の香りがした。

そのグラスが突然、眩い光を放つ。

「お、おい、人間！　今、何をしやがった⁉」

「念のために毒見をね。悪く思わんでくれ」

「毒見だぁ？　おめぇ、そのナリで聖職者とでも抜かすんじゃねぇだろうな」

そんな言葉をスルーし、魔王がゆっくりとグラスを傾ける。

口の中に強いアルコールが広がり、鼻の中にまで葡萄の香りが突き抜けた。

「ふぅぅ……これはコニャックに似ているな……美味い………」

「ハンッ、人間の口なんぞには過ぎた代物よ。おい、嬢ちゃん、判ってると思うが、こいつは貸しだぞ?」

「あぁ、それで構わん。好きなように飲ませてやれ」

「ハッ、随分とこの人間には甘ぇこった」

「べ、別に甘くなどない！　お前は何を勘違いしている！」

「何をムキになってんだか………」

ドワーフがうんざりしたように呟き、牛は一人、マイペースに草を食んでいた。

魔王は魔王で本格的に呑もうと考えたのか、SPを消費して次々とアイテムを取り出す。

「アイテム作成――――《富士の名水》《炭酸水》《コラ・コーラ》《氷パック》」

呑むためには遠慮などしないのか、魔王は大盤振る舞いといった様子で必須アイテムを次々とテーブルの上に並べていく。

「ニャニャ！　煙人間、それどこから取り出したニャン⁉」

「おいおい、てめぇ！　妖術使いとか言うんじゃねぇだろうな！」

「妖術でも魔法でも、まぁ、好きなように解釈してくれて構わんさ」

相手の反応より、まずは色んな形式で呑みたいと考えているのだろう。

魔王は氷パックから球体の形をした氷を取り出し、グラスへと放り込む。

そこへ躊躇なく、火酒をなみなみと注ぎ入れた。

「ブランデーにロックは邪道だと言う者もいるが、酒は自由に楽しまねばな」

「火酒に氷を入れて呑むなんて、変わった飲み方をするニャー」

「どれ、君には水割りでも作ってやるとするか。少し飲みやすくなるだろう」

カラン、と氷が小気味の良い音を立てながらグラスに収まる。

何気ない氷に見えるが、その内実は気力を50回復させる、この世界においてはトンでもないアイテムである。火酒が、ただの火酒ではなくなった瞬間でもあった。

火酒と特別な氷の中へ、魔王は惜しげもなく《富士の名水》を注ぎ入れる。これまたただの水ではなく、こちらは体力と気力を同時に50回復させるという代物であった。

「この水には、料理や酒の味を引き立たせる、という設定を加えていてね。悪くない仕上がりになっているはずだ」

悪い、悪くないと言った次元の話ではない。

体力を50回復させながら、気力を100回復させてしまうという、この世で最も高貴な酒が生まれた瞬間であった。

一説では神の雫と呼ばれるエリクサーの効果が体力と気力を同時に33回復させることから見ても、この酒がいかに馬鹿馬鹿しい代物であるか伝わるであろう。

であリながら、この男は単に酒を作っているだけなのである。

世には日夜、薬師と呼ばれる人々が新たな治療薬を生み出そうと懸命に汗を流し、命を削りながら研究していることを思えば、この男は一度、頭をカチ割られるべきであった。

「何だか美味しそうだニャー…………いただきマンモス！」

「お前、生まれは昭和か？」

久しぶりに聞いた単語に、魔王もクスリと笑いながらグラスを傾ける。

しかし、その酒を飲んだ方の猫は、それどころの話ではなかった。

「ニャァァァァァァァァァアアアアアアアアアアアア！　マンモスうみゃいいいい！」

「声デカッ！」

「ウニャニャニャニャニャ…………ンニャァァァァァァー！」

「あのな、酒は静かに呑め…………」

魔王からすれば、単に酒でしかないのだが、その中身は違う。

まるで、エリクサーをがぶ呑みしているようなものだ。猫からすれば、全身が生き返ったように元気になり、若返ったようなものである。

過剰すぎる回復が興奮へと繋がってしまい、猫は意味もなく大声で叫んでは、走り回りたいような状態であった。

「どれ、次はソーダ割り……いや、フレンチハイボールでも作るか」

「煙人間、早く次のが欲しいニャ！　お口の中に一杯欲しいニャン！」

「おい、纏わり付くな……酒が作りづらいだろうが…………」

猫は干草を手に、魔王の周囲をくるくると踊りだす。

非常に上機嫌であるようだった。

「おーさけー、けーむりー、くーさー♪　ケェムゥリィクサァァ～♪」

「何を言ってんだ、こいつは………」

はしゃぎ回る猫が気になったのか、ドワーフも忌々しそうな顔でテーブルへと近寄り、無言でグラスを突き出す。

酒飲みとしては、やはり気になるのであろう。

「おい、それは元々ワシの酒じゃい。さっさと注がんか」

「ふむ、君の作る酒は確かに素晴らしい」

魔王も上機嫌な様子で氷と炭酸水が混じったフレンチハイボールをドワーフへと渡す。

受け取ったドワーフは、用心深そうな表情で香りなどを嗅いでいたが、問題ないと判断したのだろう。一口で全てを飲み干した。

「ぉうっ！　何じゃこりゃぁぁぁぁぁぁ！　うめぇぇぇぇぇ！」

「お前ら、いちいち叫ばなきゃならんルールでもあるのか………」

「おい、人間！　お前、ワシの火酒に何を入れた⁉　いや、その前にもう一杯よこせ！」

「待て待て。次はブランデー・コークと洒落込もうではないか」

「鉱区？　何を言っとるのか判らんが、はよ呑ませやがれ！」

小屋の面々が騒ぐ中、オルガンはやれやれと言った表情で干草の上に寝転がる。

彼女は元々、酒など嗜まず、興味もない。

頬杖をつきながら、楽しそうに笑う魔王をじっと見ていた。

（やはり、獣人とは何らかの親和性があるんだろうか…………）

神話における大戦争の中で、獣人たちは天使や人間から離れ、自分たちの国を建国した。

堕天使ルシファーとの関係は定かではないが、少なくとも敵対はしていなかったであろう。敵の敵は味方、という言葉もある。

（なら、魔人はどうなのだ…………？）

結局はそこが気になるのか、オルガンはイライラしたり、気を取り直して冷静になったりと、こちらはこちらで忙しそうであった。

「さて、せっかくの宴だ……良いつまみも用意せねばな」

魔王は更に《ビターチョコレート》、《スモークチーズ》、《生ハム》、《クラッカー　苺ジャム》などを次々とテーブルに並べ、一段と場が盛り上がっていく。

「おぅおぅ！　この黒くて甘いのは堪らんのぅ！　こっちのチーズも極上じゃぁ！」

「ンニャー！　酒が進むニャン！　今日は夜通しの宴だニャ！」

「呑むのは良いが、酔っ払う前に場所を聞かせてくれよ…………」

魔王はそう言いながら立ち上がり、オルガンの下へと歩み寄る。

情報を聞くためとは言え、味覚を失った彼女の前で宴会をするなど、配慮に欠けていたとでも今更ながらに思ったのだろう。

「妙な騒ぎになってすまんな。お前の味覚のことだが、事が終われば部下に診させよう」

「部下、とはお前の眷属のことか？」

「そうだ。腕の良い医者でな。お前の味覚も問題なく戻るだろう」

「別に味覚などなくとも、私は困っていない」

別に強がりでも何でもなく、オルガンはそんなことで悩んだことなどない。

美味しかろうが、不味かろうが、別に死にはしない、といったところである。彼女が歩んできた過酷な人生の中に、そんなものは入り込む余地すらなかった。

「お前が言っているのは、あの奇妙な白い衣装を着た女か？」

「奇妙……まぁ、そうなるのか」

女医の白衣を着て街中を歩いていたら、現代でも奇妙な目で見られるであろう。

悠にも何か衣装を用意するか、などと魔王は益体《やくたい》もないことを考える。

「あの女に貸しを作るなど、絶対にごめんだ。あれは非常に厄介で、おぞましい性質を持った女だと私は見ている。あぁまで禍々しい存在はそういまい」

（うわぁ……全く反論できねぇ…………）

オルガンの鋭い指摘に、魔王も頭を抱えたくなる。

今は妙に可愛らしいところも見せるが、元の設定を知り尽くしているだけに、魔王からすれば強烈なチグハグ感があるのだ。

己が施した設定だけに、魔王もバツが悪そうに頬を掻く。

「まぁ、無理強いするつもりはないが、時が経てば考えが変わることもあるだろう。その時は、遠慮せずに声をかけてくれ」

「…………ん」

オルガンからすれば、魔王の反応は過剰すぎるものであった。戦乱が続くこの世界では、目を失う者や、手足を失った者だってザラにいる。

薬も買えない病人もいれば、空腹の果てに餓死する者も多い。

オルガンからすれば、味覚などなくとも何の支障もないし、手の一本でも切り落とされる方が余程ことである。魔王の奇妙な反応に、オルガンもつい思案に耽る。

（古に、何か味覚に纏わるような逸話などがあったのだろうか？　あの時代のことなど、僅かに残された伝承があるばかりで、大部分は失われてしまっている…………）

そこまで考え、オルガンは思い切った質問をぶつけてみる。

「一つ聞きたい。お前の眷属はいったい、何人いるんだ？」

「今は3人しか召喚していないが、全員が揃えば8人になるな――――」

どこか懐かしそうな目で、魔王が言う。

8人の側近たちを従え、この男は〝大帝国の魔王〟として君臨していたのだ。その時代を、遥か遠くへと過ぎ去った眩い時間を、魔王はつい思い出してしまう。

そこに広がるのは、インターネットの世界へとどっぷりと嵌まっていった。何もかもが未知であり、新鮮でもあり、晶は瞬く間にネットの世界へとどっぷりと嵌まっていった。

（あの時代か……懐かしいな。手作り感が丸出しの個人サイトに、人気のテキストサイト、多くの人間が集まるチャットサイトも流行ってたっけ？　怪しいアングラサイトも多かったし、妙なフラッシュが人気を集めたりもしてたよな。ネットをはじめた当初は、電話代の請求がとんでもないことになって、肝が縮んだもんだ）

魔王は煙草に火を点け、古き時代へ思いを馳せるように煙を吐き出す。オルガンもまた、その様子を見て古の時代を振り返っているのだと察する。

「昔を………思い出しているのか？」

「まぁ、な」

カラン、と氷が音を立て、グラスの中身が見る見るうちに減っていく。

その外見だけは無駄に渋く、重厚であるため、声をかけにくい雰囲気であった。

互いの思い浮かべる時代とやらは全く違っていたが、当の二人だけは気付いていない。魔王は火酒を煽りながら、心地良い酔いに身を任せるように呟く。

「23時になればテレホーダイのテレホタイム。一斉に回線に繋ぐもんだから、そこからは毎日が戦争騒ぎだったな。キリ番だの、ウェブリング同盟だの、しょーもない隠しページだの、あの時代は画像を一つ読み込むだけでも、えらく時間がかかったものだ。誰も聞いちゃいないのに、100の質問とかを答えてる奴も多かったな」

上機嫌に語りながら、とうとう魔王が笑い出す。

聞いているオルガンからすれば、何一つ理解できないものばかりだ。

「よく判らんが…………お前にとって、その時代はさぞ、愉快なものだったらしいな」

「そうだな。稚拙で、野蛮で、混沌としていて。今になって振り返れば、何もかもが眩しい時代だったように思う」

「……っ、そうか」

聞いておきながら、オルガンの胸には重石が乗せられたような気分であった。そんな遥か古の時代から、共に過ごしてきた眷族が8人もいるという事実に。

この先、眷属の召喚とやらが進めば進むほど、堕天使の意識は古の時代へと巻き戻り、現世のことになど興味を失うのではないか、と。

「ふぅ、昔話がすぎたな…………オルガン、味覚を治癒する時のこ――」

「気持ちだけ受け取っておく。必要と感じたら声をかける」

「そ、そうか…………」

オルガンは食い気味に魔王の言葉を遮り、この話を〝途中のまま〟終わらせることにした。

その頭に浮かぶのは、奇妙なもの。

（こうまで味覚を気にかけ、心配してくれるなら、このままの方が良いのではないか……？）

何故、そんな珍妙なことを思ったのか。

オルガンは自身でも、何を考えているのか判らなくなってくる。

むしろ、このままでいた方が気を惹ける、と言わんばかりの思考であり、昔の彼女が今の姿を見れば、「目を覚ませ」とビンタでも放っていたであろう。

（違う！　これは、そう、あれだ！　奴の意識が闇に飲まれぬよう、やむなく取った手段の一つにすぎん。別に、あの男の気を惹きたいわけでも何でもないんだからな。第一、奴の眷属とやらが揃っていた時代など、どうせロクでもない時代だろう。確か、23時から毎日戦争とか、物騒なことを言っていたではないか…………！　野蛮とか、混沌だとも言っていたしな！）

オルガンの中で何かが鬩《せめ》ぎあい、古の時代とやらにまで妙な勘違いが広がっていく。

天上の視点からそれを見れば、すれ違いコントでしかなかったが、オルガンたちの長話に痺れを切らしたのか、ドワーフと猫がそれぞれに声をあげる。

「おい、黒人間！　そろそろ、てめぇの酒を出せ」

「煙人間、早く出すニャン♪」

「黒だの、煙だの…………お前たちの語彙はどうなっているんだ」

言いながら、魔王はとっておきの酒である、《アブサン》を作成した。非常に強い酒であり、幻覚作用まであるとされ、一時は製造・流通・販売まで禁じられたほどの酒である。

「これは多くの芸術家や、詩人に愛された酒でね。ゴッホやピカソといった伝説的な存在も愛飲していたと言われている」

「何だか変わった色だニャー……草みたいな色で不味そうだニャン…………」

「まぁ、癖があることは否定せん。だが、刺さる者には深く刺さる」

魔王はグラスに氷を入れ、その上にアブサンスプーンと呼ばれる独特な形状をしたスプーンを置く。その中へ角砂糖を設置し、エメラルドのような輝きを放つアブサンを注ぎ入れた。

「さて、ここからが本番だ」

おもむろに魔王はジッポライターを取り出し、アブサンがたっぷり染み込んだ角砂糖へと火を点けた。そこから立ち昇るのは、幻想的なまでの青き炎――

「なっ………こりゃぁ、ワシらの使う〝青火〟じゃねぇか!?」

「はぁー……綺麗だニャー。見てるとうっとりするニャン」

熱された砂糖がスプーンから溶け落ち、エメラルドの液体へ雫のように降り注ぐ。その幻想的な美しさと、静寂な時間に、ドワーフと猫も次第に黙り込んでしまう。

「ふむ、これで仕上げだな」

ゆったりとした手付きで、魔王は青い火を放つ角砂糖に富士の名水を垂らす。水と混ざりあったエメラルドグリーンのアブサンが、途端、乳白色へと変化していく。

その様まで、どこか神秘的であり、山小屋にいる面々の目を釘付けにした。

「猫が最初に飲むニャ！」

「ふざけんなっ！　てめぇは散々、火酒を飲んだだろうがッ！」

「いただきマンモス！　っ、これ、ニギャイイイィィィィ！」

その苦味に、あまりの度数に、猫の全身の毛が逆立つ。

彼女の味覚は、どちらかと言えば甘いものが好みなのであろう。慌ててチョコレートを掴み、ペロペロと舐めはじめた。

「どれ、ワシも頂こうかい…………」

ドワーフがグラスを傾け、口の中に広がる液体を転がす。独特の薬草感はあるが、それ以上に突き抜けた爽快感がドワーフの全身を貫いた。

「…………もう一杯、くれ」

「ほぅ、いける口かね？」

人間、本当に好みのものを口にした時は、咄嗟に言葉が出ないものだ。

ドワーフも騒がず、叫ばず、ただ静かに次の一杯を待った。

「この酒には《緑の妖精》なんて呼び名もあってな。この地には、中々に合うのかも知れん」

「緑の、妖精か…………」

渡されたグラスを見つめ、ドワーフは惚れ惚れとしたように漏らす。

今度は一気に呑まず、ちびちびと惜しむようにして胃の中へと収めていく。剣呑だった顔も今ではすっかり満足気な好々爺になってしまっている。

「アブサンコーク、というものもあってな。そっちの猫には、この方が合うかも知れん」

「コークって、あの黒いシュワシュワした甘いのかニャ？　猫は混ぜるのが好きニャン」

「…………お前が言うと、猫まんまでも作っているような気分になるな」

魔王が苦笑いを浮かべ、猫は早く作れと急かす。

東の地で大きな騒乱が発生している中、この山小屋の中だけは実に平和なものであった。

オルガン

Organ

【種族】魔人　【年齢】400歳以上

所持品 **便利君**

魔力に応じ、収容量が変わる貴重な鞄。オルガンは他にも「魔」の気配を消す魔道具や、罠を見破る魔道具など、多数のアイテムを所持している。

【レベル】25　【体力】？　【気力】？　【攻撃】？　【防御】？　【敏捷】？
【魔力】43+?　【魔防】48+?

ミンクと同じく、Sランクに位置するスタープレイヤーの一人。その正体は魔族領で権力闘争を繰り返す「大罪」の一人、ベルフェゴールの娘。幼い頃から実験対象となり、地獄すら生温いと思えるような日々を送ってきた。数百年に及ぶ実験と虐待は、彼女に強い免疫や耐性を持たせることに成功したが、その過程で味覚は失われ、熱さも寒さも感じない体へと変わり果ててしまった。一人の魔法使いとしては、規格外としか言いようがない力を所持している。

東部戦線　異常あり

――獣人国　国境線――


中天にかかる月が辺りを照らす中、茜とミンクは国境へと辿り着いていた。

そこは獣人国と魔族領を隔てるラインであり、この世で最も危険な場所である。

「良い夜だね～。月に代わってお仕置きにはピッタリなのサ」

「あ、あんたねぇ……本気で行くつもりなの!?」

能天気な茜の姿に、ミンクも突っ込まざるを得ない。むしろ、この国境に立っても辺りが静まり返っているのが不気味なほどであった。

本来であれば、この国境線には近付くことすら困難である。

国境の北側には龍が住むと謂われる伝説的な高山があり、南には妖狐が守護する神社があり、何人も近付くことすらできない。

茜たちは南の国境線にいるのだが、以前に見た神社は跡形もなく消えていた。

「あっるぇー？　この辺りで伯斗とヘンテコな神社を見たんだけどなー。消えてるのサ」

「ジンジャって何よ？　と言うか、本当に魔族領に入るつもりなの？　せめて、全員で行かなくちゃ危険よ！」

ミンクの口から、極めて真っ当な言葉が飛び出したが、茜の顔はどこ吹く風である。

むしろ、叱咤するように茜は威勢の良い言葉を口にする。

「厨二ちゃん、手柄ってのは抜け駆けしてナンボなのサ。夜討ち朝駆け何でもござれ、指示待ち人間じゃ生き残れないのサ」

「魔族領に行く方が生き残れないわよッ！」

「しっ、誰か来たのサ」

「ちょ、ちょっと………むぐっ」

茜はミンクの胸に顔を埋めながら、そっと手で口を塞ぐ。

やがて、二人の小さな狐人が現れた。

「騒がしい人間たちめ………ここが神域であると理解しているのか？」

「あ、兄様の言う通りです！　ここはアナシたちの縄張りなのよ！」

ミンクは即座に杖を構え、戦闘態勢に入る。

幼く見えても、相手は獣人であり、決して油断できるような存在ではない。一方で、茜は目をキラキラさせながら二人の狐人を見ていた。

「あーっ！　やっと僕が期待してたモフモフが来たのサ！」

「茜ッ！　油断しないで！　この二人、とんでもない魔力の持ち主よ！」

「うんうん！　確かにこれはフラフラと引き寄せられる魔力を持ってるのサ！」

「ちょっと、貴女ね！　命知らずも大概に…………」

茜が無防備に二人へと近付き、ミンクが警告も鳴らすも既に遅かった。

一瞬で赤い狐の背後に回り込み、茜がその尻尾を優しく撫でる。

「ひゃぁぁぁぁ！　あ、兄様！　こ、こいつ、アチシの尻尾を触りました！」

「この人間、いつの間に後ろに！」

「ふぇぇ……柔らかい……サラサラなのサ………」

青い狐が咄嗟に払おうとするも、そこに茜の姿はなく、気付けば青狐の背後に回っていた。

瞬間、その耳にぞわりとした感触が走る。

「こっちの耳もフワフワ……ケモショタとか禁断の香りがするのサ」

「は、離れろ！　この変態人間！」

「君さぁ、悠姉ぇには絶対に近付いちゃダメだよ？　確実に薄い本案件になっちゃうのサ」

「な、何を……クソッ、何でこんなに素早いんだよ！」

「よっ、ほっ、にゃはは！　こっちだよん♪」

茜はクルクルと動きながら、二人の尻尾や耳を存分に堪能していく。警戒していたミンクも、あまりの馬鹿馬鹿しさに杖を下ろしそうになる。

(前から思ってたけど………この子、本当に素早いわね)

Sランク冒険者であるミンクの目を以ってしても、茜の動きを追うのは非常に困難であった。殆ど、突風に近い速度だ。

ミンクはその素早さに感嘆していたが、二人の狐人からすれば笑えない話である。野蛮な人間が神域に入り込み、あまつさえ好き勝手に体に触れてくるのだから。

「クソッ、母様の体調が万全であれば、お前なんか…………！」

「そ、そうよ！　チサマなんて一瞬で倒されるんだからっ！」

「へー…………狐ちゃんたちにはお母さんがいるんだ？　ちゃんと親孝行してる？」

二人の怒りをよそに、茜の口から場違いな言葉が漏れる。彼女は孤児が集められた「下院」の出身者であり、両親は不明という設定が与えられていた。

それだけに、母様という言葉に何か思うところがあったのだろう。

「孝行したい時分に親はなし――なんて言葉もあるのサ。狐ちゃんたちも気をつけてね」

「お、お前なんかに言われる筋合いはない！　この変態女！」

「兄様！　こいつ、アチシたちを馬鹿にした気がします！」

茜はニコニコとそれを見ていたが、呆れたミンクが間に割って入る。

このままでは、一生話が終わらないと思ったのだろう。

「ねぇ、他の獣人たちはどうしてるの？　私が言うのも何だけど、静かすぎるのよね」

「ふんっ、他の連中は母様の母様の命に従っているんだろう」

「えっーと、母様の母様って何？」

青い狐の言葉に、ミンクは目を丸くしながら問い返す。しかし、青狐はそれっきり口を噤み、拗ねたようにそっぽを向いた。

ミンクには知る由もない。

この大地を統べる、偉大なる龍の口から「捨て置け」という命が発せられたことなど。

何千年もの間、口を開くことすら滅多にない龍が、何か言葉を発したというだけでも獣人たちにとっては驚天動地のでき事である。

遥か上空の天より、稲妻でも落とされたような気分であったに違いない。

獣人たちの中には、生粋の戦闘種族である虎人などもいるのだが、それらですら今回の事態を重く見たのか、一様に耳を垂れ、静まり返っていた。

「要するに、今すぐ私たちをどうこうしよう、って気はないってことね？」

「…………ふん」

青狐は何も答えなかったが、その態度が雄弁に語っている。ミンクは訝しげに思いながらも、まずはホッと胸を撫で下ろす。獣人たちが本気になって襲ってくれば、ひとたまりもなく殺されるということを自覚していたからだ。

「茜、聞いての通りよ。今すぐの危険はないようだから、あの小屋に戻ってまずは合──」

「うーん。それ、どうせ伯斗が裏から手を回したのサ」

「えっ？」

「いっつもそうなんだー。僕が気付いた時には、ぜぇーんぶお膳立てされててサ」

少し寂しそうな顔で、茜がポツリと漏らす。

かの大帝国が存在した世界において、九内伯斗は権謀術数の限りを尽くし、並居る政敵を悉く退け、皆殺しにしてきたのだ。

茜が気付いた時には、もう全てが終わっていたケースが殆どである。

そういった裏の政治や謀略の面で、茜に出番などはなかった。

あらゆるデータを纏め、判断材料を揃えるのは九内伯斗の秘書である蓮が担い、悠はあらゆる情報を集め、時に操作し、田原はその智謀によって〝大帝国の魔王〟を支え続けた。

茜はハイライトの消えた目で、ポツリと呟く。

「そこに、僕の〝居場所〟はなかったんだ――」

「な、何の話をしてるのよ………」

雰囲気の変わった茜に、ミンクは背筋が冷たくなるのを感じた。

狐人たちも飛び退り、警戒した目付きで茜を見る。

「だからさっ、独断専行しなきゃ意味がないのサ♪　ほらっ、厨二ちゃん、行くよ！」

「ちょ、ちょっと！」

「猪突猛進こそ、僕の本領！　黒色槍騎兵艦隊《シュワルツランツェンレイター》、出撃なのサ！　バリバリ行くよ！」

「やめてっ！」

そんな叫びも虚しく、茜はミンクの体を掴み、国境線を軽々と越えていく。人類未踏の地を、まるでピクニックか何かのように。

嵐のように去っていった二人の後ろ姿を見つめ、青狐は複雑な声色で漏らす。

「何故、母様の母様はあんな人間たちを………」

「あの怖い顔をした邪悪人間が、母様の母様をあの怖い顔で脅したんだと思います！」

「あの悪人面の、邪悪人間め………」

とんだ風評被害であったが、一面では真実を穿っていたとも言えるだろう。何の意図があったにせよ、かの龍は魔王のことを「あの男」と呼び、捨て置けと命じたのだから。

茜の言った「どうせ、伯斗が裏から手を回した」という勘違いも、あながち間違っていないのだから別の意味で恐ろしい話であった。

「で、でも、兄様……あの邪悪人間は、忌々しい悪魔の腹を蹴り飛ばしてました」

「うん。その後、思いっきりビンタしてたよね………」

神域を脅かす大悪魔が、まるで躾か何かのようにブン殴られた姿を思い出し、二人の表情が段々と笑顔になる。ついには堪えきれなくなったのか、二人はお腹を抱えて爆笑した。

「あの時の悪魔の顔！　ちょっと泣いてた！　絶対、半泣き入ってた！」

「悔しそうな顔でした！　ざまぁです！　ケラケラ！」

「邪悪人間め、ほんの少しは認めてやろうじゃないか！」

「はいっ、兄様！　今度来たら、ぶぶ漬けくらいは出してやるです」

久しぶりの快事であったのか、二人は明るい声で笑う。

ぶぶ漬けを出そうとするなど、半ば嫌がらせに近いものがあるのだが、赤狐はまだ幼く、意味が判っていないのであろう。

明るい声が神域に響く中、茜とミンクは空気が変わったことに気付く。

それまでの清浄な空気が、肌で感じるほどに淀んできたのだ。そこは人が踏み込んではならぬ禁忌の大地であり、茂る木々さえ黒ずんで見えてくる。

「あちゃー、暗い雰囲気になってきたねー。僕はこう、明るくパーッと行きたいのにサ」

「どんだけ暢気なのよ、貴女は…………それより、何かあったらあの妙な靴ですぐに逃げられるのよね？　ねぇ、そうなのよね⁉」

「相方二号のこと？　戦闘中に全移動はできないのサ」

ミンクが必死に問うも、茜からの返答は残酷なものであった。

事実、戦闘中に全移動などはできない。

かつての会場では相手を倒すか、一定の攻防を行うか、はたまた逃亡可能区域まで離れなければ、全移動のコマンドを駆使することは不可能であった。

「何よそれ、逃げられないってこと⁉　私、用事を思い出したから帰らせ…………」

「そんな冷たいこと言わないでサー。ほら、前みたいにノリノリで詠唱しようよ～♪」

言いながらも、茜の足は止まらない。暗い森を抜け、峡谷を越え、その足は岩肌が剥きだしの荒れた区域へと駆け抜けていく。

二人が駆け抜けた区域には無数の魔物が存在していたのだが、不思議なことに何の反応も示さなかった。茜の持つ特殊能力が、彼らの捕捉能力を遥かに凌駕していたからである。

その存在に誰も気付かぬまま、気付けば敵陣に飛び込み、知らぬ間に背後へ忍び寄り、匕首《あいくち》を突きつけている。茜という少女は、そんな反則的な存在だ。

その昔、大野晶が描いたショートストーリーにも、茜はその手のエピソードが多い。本当に独断専行したものもあれば、九内が密かにそう動くように仕向けた内容のものもある。

無論、それらは架空のでき事であり、側近たちの紹介を兼ねたショートストーリーの一つでしかなかったのだが、茜にとってはリアルそのものである。

(伯斗は怒るかなー？　でも、良いよね。いつも敵将の首を獲ったら喜んでくれたし)

どれだけ策略を張り巡らせようと、それが通用しない相手もいる。

その場合、事故を装った武力行使しかない。

かつての大帝国が存在した世界において、九内伯斗は「国民幸福管理委員会」の長官の地位を得ていたが、周囲はその椅子や利権を奪おうとする者で溢れかえっていた。

それら無数の政敵を、裏で始末してきた数は田原が一番多かったのだが、大臣クラスの大物になると、決まって茜がしゃしゃり出ては、その首を掻っ攫ったケースが多い。

茜はその軽率さで失敗するエピソードも多かったが、同時に〝大物食い〟でもあった。失敗があっても、それを優に補える功績があり、実にピーキーな存在であったと言える。

「着いたよ、厨二ちゃん」

「本当に、こんなとこ……ろ……って、あれはなに？」

粗末な木柵で覆われた広場には、目を覆うような光景が広がっていた。

無数の檻に人間が押し込まれ、棺桶の形をしたような魔物があちこちに鎮座し、中央には血でできたとしか思えない真っ赤な池まである。

常人であれば、絶叫を上げるか、気を失うか、恐怖で身動きができなくなったであろう。数々の修羅場を越えてきたミンクであっても、目の前に広がる光景は悪夢そのものであった。

「はっ、ははっ……これは、また、随分な闇ね……私の右目も…………」

「酷いね…………昔を見ているみたいだよ」

茜の顔には酷く遠いものを見ているような、不思議なものが浮かんでいる。

その沈んだ表情には、普段のキラキラとした輝きはない。

「昔って、それはいつの話よ…………あの魔王が君臨していた時代のこと？」

「うん、そうだね。大きな会場に一杯、人が集められてね。皆、そこで殺し合うのサ。生き残れるのは、たった一人だけ」

「たった、一人？　ちょっと待って…………それ、何の話をしてるのよ？」

ミンクからすれば訳が判らない。

ただ、残酷なショーめいたものが浮かぶのみである。

「そんな酷い場所でもね、僕たちは守らなければならなかったのサ。広い世界に、もうそこしか皆の居場所はなかったから」

事実、側近たちはみな、何らかの問題を抱えている者ばかりであった。

全世界の6割を支配し、圧制と侵略を続ける大帝国の中にあって、〝不夜城〟だけが側近たちに与えられた家であったのだ。

善も悪もなく、生きるために、家を守るために、茜は戦い続けなければならなかった。

「でも、この世界にはもう、〝大帝国〟なんて存在しない――――」

茜の目に、強く、ギラギラとしたものが宿る。

ミンクからすれば、サッパリ理解できない言葉であったが、本気でやる気なのだ、ということだけは痛いほどに伝わった。本気で、あの場所に突っ込むつもりなのだと。

「ねぇ、その大帝国というのは………」

「あの国はもう、滅んだのサ。だから、僕たちの手で新しい家を作るんだ……今の伯斗となら、一から帝国だって、世界だって作ってみせる」

ミンクの言葉を聞いているのか、聞いていないのか、茜はうわ言のように呟く。

その顔には病的な執着や、固執といったものが浮かんでおり、ミンクの目には段々、目の前の地獄より隣にいる少女の方が恐ろしく見えてくる。

「貴方たちはいったい、何をしようとしているの………？」

ミンクの問いは、恐怖を伴ったもの。

この明るく、キラキラとした少女の中に、何か得体の知れない暗闇や、強い怨恨めいたものが潜んでいることを察せざるを得なかったのだ。

「心配しなくて良いよ、厨二ちゃん……今の伯斗なら、きっと、今度はちゃんとした国を創ってくれると思うから」

そんな奇妙な言葉の羅列に、ミンクはとうとう一つの結論を導き出す。かつて滅んだ国とは、神話の時代を指すのであろうと。

必然、大帝国とは夜を支配したと謡われる堕天使ルシファーが築き上げたものになる。

（あの魔王と眷属は、古に存在した国家を復活させようとしている………！）

それはある意味、当たり前すぎて、誰も真面目に考えてこなかったもの。

何故、魔王が、堕天使ルシファーが復活したのか。

その眷属らが、こうして活動しているのか。

それらの目的が、何であるのか。

一つ一つのでき事、魔王の行動、茜の言動、その全てが一事に収斂していく。

(神話の時代が、夜を支配した国家が、蘇る…………?)

厨二病を患っているミンクからすれば、背筋がゾクゾクするような状況であったが、真面目に考えると、人にとっては暗黒の未来も浮かぶ。

(でも、あの魔王は逆侵攻の際に魔物を悉く滅ぼした…………この娘も、今から魔族の支配する地域に攻撃を仕掛けようとしているじゃない…………)

古に存在した、自分たちの国家を復活させようと目論んでいる——

これはいい、まだ理解もできる。

しかし、それなら何故、魔族と敵対するような行動ばかり取っているのか。

ミンクにとっては、そこが繋がらない。

「茜、貴女に幾つか聞きたいことがあるの。あの魔王は、魔族と敵対しているの?」

「魔族って、あの目の前にいる連中?　あんなのゲームに出てくるような雑魚敵なのサ。単なる経験値だよ?」

茜の返答は、実にあっけらかんとしたもの。

同時に、ミンクの頭に衝撃の言葉が蘇る。

それは、あの魔王が聖勇者と交わした何気ない会話の一つ。

――魔物など、私にとって〝糧〟に過ぎん――

魔王がつい、本音を漏らした場面であった。

実際、魔王からすれば魔物などSPを稼げる相手でしかなく、それ以上でもそれ以下でもないのだから、平然と嘯《うそぶ》いたものである。

「貴女も、魔族を糧であると…………？」

「僕が恐れたのはプレイヤーでも、魔物のような混合生物《キメラ》でもない。あの人から飽きられ、捨てられることサ」

茜の顔に一瞬、暗いものが差したが、顔を上げた時には輝くような笑顔になっていた。まるで百面相のような有様に、ミンクはどうすれば良いのか判らなくなってしまう。

「ごめんね、厨二ちゃん。こんなところにまで付き合わせちゃって。どうしても、検分役が欲しくってサ。抜け駆けしても、たまに手柄に数えられない時もあるからサー」

大きな手柄を立てても、誰も見ていなければ意味がない。

茜は抜け駆けをして、大変な苦労をした挙句、全く功績にならなかったというコントのようなオチが付くエピソードが結構あるため、それを恐れたのであろう。

他にも大きな功績を立てたものの、調子に乗りすぎて台無しになったケースも多い。そうした失敗のエピソードの数々が、プレイヤーたちから人気を集めた要因でもあったが。

「はぁ……まぁ、良いわ。今はとにかく、この状況をどうにかする方が先決だしね」

「そうそう、大船に乗ったつもりで、のーんびり待ってて欲しいのサ」

「へっ……まさか、貴女一人で突っ込むつもり⁉」

「大丈夫、あんなの何千匹いようと一緒なのサ」

茜が胸を軽く叩き、上機嫌にふんぞり返る。

広場の中には、少なくとも300は超えるであろう魔物が犇《ひし》めいており、ミンクからすれば、とても楽観できるような状況ではない。

「厨二ちゃん、僕のライブ会場へようこそ――――ってね」

そんな言葉とウインクを残し、茜は一直線に広場へと突っ走っていく。次の瞬間、棍棒を振り上げていた小鬼《ゴブリン》の頭が消し飛んだ。

藤崎　茜

Akane Fujisaki

【種族】人間　【年齢】16歳

武器 竜頭蛇尾《りゅうとうだび》

右手と左手、其々に持つ二対のトンファー。合体させて棍棒にもなる。一つには竜が描かれ、一つには蛇が描かれている。

防具 笑門来福《しょうもんらいふく》

普段は学校の制服のようなものを着ているが、戦闘時には早変わり。可愛らしいチャイナ服となる。笑う角には福来る、という言葉通り、魔を払う効果もある。

所持品 ローラーブレード

行動時の気力を大きく減少させる。敏捷にも+20の効果があり、会場では恐ろしい高値で売られていた。茜はこれを「相方1号」と呼んでいる。

所持品 ジャンプシューズ

行動時の気力消費を抑え、一度行った場所に無条件で《全移動》できる。かつての会場では「大帝国メダル」を大量に集めることで交換することができた。茜はこれを「相方2号」と呼んでいる。

【レベル】1　【体力】8000　【気力】600　【攻撃】65+50　【防御】20+30
【敏捷】120+20　【魔力】0　【魔防】0+20

【属性スキル】FIRSTSKILL 棍術　SECONDSKILL 足払い
SECONDDASH 無影脚　THIRDSKILL 南派少林寺十字拳
【戦闘スキル】さきがけ　必中　本能　狩人　高貴　コレクター　リベンジ
大車輪　憤怒　粉砕　無双　限界突破　強制突破
【生存スキル】毒見　嗅覚　爛漫　回復　闘争心　馬耳東風　強運　鷹の目
医学　宝探し　メダル王
【決戦スキル】超絶革命疾走《アルティメット・オーバードライブ》
【特殊能力】秘密諜報員　SUPER SONIC　茜色　？

不夜城を守る側近の一人。その天真爛漫な性格を愛され、プレイヤーたちから「不夜城のアイドル」と呼ばれていた。実際、会場には彼女に纏わる無駄なアイテムや、トロフィーも多い。設定上、彼女の両親は不明であり、大帝国が運営する施設「両院」の中で育った。施設は上院と下院に分けられており、上院は特権階級の訳ありの子女が通い、下院は捨て子や戦争孤児などが通う施設となっている。下院に通う者は、上院の生徒から虐められるのが常であったが、彼女は生来の負けん気の強さからか、それらに真っ向から立ち向かい、多くの生徒を守りきった。上院へと通う、もう一人の側近「宮王子 蓮」の良き相棒であり、パートナー。

乱入者

辺りに呻き声が響く中、ハマーは支給されたパンをおずおずと受け取った。

船に乗ったと思ったら、魔族領の奴隷市に運ばれてしまった冴えない中年男である。

「ハマーおじさん、大丈夫ですか？」

「…………はっ、へ、へい！」

虚ろな目をしていたハマーであったが、我に返ったように顔を上げる。

そこには可憐な姫、ケーキの姿があった。

「おじさん。気を強く持ってくださいね…………きっと、あ、いえ、ごめんなさい！　私なんかが偉そうに言っちゃって……はぅぅ……」

「い、いえ、あっしこそ、いつも気を使ってもらってすいやせん…………！」

ハマーはしみじみ思う。

こんな地獄のような場所でも、この可憐な少女は自分の身を顧みず、人々を勇気づけながら、懸命に生きているると。幼い身でありながら、その気高さはどうであろうか。

「おじさん、これ…………」

「えっ、これって」

「しっ、内緒ですよ。えへへ」

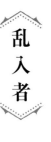

ケーキがそっと手渡したもの、それは一粒のサクランボ。

この地獄のような光景の中で、その赤は命そのものであるようにハマーの目に映り込む。

「こ、こんなものをどうやって……」

「少し、分けてもらったんです。こう見えて、私もここでは長いので」

言いながら、ケーキが小さく微笑む。

その笑顔の儚さに、ハマーは思わず涙ぐみそうになる。こんな可憐な姫がどうして、この地に運ばれてきたのか。何より、一人でどうやって、この場所で生き延びてきたのか。

「周りの人に見つからないよう、毛布の中で食べてくださいね。それじゃっ」

「へ、へいっ」

ハマーは深々と頭を下げ、毛布の中へと潜り込む。

口の中へ放り込んだサクランボは、悲しくなるほどに美味しかった。その甘さに、新鮮さに、むくむくと生きる気力まで沸いてくる。

（あの娘のためにも、あっしも何としてでも、生き延びなきゃぁ……！）

人間とはおかしなもので、ほんの少しのキッカケで落ち込んでいた心が立ち直ったり、生きる気力が沸いてきたり、勇気が出たりする。

今のハマーがまさに、それであった。その後もケーキは牢内の人間へ様々な声をかけながら、固くなったパンと濁った水を配っていく。

貧しい食事ではあるが、そのたびに牢内の人間は笑顔となった。

食事より、ケーキとの僅かな会話が生きる希望になっているのであろう。

まさに、地獄に咲いた一輪の可憐な花である。この地獄のような環境に心を痛めているのか、姫は憂いを帯びた表情を浮かべながら、自身のテントへと向かう。

（クソッ、予定より処分されるペースが早ぇぞ……このままじゃ、アタイの番が！）

イライラしているのか、歩くペースも若干速い。

辺りには奴隷市を管理する小鬼が群れていたが、ケーキの姿を見て慌てて道を開ける。つい先日、仲間がケールに殺されたのを忘れていないのであろう。

その処刑方法は苦と惨を極めたものであり、小鬼たちの間で、この小娘に関わるとヤバイ、と認識される斜め上の結果を生んだ。

すれ違う刹那、ケーキは小鬼の耳に突き刺すように呟く。

「おぃ、小鬼。もう少しマシな水を持ってこい」

「お、お前、誰ニ向かっテ……」

「ケール様に、お前たちが奴隷管理を怠っているとチクるぞ」

「き、キサ……ぐっ、ウぅぅ………」

フン、と鼻で笑いながらケーキがテントの中へと入っていく。

まだ幼き身でありながら、表の顔と裏の顔を見事に使いこなしている様は流石に一国の姫君といったところであるが、色んな意味で将来が危ぶまれる姿であった。

テントに戻り、ケーキは広げられた大きな紙片へ視線を落とす。

「くそったれ！　第二に送れたのは、たったの三人かよ…………」

そこには第一、第二、第三、と書かれた施設が記されており、様々な数値が並んでいた。

ここは第一と呼ばれる場所であるらしく、数値の増減が激しい。

「せめて、もっと人が増えりゃ……戦争捕虜でも来ねぇかな…………」

可憐な口から、トンでもない台詞が飛び出す。

彼女に与えられた役目とは、第一から第二へと人間を送り込むことであった。人間の奴隷には段階が付けられ、第一は言ってしまえばゴミ溜めと変わらない。

遊び半分で殺され、撲《なぐ》られ、玩具にされる場所である。ここに来る客も、低俗な豚面《オーク》や、野蛮な鬼面《オーガ》、低級の吸血鬼などが多い。

この悲惨な環境でも生き延び、精神が壊れなかった人間だけが第二へと送り込まれる。

そこでは清潔な環境と、豊富な食事、寝床が与えられ、そして徹底した教育や洗脳が行われ、合格を得た者だけが第三へと進む。不合格の者は当然、第一へと逆戻りだ。

その第三こそが、正しい意味での奴隷市である。

厳しい環境を乗り越えてきたからこそ、第三に並ぶ奴隷は選りすぐりの者たちであり、非常に質が高いと評判であった。魔族領には大小様々な奴隷市が存在していたが、他の大悪魔たちは、人間に対してそんな労力を割かない。しかし、ベルフェゴールは別である。

彼は怠惰であり、好色でもあり、何より、寄り道を好む――――

オルガンに対する様々な仕打ちも、彼の好む寄り道であり、無駄を愉しんでいた。

「あのクソ野郎が来る前に、何とかしねぇと…………」

滅多刺しにされた手に触れ、ケーキは呻くように言う。

今度来た時には、何をされるか判ったものではない。

目でも抉られるのか、指を切り落とされるのか、爪を全て剥がされるのか、あの残酷な悪魔の姿を思い出し、ケーキの全身に震えが走る。

「ここじゃ、ロクな物資も入らねぇ……あいつの名前を使って、第二から食い物をガメるか」

かなり勇気が要る行動であったが、ケーキには一種の確信があった。恐らく、あの性悪悪魔はその足掻きを嗤い、愉しむであろうと。

むしろ、泣いてばかりで立ち止まっていては、あの残虐さに火が付く結果になりかねない。

「小鬼たちがブルってる今がチャンスだ……この機会を徹底的に利用してやる」

ケーキは意を決し、この場にはそぐわない一際立派なテントへと向かう。そこには串刺し公の直属の部下である、地獄の騎士《ヘルズ・ウォーリア》が静かに鎮座していた。

骸骨兵や死霊系の魔物を束ねる将軍とも言うべき存在であり、ミンクのような極めて力の強い僧侶や聖職者でなければ、傷一つ付けられない魔物である。

「お、お願いに上がりました………」

さしものケーキも、その恐ろしい容貌を前に声が震えだす。

地獄の騎士《ヘルズ・ウォーリア》は視線を僅かに向け、無言のままでいた。その全身は分厚い装甲に包まれており、何を考えているのか、中には何が入っているのかも判らない。

「第二へ、馬車を出して欲しいのです……ケール様から、その、命を受けまして……」

地獄の騎士は暫く無言のままでいたが、やがて僅かに体を動かす。

観察力に優れたケーキであっても、その分厚い装甲からは何も伝わってこない。永遠とも思える沈黙の中、ようやく地獄の騎士《ヘルズ・ウォーリア》が口を開く。

「公は何故、あのような胡乱《うろん》げな者を近づけておられるのか………」

公とは奴隷市を管理する、串刺し公のことか、とケーキは震えながら考える。大悪魔ベルフェゴールの右腕にして、懐刀。まさに腹心の中の腹心である。

「あのように品のない者、気高き我らが公に相応しからず………」

地獄の騎士《ヘルズ・ウォーリア》は呻くように呟いていたが、何かを感じたのか、椅子から飛び降り、恭しく頭を下げた。その先にあったのは、一つの髑髏。

その目が妖しく光り、口がカタカタと動き出す。

「簡単なことですよ。我が王が、あの者を妙に好んでおられるのでね――」

「………至らぬ言をお許しあれ、気高き公よ。この失言は我が首にて償いを」

「よいのです。我輩も、実は貴方と似たような考えでして」

髑髏の周囲に黒き瘴気が集まり、やがて一つの形となっていく。

そこには貴族もかくや、といった装いをした串刺し公の姿があった。その禍々しさに、尋常ならざる気配に、ケーキも咄嗟に土下座の姿勢となって頭を垂れる。そこには恐怖もあったが、何よりも視界に入れたくない、という動物的な本能が先立った。

視界に入れるだけで、まるで寿命が吸い取られそうな気がしたのだ。

「王は寄り道を好み、無駄を愛す。ケールめに、何かご自身に近いものを感じるのでしょう」

「ははっ！」

地獄の騎士《ヘルズ・ウォーリア》はそれに逆らわず、ひたすらに頭を下げた。

ケーキも何かに役立てようとしているのか、一言一句を聞き逃さぬよう聞き耳を立てる。

「王は欲望に狂われ、色情に焦がれる時は大いに仕事へ邁進なされる。しかし、その熱意が冷めれば途端、怠惰な日々を繰り返す。臣としては実に悩ましい」

椅子に腰掛けながら、串刺し公は唇のない顔で苦く笑う。

本当に困っているのか、その表情はどこか憂いを含んだものであった。

「あの怠惰がなければ、今頃はとうに全ての魔族領を手にしておられたであろうに」

「お言葉ですが、気高き公よ……王が全ての領地を治めれば、全てに興味を失われ、即ち停滞、いえ、〝停止〟すらしかねないのではありませぬか？」

「ハハッ、その通り！　我輩もそれは危惧しているところです。王には敵が、興味が、気を惹くものが、何よりも必要なのですから」

その禍々しくも、奇妙な会話を聞きながらケーキは思う。

こんな化け物たちが、まかり間違って外の世界へ出てきたらどうなるのか、と。

「その人間で、ケールが遊んでいるのですね？」

「はっ、どうも第二に赴きたいと」

「構いませんよ。貴方が付き添っておあげなさい。こんな薄汚い場所では気が滅入るでしょうからね。第二で暫し、休息を与えます」

「勿体なき御言葉……甚謝《じんしゃ》の極みであります！」

恐懼《きょうく》したように体を縮め、地獄の騎士が地に額を擦りつける。

串刺し公という響きは残酷なものを感じさせるが、部下の扱いには長けているのか、その言動はケーキから見ても中々のものであった。

同じように頭を下げながら、ケーキは心の中で叫ぶ。

（やったぞ！　この化物からお墨付きをもらった！　これなら、誰も文句は言えないだろ！）

一か八かでケールの命とハッタリをかまし、遂にはベルフェゴールの右腕たる串刺し公からも許可を得た。これなら第二に赴いても、かなりの自由が利くであろう。

この地において、串刺し公の命に逆らえる者など存在するはずもないのだから。

地獄の騎士《ヘルズ・ウォーリア》の後を歩きながら、ケーキは浮き立つような気分で馬車へと乗り込む。やがて馬車が動き出し、見慣れた奴隷市の景色が窓の後ろへと流れていく。

「あ、あの……騎士様…………」

ケーキは何度か様子を探るように地獄の騎士へと話しかけてみたが、返ってきたのは沈黙だけであった。人間風情と口を利く気など、さらさらないらしい。

串刺し公の前では嬉しそうに話していた姿を思うと、今は石像のようである。

（ふんっ、そうやって見下してろ……アタイは絶対、こんな場所から逃げ出してやる）

この世の地獄とも言える第一で、しぶとく生き延びてきたケーキである。その精神は歳相応のものから掛け離れており、根性の曲がり方も尋常ではない。

（元はといえば、あのクソったれの、無能親父のせいで…………）

かつて軍事大国として名を馳せ、強勢を誇ったパルマ王国の在りし日が胸に蘇る。

ケーキはその国の姫として、花よ蝶よと、何不自由ない生活を送っていたのだ。そんな夢のような日々は、ある日突然、崩壊した。

北方の小覇王などと呼ばれ、勢いに乗ったゼノビア新王国からの宣戦布告――

それが、ケーキの人生を全て粉々に打ち砕いてしまった。

（あの馬鹿糞ド無能下劣親父がレオンを遠ざけたりしたせいで…………ッ！）

劣勢に傾く戦線を一人で支え続け、遂にはゼノビアを大敗にまで追い込んだ救国の英雄の姿がはっきりとケーキの瞼に浮かぶ。

（レオンは絶対に死んでないはずだ……あいつと合流さえできれば…………）

握り締めたケーキの拳が、つい固くなる。

その日に浮かぶのは、紅蓮の炎。

（ベアトリスにコウメイ。貴様らは必ず、生きたまま皮を剥いで、八つ裂きにしてやる！）

何度殺しても飽き足らない二人の姿を思い、ケーキは強く目を閉じる。

皮肉なことに、復讐相手の存在があるからこそ、ケーキはこのような地でも泥を啜り、石に齧りつくような日々であっても耐え忍んでこられたのだ。

石像のように何も語らぬ地獄の騎士と、復讐に燃える姫を乗せた馬車が街道を往く。

その先にあるのは、第二奴隷市と呼ばれる豪華な収容施設だ。徹底された教育と洗脳により、送られた人間はこれまでの人生を全て白紙に戻され、人格を失う。

結局のところ、第一も第二も人としての尊厳を失うことを思えば、双方ともに地獄である。

その第一では、串刺し公がテントより出たところであった。

（ここへ赴いたのも久しぶりですね………）

広場は夜とは思えぬほどの明るさに満ちており、光の魔石が周囲を煌々と照らしていた。

深夜でも、虫けらのように殺される同胞の姿がよく見えるようにとの配慮である。この狂気の世界を乗り越えてこそ、〝商品〟になるという理屈であった。

（血臭に腐臭、怨嗟の声に断末魔……ここは相変わらず素晴らしい）

串刺し公の姿を見て、小鬼たちは電撃でも落とされたかのように背筋を伸ばし、今までの姿が嘘であったように機敏に動き出す。

客として来ていたオークやオーガなども、恐縮の極みといった様子で頭を下げた。質よりも安さを求めて訪れていた犬面《コボルト》たちも一斉に平伏していく。

上機嫌な様子で血の池に浸っていた低級の吸血鬼たちも、慌てて池から出ようとしたが、公はゆったりとした手付きでそれを押し留める。

その様子から察するに「そのままで」と言っているようであり、吸血鬼たちは視線を落とし、粗相のないよう一斉に口を噤んだ。

誰も、口を開かない。

誰も、目を合わせない。

異様な光景であった。

公は時折、抜き打ちに近い形で奴隷市に訪れては、巡回を行う。

そこには、商品や仕事内容のチェックも含まれているのだが、彼は紳士的な口振りとは裏腹に異常なまでのサディストであることが、理由の一つであった。

「ふぅむ、この牢はいただけませんね……そこのご老人は足が傷んでおられるようです」

「ひぃぃ！　そっ、これは、ワシは、平気ですじゃ！」

「無理はいけませんよ、ご老人。既に指の何本かが壊死しているようだ」

串刺し公の左手に黒き瘴気が満ち、一本の槍が現れた。

それを槍と呼んでいいものなのか、どうか。禍々しさを体現したようなその刀身からは、今も苦しみ、呻き声をあげる死霊のようなものが溢れ出ている。

「お、お待ちください！　ワシはまだ生きとります！　これぐ………ッ！」

公が無言で槍を突き出し、牢の格子ごと老人の腹を貫く。

暫く呻いていた老人であったが、その姿に変化が訪れた。何と見る見るうちに体が痩せ細り、遂にはミイラのように枯れ果てた姿となってしまったのだ。

文字通り、骨と皮だけになった老人の姿を見て、公がカタカタと嗤う。

その口には唇がなく、歯が剥き出しであるため、余計に気味の悪い光景であった。

その牢の担当者であった小鬼たちが慌てて集まり、一斉に公へと頭を下げる。

「も、申シ訳、ありません…………！」

「今後は、品質ノ管理を徹底イタシます！」

「よいのです。失敗は成功の元と言うではありませんか」

公の大らかな言葉に、小鬼たちは喜色を浮かべながら何度も叩頭《こうとう》する。

だが、次の一言に小鬼たちの動きが止まった。

「しかし。腐臭も嗅げぬ鼻などに価値はありませんね。それは不要なものです。我輩が預かっておきましょう」

言いながら、公は小鬼の頭を掴み上げ、茸でも収穫するように鼻を千切り取った。

その無雑作な仕草に、小鬼たちが悲鳴をあげる。

「さぁ、お並びください。大切な市に、価値のないものを置いておくわけにはいきませんから」

「お、おやメくださイ……次は、必ズ、必ずちゃんとじますからッ！」

「困りましたね。貴方はその耳まで価値がないと…………？」

公は悲しそうに呟き、小鬼の鼻だけでなく、紙でも千切るようにして両耳も毟《むし》り取る。

淡々と行われるショーに、奴隷市の全てが静まり返っていく。それを見た周辺の小鬼たちは、慌てて牢内の確認に走り、傷んだ商品の区別に躍起となった。

「こ、コいづ、もうダメ！」

「こいツもダ！　危ない！　処分スル！」

「ひぃぃぃぃぃ！　止めてくれ！　俺は怪我なんてしてない！」

「お許しください！　私がいなくなれば、この子が………！」

公に目を付けられぬよう、小鬼たちが危険そうな商品を次々に牢の外へと連れ出す。

予め、処分しておけば問題ないと考えたのだろう。保身に汲々とした小鬼が棍棒を振り上げ、赤子を抱いた女性の頭へと振り下ろす。

次の瞬間、その頭が無残にも破裂した。

棍棒を振り上げていた小鬼の頭が、である。

「ジャジャーン！　茜ちゃん参上！」

意気揚々とVサインを繰り出し、奴隷市に場違いな声が響く。隣にいた小鬼は何が起こったのか判らずに呆然としていたが、その命も次の瞬きをする前に終わった。

「アッッチョーーーーーーーーーッ！」

「ぷベッ⁉」

カンフー映画のような雄叫びをあげながら、茜が回し蹴りを放つ！

側頭部にヒットしたそれは、勢い余って小鬼の上半身ごと引き千切り、彼方へと吹き飛ばしてしまう。蹴り、などというレベルの話ではない。

「さって、ここでの初陣だし、派手にいくのサ！　敵将はどこかナ？　クンクン」

突然現れた乱入者に、串刺し公も不思議そうな表情を浮かべていたが、その後ろに潜む気配を敏感に感じ取り、警戒する目付きとなった。

そこには、彼が嫌う僧侶や聖職者の気配がしたからだ。

それも、極めて強い聖素の持ち主であり、さしもの串刺し公であっても、身構えるほどの気配の持ち主である。

この時になって――――公の胸中に、はじめて得体の知れない疑問が沸き上がる。

(これほどの気配が接近し、何故気付かなかった…………?)

公のように死霊系の悪魔は聖なる存在に極めて敏感だ。

こうまで接近されながら、それに気付かないなど、ありうることではない。だが、その疑問に答えを出す暇もなく、乱入者が動き出す。

正しくは、この瞬間から。

後に、魔族領全土へ大激震を走らせる、壊滅的な戦いの火蓋が――――切られてしまった。

ミンク

Mink

【種族】人間　【年齢】20歳

武器　**星の十字架《トゥインクル》**

魔の属性に対し、特攻効果――――触れただけでダメージ。「聖」の力を爆発的に高める効果があり、ミンクはこれを使って第四魔法を駆使している。

防具　**天使の聖衣《エンジェル・クロス》**

正確には防具ではなく、第四魔法による聖鎧。防御・魔防に高い効果を持ち、弱い魔物であれば近寄ることすら不可能。

所持品　**黒の章**

本人は「黒の章」と呼んでいるが、れっきとした聖典。それも最高峰とされる「第一聖典」であり、聖魔法の威力を大きく上げる。

【レベル】20　【体力】?　【気力】?　【攻撃】21+18　【防御】17+18　【敏捷】22
【魔力】18+10（聖+12）　【魔防】18+10

冒険者の最高峰に位置するSランクの冒険であり、スタープレイヤーと呼ばれる一人。その性格は端的にいえば厨二病であり、邪気眼まで完備した隙のない構成となっている。病さえ発症しなければ、至って冷静な人物であり、常識人でもある。

ライブショー

強い聖素の気配を感じ、串刺し公は咄嗟に姿を掻き消す。

黒い霧に飲まれるようにして、見る見るうちにその姿が黒霧の中へと溶け込んだ。瞬く間に、気配だけでなく、存在そのものが消滅したような格好である。

（これほど威勢の良い人間が、捕虜の中に混じっていたとはとても思えませんね。可能性として考えるなら、獣人たちが送り込んできた刺客でしょうか？）

公はそんな思案を浮かべてみるものの、あの誇り高い獣人たちが、劣った種である、と見下す人間をわざわざ起用するであろうか？　答えは否、である。

（やはり、他の領地から送り込まれた捨て駒の工作員、というのが妥当な線でしょうね）

七つの大罪を背負う、大悪魔と呼ばれる存在。現在の魔族領はそれらが領地を奪い合っている内戦状態にあった。

一口に悪魔と言っても、その性格は様々で、妨害や策略を好む者もいる。

公が改めて目をやると、茜は周囲の小鬼と向き合い、その殲滅に入っていた。

「よっ、ほっ、はっ、クルクル♪」

まるで踊るようにして、ステップを踏みながら茜が目まぐるしく動く。パンチやキックなどの単純な攻撃を放っているが、随分と速い。

（人間にしては良い動きです。あれが前衛となって場を撹乱し、その隙を突いて後衛が我輩を狙うといったところでしょうか）

後ろにある気配は一人。たった二人で乗り込んできたことを思えば、そのクソ度胸を褒めたくなるほどであった。

（我ら悪魔にとって、聖素は厄介なもの。高位の使い手ともなれば、天敵にもなりうる。人間を起用するのも、意外と悪くない手なのかも知れませんね）

聖とは光の上位に位置する力であり、当然、それらを悪魔が駆使するのは不可能だ。抵抗力を持つことすら困難であるといっていい。

逆に、彼らが得手とする「闇」や「黒」の力は僧侶や聖職者にとっても弱点であり、この両者が対峙する時は、互いに弱点を晒しながら殴り合う状態に近いものがあった。

（人間は脆弱ですが、時にイレギュラーな存在を生む…………殺せば解決、といった単純なものではありません。彼らの心を折り、飼い慣らしていくことこそが重要です）

人という種の総家畜化――それが、ベルフェゴールと串刺し公が考える人間への対応であり、言うなれば、この奴隷市はその実験場ともいえる。

公がそんな思案を重ねる中、茜の動きは更に滅茶苦茶なものへと変化していく。

戦闘中でありながら、「キラッ☆」と妙なポーズを作ったのだ。

「みんな、吹き飛んで！　大帝国のはちぇまれぇ！」

良く判らないことを口にしながら、茜の動きが加速する。

　額を指で突き、こめかみに蹴りを当て、後頭部を手刀で叩き、挙句には親指で顎を押し上げ、軽くビンタしたりと、やりたい放題の有様であった。

　食らった小鬼たちは遊ばれていると思ったのか、憤怒の形相になっていく。

「コノ人間、殺ス！」

「五体ヲ裂いて、指から食ウ！」

「お前はもう、死んでいる――――のサ♪」

　そんな茜の言葉に、小鬼たちはきょとんとした表情を浮かべ、次に爆笑した。

　実際、蚊に刺されたほどのダメージも彼らは感じなかったのだから。

「おイ、人間。お前は簡単ニは殺サ…………ごげッ！」

　額を指で突かれた小鬼の頭が突然、爆発した。次に、こめかみを軽く蹴られた小鬼の首が吹き飛び、後頭部を叩かれた小鬼の顔がスライスされる。

　軽くビンタされた小鬼など、上半身がぐるぐると捩れ、風船のように破裂してしまった。

　訳の判らない光景に、奴隷市が静まり返る。

　その内情を語れば、何ということはない。茜の攻撃があまりに速すぎて、結果となって現れるまでにタイムラグが発生しただけのことである。

「君たちはサ、遊び半分で人を沢山殺してたみたいだし、僕も遊びながら君たちを殺そうと思うんだ。うん、これって、・・・おあいこだよね？」

　そう言って笑う茜の顔には、陰の一つもない。

曇りのない笑顔だからこそ、逆に凄みを感じさせるものがあった。

その明るい表情とは裏腹に、心の中には何かネトネトとした粘液のようなものが溢れているのではないのかと思わせる姿である。

公もそれを見て、思わず拍手したい気持ちとなった。

（イイ…………）

素直に、公はそう思った。

そこには理屈もクソもなく、強い共感、何らかのシンパシーを感じてしまったからである。

彼も元はと言えば一介の骨兵士であり、それが悠久の時を経ながら、進化し続けた異常個体の成れの果てであった。

強さを渇望し、視線を渇望し、環境の変化を求め続けた日々が公の胸に蘇る。茜の中にある、何か粘液性のものに、公は奇妙なまでの共感を抱いたのであろう。

思わず姿を現そうとした瞬間、公の頭上へ凄まじい聖素の雨が降り注いだ。

体に焼け付くような痛みが走り、黒い煙があがる。

（……っ……来ましたか…………）

公は無言で顔を動かし、注視していた存在へと目を向ける。

彼はそれで済んだが、辺りに鎮座していた棺の形をした魔物――――鉄の処女《アイアン・メイデン》などは、絶叫をあげながら身悶え、瞬く間に消滅してしまった。

「お待ちしておりましたよ、お嬢さん」

「ず、随分と余裕ぶってるわね……や、闇を狩る闇である私が、相手をしようじゃない」

後ろから現れたミンクを見て、茜は一瞬驚いた表情となったが、やがてしかめっ面になる。

せっかくのショーに、水でも差された気持ちになったのだろう。

「ちょっとー、僕のライブに乱入するとかサー。まぁ……厨二ちゃんだし、いっか」

茜は暢気にそんなことを言っていたが、ミンクはそれどころではない。

彼女は串刺し公からの視線、その気配をずっと感じていたのだ。

「ふざけないでよっ！　その化物がずっとこっちを見てて、超怖かったんだから！」

「へっ？　あのシルクハットの人？」

「やっと居場所を掴めたから、先手必勝で深遠の雨を降らしたのに、全っ然効いてないし、ヤバいわよ、あれ！」

「確かに、見るからに中ボスって感じがするのサ」

そんな二人の会話を聞きながら、公は両手を広げ、自らの眷属を呼び寄せる。

黒い瘴気から現れた無数の影――――それは七骸骨《スカル・セブン》と呼称される、恐ろしい死霊系の魔物であった。一体一体がAランクの冒険者に匹敵する強さを持っており、何より恐ろしいのは、人間のパーティーのように連携して動いてくることにある。

迷宮などでこれに遭遇すれば、確実に死を覚悟しなければならない相手だ。

「うわーっ、骸骨が一杯来たのサ！　なんまんだぶー」

「ちょっと、オルガンもいないのに七骸骨《スカル・セブン》と遭遇するとか……どうすれば良いのよ…………」

「とりあえず……笑えば良いと思うのリ」

「笑えないわよッ！」

茜はにへらっ、と笑いながら無造作に七骸骨《スカル・セブン》へと突っ込む。

一人が即座に手にした剣を振り下ろしたが、そこに茜はいなかった。

次の瞬間、後ろにいた骸骨兵の頭部が粉々に砕け散り、剣を振り下ろしたはずの骸骨兵は背骨を叩き折られ、上半身と下半身が真っ二に引き裂かれる。

茜が攻撃を回避しながら、一呼吸で正拳突きを放ち、回し蹴りを放った結果だ。その様に、ミンクは目を丸くし、公も瞠目する。

（おや？　七骸骨《スカル・セブン》はあぁ見えて、頑丈なのですが。速さだけではなさそうですね）

残った五体は警戒もあらわに、先頭に盾役を置き、真ん中に二人の攻撃役を配置する。

その後方では、二人の骸骨兵が即座に魔法の詠唱へと入った。

実戦の中における、見事な即対応と連携である。

茜もそれを見て、何故か目をキラキラと輝かせた。

「へー、君たちもプレイヤーみたいなことをするんだね。ちょっと懐かしいのサ」

盾役が突進し、それを補佐するように両脇から攻撃役が茜を挟み撃ちにするよう動く。常人なら頭がパニックになりそうな場面であるが、茜の目はじっと後衛の二人を見ていた。

「獄炎鳥《フレイム・バード》――――！」

「獄炎矢《フレイム・アロー》――――！」

燃え盛る火の鳥と、巨大な炎を纏った矢が、上空からタイミングを併せて襲い掛かる。逃げ場のない死地といった状況にあったが、茜の表情は酷く落ち着いていた。

「アイドルを炎上させようとか、骸骨君は趣味が悪いのサ」

飛んできた火の鳥を皮一枚で回避し、何と、次に飛んできた矢を茜は横から手掴みしてしまった。

「アチチ、これは要らないから返すのサ」

茜は素早く盾役の兵に矢を投げ返すと、盾ごとその体を貫いた。

一瞬のでき事に、攻撃役であった二人の動きが止まる。その隙を見逃さず、茜は大きく跳躍し、後衛の二人の頭部へチョップを叩き落とす。

「ほぉぉぉぉわたぁぁぁ！」

チョップというより、それは巨大なハンマーを降り下ろしたようなものであったのか、二人の後衛は文字通り、粉微塵に砕け散ってしまった。

「それじゃ、厨二ちゃん、残った二人で遊んでて欲しいのサ」

「…………へっ？」

「あのシルクハットはポイント高いのかなー。ねぇ、君って偉いの？　僕の餌になってよ」

若干、危ういことを呟きながら、茜は串刺し公の下へと向かう。

残されたミンクは混乱しながらも、黒の章と名付けた第二聖典を大急ぎで取り出し、即座に身を守るべく詠唱を開始した。

「全ての光を滅却せしめる、深遠なる我が闇の加護をここにぃぃ――――ッ！　《天使の聖衣《エンジェル・クロス》》」

心なしか、いつもより早口で紡がれたそれは、半ばヤケクソに近い響きを持っていた。

ミンクの両手や、首の後方、腰部を守るようにして聖衣が顕現し、その防御力が爆発的なまでに上昇していく。聖素が放つ眩い光に、七骸骨《スカル・セブン》は呻くように呪詛を漏らした。

彼ら死霊系の存在にとって、ただ、そこに在るだけで不快さと苦痛を感じる存在と言っても過言ではない。それほどまでに、ミンクの聖魔法は完成されている。

「二体程度なら、どうにでも…………現世を彷徨う徒花よ、極彩と散れッ！」

「んほぉ〜、この厨二たまんねぇのサ！　処す？　処す？」

「あんたはふざけてないで、その化物をどうにかしてッ！　と言うか、しろ！　しやがれ！」

「うわぁ、下品な言い方……そんなんじゃ、僕とアイドルユニットは組めないのサ」

「もうヤダ！　オルガンはどこに行ったのよーっ！」

そんな二人の姿を、串刺し公は心なしか楽しそうに、興深げに見ていた。

これまで見てきた人間と違う。

いや、違いすぎる。

「貴女がたの明るさは、とても新鮮ですね。特にこの地においてはまず見られないものです」

「そうカナ？　僕からすれば、君の方が妙な存在なのサ」

「…………妙、ですか？　確かに我輩のような異常個体は稀ではありますが」

「ううん。君、今から死ぬのに何でそんなに平然としてるのサ？」

そんな茜の言葉に、公は何を言われたのか判らず、きょとんとした表情を浮かべる。

やがて、何らかの合点がいったのか一つ頷いた。

「なるほど、お嬢さんは随分と腕に自信がおありのようですね。我輩はこれまで、そんな強者を何人も見てきましたよ。そんな輩が最後には絶望し、惨めに命乞いをする様も」

「そんな記憶も、全部なかったことになるのサ。だって、君は今から死ぬんだもん」

執拗に〝死〟を告げる茜に対し、公は口を開けて嗤う。

何せ、彼は死なないのだから。

「我輩は特異な生まれでして……死という概念から解き放たれた存在なのですよ。味わえるものなら、是非一度味わってみたいものです」

「あちゃー、敗北を知りたい！　みたいな感じで今、フラグが立ったのサ」

串刺し公が戦闘に入ると見たのか、周囲のオークや、オーガ、低級の吸血鬼などがわらわらと集まり、それを守ろうとする。

「よいのです。皆さんは、あちらのお嬢さんと遊んであげなさい」

そんな公の言葉に、周囲に群がっていた魔物が一斉にミンクの方へと向かう。既に、七骸骨と戦闘に入っていたミンクからすれば、洒落にならない展開である。

「ちょっ、何でこっちに魔物が来るのよ！」

「ダメだよ、厨二ちゃん！　ピンチの時こそ、厨二はニヒルに笑わなきゃ！」

「笑えるかッ！」

騒がしい二人を尻目に、串刺し公はゆったりとした手付きで槍を持ち上げる。戦場にあっても、その優雅な様は生まれながらの貴族のようであった。

「では、決闘《デュエル》といきましょうか――――お嬢さん？」

「うん、いつでも良いのサー」

その言葉が終わるや否や、疾風の突きが茜を襲う。

体を捻り、それを回避した茜であったが、即座に横払いが飛んできた。普通の人間であれば、この攻撃で上半身と下半身が永遠にお別れになっていたであろう。

しかし、茜はそれを軽々と跳躍でかわす。

「随分と身軽なことです。風を操る優秀な魔道具でもお持ちで？」

「えっ？　そんなお宝があるなら、僕が欲しいのサ。どこで拾えるんだろ？」

お宝や、珍物、レアな物には目がない茜である。

妙なところに食いついてしまう。

「欲するのであれば、我輩を倒してみなさい。我が王の居城には、唸るほどのたか――――」

公の言葉が、途中で止まる。

その鳩尾《みぞおち》に、深々と正拳突きが刺さっていたからだ。

「ぐっ……………」

「へー、良いこと聞いたなー。なら、そのお宝は全部僕がもらってあげるのサ」

「調子に、乗らないでいただきたい…………！」

串刺し公は一旦距離を取り、そこから目にも留まらぬ嵐のような突きを連続で放つ！

茜はそれを軽々と回避しながら、歌うように呟く。

「僕たちの新しい国を創るなら、お金とか、お宝が一杯あった方が良いもんねー。蓮もこっちに来るだろうし、二人で住む家とか建てちゃおうかなー。夢が広がりんぐなのサ」

「残念ながら、そんな未来は訪れませんよ…………ッ！」

大きく突き出された槍の形態が、巨大な鰐《わに》の顎のように変化した。

上下の刃を、からくも茜が避ける。

「うわわっ！　その槍、ちょっと気持ち悪いのサ！」

「驚かせて申し訳ない。我輩の槍は、貴女のように威勢の良い獲物が大好物でして」

「幾ら僕が可愛いからって、そんな槍には好かれたくないのサ。あっ、でも田原のおっちゃんも銃に好かれてたよね……なんか同類みたいでヤダなー」

田原が聞けば、無言でゲンコツを落とすであろう台詞を茜が呟く。

串刺し公も、久しぶりに出会えた〝敵〟に心なしか嬉しそうであった。

彼も、その主であるベルフェゴールにも、敵と呼べるような存在は近年現れておらず、魔族領の内紛ですら、どこか陣取りゲームのようなものであり、本気とは言い難い。

この主従にとっては、領地の拡大など自らの力を誇示するパフォーマンスに近いものであり、自尊心やプライドのためにやっているに過ぎないのであろう。

他の大悪魔にとっても、それは似たり寄ったりである。

威嚇や示威を行い、時に戦い、程々のラインで引き上げる。

そして、互いに「勝利した」と喧伝しあう。

言い換えれば、それはプロレスのようなものであり、巨大な力を持つ者同士が本気で殺し合うなど馬鹿馬鹿しいと考えているのだろう。

本気の戦争などをして、喜ぶのは人間と獣人だけなのだから。

「では、我輩もそろそろ本気というものをお見せしましょうか」

「およ？」

「お嬢さん相手に、一つでは少々心許ないですね」

公が手を翳《かざ》すと、そこに一つの髑髏《どくろ》が現れた。

それは、主に上級悪魔が駆使する〝分体〟と呼ばれるもの。依代《よりしろ》に力を分け与え、活動させるものである。髑髏の形が徐々に変化し、もう一人の串刺し公が現れた。

「ふぇぇ……分身の術なのサ！」

目を丸くしながら茜が叫ぶ。

分体とは、まさしく自らのコピーを作るようなものであり、余程の力がなければ扱うことはできない。串刺し公は分体を複数所持しており、上級悪魔の中でも規格外の存在であった。

「我輩は本体の他に4つの分体を作っておりまして。この意味が、判りますか？」

「ううん、僕バカだから全然判んない」

「これまでお嬢さんのお相手をしていたのは、我輩の20％であったということです」

「ちょっとー、僕は算数とか数学が大嫌いなんだよねー。頭がいーってなるのサ」

「ハハッ、本当に愉快なお嬢さんだ」

嗤いながら、二人の串刺し公が一つに重なる。

瞬間、公の肉体から禍々しい瘴気が溢れ出す。公の言葉を借りるのであれば、これでようやく40％の力になった、と言ったところであろう。

「さぁ、我輩を愉しませてください」

突き出された槍を回避しながら、茜は「おぉー」と小さな声をあげる。先程までと違い、速度やキレがまるで違うことを実感したのであろう。嵐のような刺突を両手で捌きながら、茜は接近戦に持ち込もうとしたが、やがて異変に気付く。

「うーん、何か手が痛いのサ………」

「この槍は何千年もの間、瘴気を蓄えながら異常進化してきたものでして。我輩と同じく、世の理から外れてしまったお仲間というわけです」

言いながら、公は内心で首を捻る。

普通の人間であれば、槍に触れただけで生気を奪われ、骨と皮だけになるはずだと。

（このお嬢さんは、両手に何らかの魔道具で保護でもしているのでしょうか。それとも、強力な加護でも受けている可能性もありますね………）

実際のところ、茜は魔道具など所持していないし、加護とやらも受けていない。

単に、その体力が公の想像を遥かに超えているというだけである。

あの魔王には及ばないものの、茜の体力は８０００という異常な数値であった。

この生気を吸い尽くそうとするなら、どれだけの時間がかかるか、想像もしたくないレベルである。

「うまく捌いたつもりなんだけどなー。やっぱり、野村のおっちゃんのようにはいかないか」

茜は不満気にぶつぶつと呟き、肩を落とす。

とはいえ、彼女は別に素手の戦闘を得手としているわけでもなんでもない。

「それじゃ、僕もそろそろ戦闘に入ろっかな」

まるで、今までは戦闘をしていなかったかのような言い様に、公は眉を顰める。しかし、次の瞬間には、その言葉が嘘ではなかったことを実感するハメになった。

「テクマクマヤコンエロイムエッサイム、僕は求め訴えたり――――ッ！」

滅茶苦茶な叫びと共に、茜の全身が眩い光を放つ。学校の制服のようであった衣装が、瞬く間にチャイナ服へと早変わりし、その髪型まで変化した。

公は何が起こったのか判らず、口をあんぐりと開け、乾いた笑いを漏らす。

「ハ、ハハッ……お嬢さんは、我輩を驚かせるために生まれてきたのですかな？」

「えー、君の分身の術の方がドッキリっぽいと思うのサ」

言いながら、茜の両手に異様な物体が現れ、それが強く握り締められた。

それは竜頭蛇尾と名付けられた、トンファー。剣や槍、斧や弓などが主な武具であるこの異世界において、存在しない概念の武器である。

はじめは勢いが盛んだが、終わりは振るわない――――という失敗オチが多い茜をからかうようにして、〝大野晶〟が与えた武器であった。

「…………ッ」

公は無言でもう一つの髑髏を呼び寄せ、慌てて一つの身へと重なる。その武器と茜の姿から、異様なプレッシャーを感じたからだ。背中に冷たい汗が流れ、存在しない心臓まで、バクバクと音を立てているような気配である。

「あれれ？　また分身、じゃなかった、分体クンを呼んだの？」

「念には念を、と思いまして…………」

「へぇ、君――――怖いんだ？」

その、底無し沼のような眼光に貫かれ、公は反射的に槍を叩き付ける。

これと対峙していることが、向き合っていることが、耐えられなくなったのだろう。

槍を振るった先に、当然のように茜はおらず、その姿は公の背後にあった。

「もし、１００％の力ってのがあるなら、早く出した方がいいよ？」

「…………ッ！　離れろッ！」

公は槍を回転させ、茜を引き離そうとするものの、その姿は煙のように消え果ててしまう。

彼女に与えられた敏捷の値が、あまりに異常すぎたのだ。

その素早さは、嵐のような銃弾を放つ田原でさえ、「当たる気がしねぇ」とボヤくほどのものであり、怪物そのものであった。

「この……ッッ」

渾身の力を絞り、公が大上段から槍を振り下ろすも、茜は蚊でも払うようにトンファーでそれを弾き飛ばしてしまう。

「あれれ、槍が飛んで行ったよ？　ちゃんと持ってなきゃダメなのサ」

「ふざ…………」

慌てて弾き飛ばされた槍を拾い、公は荒い息を吐く。自分は今、何の生物と戦っているのかと、眩暈がする思いであったに違いない。

「…………一つお聞きしたい。お嬢さんは、どの領地から送り込まれたのです？」

「領地？」

「嫉妬ですか？　それとも、傲慢？　暴食はないにせよ…………」

「何の話かサッパリなのサ。それより、さっさと終わら――」

「動かないで頂きたい」

公が槍を牢内の人間へと突き付け、茜の動きを制止する。

このままでは致命傷でも負いかねない、と思ったのであろう。

「お嬢さんの勇気と力は、素直に賞賛に値します。ここは一つ、取引といきませんか？」

「ふぇ？　取引？」

「見たところ、お嬢さんの目的は我が王の命ではない。その口から、王の名すら出て来ないではありませんか」

公が察した通り、茜はベルフェゴールのことなど全く知らない。

興味すらないであろう。

「であれば、我々と妥協できる線があるはずです。お嬢さんが望まれるのであれば、我々の陣営に鞍替えされてはどうです？　厚遇をお約束しますが」

「えっ、ヤダ」

まるで子供のような返答に、さしもの公も面食らう。

後ろの広場では、ミンクが無数の魔物と死闘を繰り広げていたのだが、二人の間にある空気はどこか気の抜けたものであった。

「察するところ、お嬢さんはこの地の人間を哀れに思い、それを救おうとしているのでしょう？であるなら、我輩の権限で解放しても宜しい」

公の口から、大胆な提案が飛び出す。市を捨てても、目の前の少女を引き込む方にメリットを感じたのであろう。

だが、茜の返答は辛辣なものであった。

「君の許可なんて要らないのサ。第一、僕に命令できるのは伯斗だけだよ。君が、伯斗の代わりになるとでも言うの？　ちゃんちゃら可笑しいのサ」

囁くように、茜が一歩一歩、近付いていく。

一歩近付くたびに、槍を握る公の手が大きく震えだす。

「動くなと言ったはずです。我輩が命じれば、牢内の人間に魔物が一斉に襲い掛かりますよ」

牢内で槍を突きつけられた男が、「ヒィッ」と情けない声をあげる。

世にも奇妙な流れで、この市に運ばれてきたハマーであった、

「大丈夫だよ、おっちゃん。こんな悪い奴は僕が懲らしめてやるのサ」

「お、おた、お助けを…………」

ハマーは顔を伏せ、犬のように這い蹲《つくば》る。

大きな体がまるで達磨のようにでも見えたのか、茜が思わず吹き出す。

「良く見たらこの前のおっちゃんじゃないのサ！　相変わらず、おっちゃんは転んでも、勝手に起き上がりそうなお腹をしてるのサ。達磨さんのぽんぽこりんだよー」

よく判らないことを口にしながら、どんどん茜が近付いていく。

その無造作な姿に、脅迫など無意味であると悟ったのか、公は大きく飛び退き、とうとう最後の髑髏を呼び寄せる。王の居城にある本体を除けば、これで全てだ。

「まさか、これを使う日が来ようとは…………」

公が用意した分体は第一、第二、第三の市に置いた3つと、万が一を考えて用意したこの一つである。４つの分体が一つとなり、公の体が見る見るうちに変化していく。

その肉体はビルもかくや、といった巨体となり、その頭部は2本の角を生やした、牛の髑髏のように変貌していく。胴体や手足は巨大な骨の集合体のように変わり、その腕の太さは一薙ぎで城壁すら破壊しそうであった。

「我輩を本気にさせたことを、後悔しなさい…………」

その禍々しき姿に、声に、奴隷市のあちこちから悲鳴と絶叫が響き渡る。

ようやく七骸骨《スカル・セブン》を倒したミンクも、その巨体を見て飛び上がった。

「ちょ、ちょっと！　何よあれ！」

「んー？　会場にも大きなキメラが放たれてたけど、一番怖いのは人間なのサ」

その意味深な言葉を問う前に、公が腕を持ち上げ、それを叩き落とす。茜はそれをなんなく避けたが、その衝撃に奴隷市の全てが揺れに揺れた。

「あ、茜！　何とかしなさいよ！　貴女、魔王の、堕天使の眷属なんでしょ⁉」

「だからー、今の伯斗はどっちかと言うと、ペテン師の方が近いのサ」

「何を訳の判らないことを言ってるのよ！」

幸か不幸か、串刺し公の姿を見て、ミンクの周囲に群がっていた魔物たちが一斉に逃げ出す。巻き込まれることを恐れたのであろう。

「厨二ちゃんは皆を牢から出してあげて欲しいのサ。僕はこれの相手をするね」

「何でも良いから、早くお願い！」

手の空いたミンクが、ヤケっぱちとなって近くにあった牢屋を破壊していく。茜の後ろにいたハマーは腰でも抜かしたのか、もう立ち上がることすらできない様子であった。

目の前に、神話にでも出てきそうな怪物が現れたのだから無理もない。

「この世の……終わりが、きた………」

ハマーの全身が震え、その両目から涙が溢れ出す。

こんな状況では、とても助からないと悟ったのだろう。

ミンクですら、この世の終わりと言った表情で顔を青褪めさせていた。ただの一般人でしかないハマーからすれば、絶望が形となって迫ってくるようなものであろう。

「大丈夫だって、達磨のおっちゃん。あんなの僕のトンファーでちょちょいなのサ」

そう言い捨て、茜が巨大な骨の集合体と化した串刺し公へ向かって走る。

何十本もの鉄骨を束ねたような腕が薙がれ、何体もの鉄の処女が巻き添えを食らって四散したが、茜の姿はそこにはなかった。

軽々と跳躍した茜が、腕に向かってトンファーを振り下ろす。途端、巨大な腕にヒビが入ったが、一瞬でその傷が治癒していく。

「おろろ？」

「言ったはずですよ。我輩は死という概念から解き放たれた存在だと」

「うーん、へんてこりんな骨なのサ」

茜は暴力そのもの、といった両腕からの攻撃を回避しながら、連続でトンファーを胴体や足、背中などに叩き込んだが、ヒビ割れ、砕けた骨も腕と同じように元通りの形となった。

「幾ら攻撃しようと無駄ですよ。我輩の体は朽ちず、滅びない」

自らの力に酩酊するように、公が高らかに告げる。

それは、異常な速度で発動される自動再生《リジエネレーション》――

串刺し公の持つ〝ギフト〟であった。

どのようなダメージを負っても、自動的に回復される稀有な能力である。彼はこれを使い、悠久の時の流れの中で異常な進化を続けてきた。

「よっ、ほっ、えいっ、とー！」

茜は飽きもせず、流れるような動きでトンファーを叩き付けていたが、結果は変わらない。砕けた骨は、元通りの形に戻るだけである。公はその足掻きを嗤っていたが、茜の動きは止まらず、その攻撃は目に見えて加速していく。

「久しぶりの運動だから、型の練習に丁度良いのサ」

いつまで経っても止まない攻撃が小煩くなったのか、公は蠅でも叩き潰すように、両掌で茜を押し潰そうとする。

左右の掌が凄まじい轟音を立てながら衝突するも、その真ん中にいた茜の姿は微動だにせず、二対のトンファーで軽々とそれを受け止めていた。

「君さー、カルシウム足りすぎじゃない？　って、うわわ！」

公が目障りだと言わんばかりに頭突きを落とし、茜が慌てて飛び退る。

まるで、巨大な怪物に一匹の蚊が纏わりついているような姿であり、それを見ていた奴隷市の人間は押し寄せる絶望に泣き声をあげた。

ハマーもまた、目前に迫る死を目の当たりにし、震えながらも腹を括る。

この奇妙な衣装を纏う少女は相当に強いようであったが、あんな神話に出てくるような化物には勝てそうもないと。

「どうせ、あっしなんざ、このまま生きていても…………………」

自然と、そんな捨て鉢な台詞が口からこぼれ出す。

こんな奴隷市で生き延びたところで、何になるのだろうかと。

万が一、ルーキーの街に戻れたところで、待っているのは惨めなパシリ生活である。蓄えもなく、稼ぎは先細りで、若い冒険者たちに顎で使われ、笑われる毎日が続くだけであった。

それは本当に、生きていると言えるのかと。

「聞き捨てならないなー、おっちゃん。どんな時でも諦めたら負けなのサ」

「あっしのことは良いんで、早く逃げてくだせぇ…………お嬢さんのような人には、きっと未来がありやす……」

巨大な骨の集合体が、地響きを立てながら近付いてくる。

光の魔石に照らされたそれは、人生の残り時間をあらわしているようにハマーには思えた。

「何それ、おっちゃんにはないって言うの？」

「……間抜けな失敗ばかりしては、いつもいびられ、惨めな毎日を送っておりやした。この前、街で見られた情けない姿が、あっしの人生そのものです………」

最後の時を迎え、懺悔でもしているような気持ちなのであろう。

ハマーは全てを諦めきった表情で語っていたが、背を向けている茜の表情はハマーの方からは窺えない。こんな最後の瞬間にも、少女と呼べる年齢の子に、情けない吐露をしている自分の姿が、ハマーにはどうしようもなく惨めに思えた。

ハマーのそんな言葉に、思うところがあったのか、茜も珍しく沈黙している。

その胸に蘇るのは、過去の記憶であった。

茜も立場の弱い下院という施設において、上院の生徒からいびられ、虐められながら幼少期を過ごしてきたのだ。下院の生徒に対する上院生からの風当たりはキツく、時には「人の形をした猿」と嗤われ、雑草と呼ばれ、蔑まれる風潮にあった。

昔を思い出したのか、茜の口から静かな声が響く。

「確かに、世の中には嫌なことが沢山あるよね…………でもね、おっちゃん。生きていれば、きっと良いことだってあるよ」

大野晶の設定曰く――――茜は長ずるに従い、上院生を実力で跳ね除け、多くの生徒を守り抜いた、とある。茜に与えられたそんな設定は、彼女の本質でもあり、血肉でもあり、人生そのものであった。

「おっちゃんに一つ、イイコトを教えてあげるのサ」

振り返った茜の顔には、光り輝くような笑みが浮かんでいた。ハマーの目にはまるで、それが神々しい女神のように映り込む。

「雑草はね、何度踏まれても――――立ち上がるんだッッ！　もっと強くなってね！」

二対のトンファーが光り輝き、一つの棍へと変化していく。

それを手に、茜は巨大な骨の集合体へと一直線に走る。串刺し公もここが勝負所と見たのか、両腕を振り回し、茜の全身へと叩き付けた。

竜と蛇が描かれた棍と、鉄骨のような拳がぶつかり合い、たちまち串刺し公の腕に大きなヒビが入る。その傷も瞬時に治癒されたが、茜の動きはもう、止まらなかった。

――FIRST　SKILL　「棍術」発動――

茜の持つ棍棒が旋回し、突風のような速さで公の全身へと叩き込まれていく。突風はやがて、疾風となり、遂には嵐のような連打と化した。

「ぐっ、おぉ……がッ………！」

叩き込まれる棍棒の速度についていけないのか、公の口から呻き声が漏れはじめる。

次の瞬間、公の両足に信じ難いほどの衝撃が走った。

――SECOND　SKILL「足払い」発動――

棍を大きく旋回させ、茜が必殺のスキルを放つ。

これはかつての会場で、相手を強制的に「転倒」や「浮遊」状態にするものであり、格ゲーにおける「浮かし技」に近いものであった。

それは一瞬の浮遊であったが、茜と対峙する者にとっては破滅的な隙である。

茜は浮き上がった公の真下から背中を蹴り上げ、その体を上空へと跳ね上げた。巨大な怪物が空へ打ち上げられた様に、奴隷市から声にもならない声が溢れ出す。

「なっ、ごん……あ……り……」

全身に走る痛みと、それに対する治癒、自らが空へ打ち上げられたことへの混乱で、公の頭が真っ白になっていく。

これほどの巨体を、〝空〟へ打ち上げるような芸当は、公が王と仰ぐベルフェゴールにも不可能であろう。そんな混乱をよそに、同じ高さへと跳躍した影が一つ。

気付けば、その破滅は横並びに跳び上がり、不適な笑みを見せていた。

「言ったじゃん。僕の前に立った時から、君は死んでたのサ」

「わが、我輩に、死など存在しない――ッ！」

――SECOND　DASH「無影脚」発動――

横並びになった茜から、目にも留まらぬスピードで高速の蹴りが放たれる！

10発、20発、40発、70発、180発、一秒にどれだけの蹴りが叩き込まれたのか、公の全身が粉々になって崩れ落ち、自動再生などまるで追いつかぬ様となった。

破滅的な攻撃は一瞬たりとも止まらず、公の巨体は、嵐のような蹴撃に押し出されるような格好で、空中を無理やり横移動させられていく。

茜も重力など無視したかのような格好で公の巨体を横並びに蹴り続け、両者の姿はやがて、流れ星のような速度で中空を駆け抜けた。

「やめっ……て……ぐ……ま、でっっぇぇぇエエッッッ！」

公の頭に、生まれてはじめて〝死〟というものがよぎる。王の守りに、と最後の最後まで動かさなかった本体を呼び寄せるも、その判断は既に遅かった。

そのダメージは光速で分体を突き抜け、合流したばかりの本体をも突き抜け、ギフトという超常の力をも突き抜け、公の全身をあますところなく、破壊し尽くした。

「それじゃ、トドメのいっくよー！　南派少林――――って、はれ？」

巨大な骨の集合体が砕け散り、黒い粒子となって消えていく。その〝死〟は公自身が気付かぬほどの速さで駆け抜け、断末魔の声をあげる暇すら与えられなかった。

軽やかに空中から着地した茜であったが、その表情には不満気なものが浮かんでいる。

「チェッ。せっかく、久しぶりに大技をぶつけられる相手だと思ったのにサー」

ぶつぶつと呟きながら、茜は目の前にあったハマーの牢を手刀で破壊し、笑みを浮かべた。

その姿はまるで、準備運動でも終えたスポーツ少女のようであり、とてもではないが、先程まで戦闘をしていたとは思えない姿である。

「ね、楽勝だったでしょ？　達磨のおっちゃん」

「へ、へい………そ、その、結構な、お手前、で……あり、ありやした………」

「ぶはっ！　おっちゃん、何言ってんのか判んないのサ」

「も、申し訳ありやせん！」

ハマーからすれば、あんな神話に出てくるような化物を倒してしまったこの少女に対し、どう接すれば良いのか判らなかったのであろう。

下手に機嫌を損ねれば、それこそ殺されかねない。

「いい？　おっちゃん、これからは――――って、うわっ！」

その時、悪戯な風が市を吹き抜け、ハマーの視界に茜の下着が飛び込んでくる。

咄嗟に下を向き、ハマーは大罪を犯した罪人のように身を縮めた。

そこに嬉しさなどは欠片もなく、恐怖しか感じない。恐る恐るハマーが目を上げると、そこには膨れっ面をした茜がジト目でハマーを見下ろしていた。

「見たでしょ、おっちゃん」

「い、いいえ！　見てやせん！　いいえ、やっぱり、見てしまいやした…………！」

変なところで正直者なハマーはつい、頭を下げながら本当のことを言ってしまう。

茜は長々と溜め息を吐きながらも、どこか得意げに口を開く。

「でもまっ。イイコトあったでしょ、おっちゃん？」

「へ、へい！　いや、これは、その、今のことではなく、その…………！」

顔を真っ赤にしながら言い訳するハマーを見て、茜も可笑しそうに笑う。市に目を向けると、興奮したように何かを叫びながら駆け寄ってくるミンクの姿が見えた。

「まっ、初陣としてはまずますの結果なのサ。後はお宝を探しにいかなきゃ……ニシシ」

茜が悪戯っ子のような笑みを浮かべ、何かを企む表情を浮かべる。

気付けば、長い夜が明け、空は薄明を迎えようとしていた。牢内から解放された人々が歓喜の声をあげ、涙を流す中、遠くからは騒がしい物音が響いてくる。

それは、第二と呼ばれる奴隷市から響いてくるものであった。

「あーぁ、伯斗がもう動き出しちゃったよ」

茜の耳には、それが戦闘によるものであると、すぐさま察しがついた。

そして、今から行っても、もう間に合わないということも。

「ちょっと！　やっと終わったと思ったら、次は何の騒ぎよ!?」

「一歩遅かったねー。伯斗がもう手を回したみたいなのサ。こうなったらジタバタしても仕方がない。次の動きを探って、また抜け駆けを狙うのサ」

「これ以上、こんな危ない場所にいてたまるもんですかっ！　私は帰るわよ！」

「まぁまぁ、そう言わずに………共に戦いを乗り越えた、僕たちはズッ友じゃないのサ」

「ズットモって何よ！　それより、あの魔法の靴を出して。私はルーキーの街に帰るから！」

その言葉を聞いて、何かを思い付いたのか茜がポンと手を打つ。

そして、おもむろにジャンプシューズを取り出した。

「厨二ちゃん、僕の相方二号を貸してあげるから、ここの人たちを街まで送ってあげて欲しいのサ。ここにいても危ないし、このままだと僕も自由に動けないしね」

「へっ、これって私にも使えるの？」

「いい？　これを履いて頭に街のイメージを浮かべるのサ」

「え、えぇ………」

「達磨のおっちゃんも来て。ほら皆で仲良く手を繋いで、銀河に向かってジャンプ！」

「ジャ、ジャンプ………」

「へっ？　いや、その、あっしは………あひぃぃぃぃ！」

無理やり牢から引き出され、ハマーが強制的に輪の中へと加えられた瞬間、視界に映る景色が入れ替わる。それは距離だけでなく、常識まで軽々と飛び越えてしまう跳躍であった。

ミンクは何度か経験していたこともあってか、この不思議な靴を使いこなせたことに興奮していたが、ハマーからすれば訳が判らない。

「こ、ここは……ルーキーの…………あっしは、夢でも見て…………」

見慣れた景色、朝焼けの街を見て、ハマーの視界が滲む。

先程までいた奴隷市と比べると、街の風景があまりにも温かすぎたのだ。これまでは、嫌な思い出しかない街だと思っていたのが、嘘のようである。

「ほら、厨二ちゃん！　この要領で次々とジャンプするのサ！」

「なるほど。私は、この靴に〝選ばれた〟ということね。クックック……」

スプリングで跳ねながら、ミンクが妙なことを呟く。

ピョンピョンと跳ねる様は可愛らしくもあったが、どこか間抜けな姿でもあった。

「我が名はミンク！　時間と距離を支配せし者！　フゥーハッハッハッ！」

「そうそう！　輝いてるよ、厨二ちゃん！　よっ、選ばれしピストン輸送車！」

右目に巻かれた聖帯（?）に手を当て、とうとうミンクが高笑いをはじめる。そんな姿を茜は可笑しそうに煽っていく。

そんな二人の騒がしい姿を見て、状況の変化に戸惑うハマーであったが、遠慮がちにおずおずと声をあげた。

「す、すいやせん……あの奴隷市には、ケーキという名のお姫様がおりやして…………」

「ケーキ？　何か美味しそうな名前なのサ」

「そ、その、とても健気な姫様でして……どうか、その子も助け…………」

「姫様、ね……なるほど、そんな子がいたから伯斗も動く許可をくれたのかなー？　カナ？」

顎に手をあて、何かを考える茜であったが、すぐさま思考を切り替える。

それは、自分の仕事ではない――――と。

「残念だけど、もう間に合わないのサ」

「えっ⁉」

「そんなポイントの高そうなキャラ、伯斗が見逃すはずもないしねー。今頃、似合わない笑みで
も浮かべながら保護してるんじゃないカナ？　伯斗は恩を売るのが巧いのサ」

「ポイ、ント………」

茜の言う内容は良く判らなかったが、保護という言葉にハマーは安堵の息を漏らす。あんな可
憐な姫を、これ以上、奴隷市などに置いておくわけにはいかないと。

「んじゃ、厨二ちゃん。そろそろ戻ろっか？」

「クック、エンジェル・クロスを第二形態とするなら、これは第三形態ね。あえて名付けるので
あれば、跳躍せし我が暗黒の――――」

「ほらほら、行くよー。黒猫宅急便なのサ！」

「ちょ、ちょっと！　今ので浮かんだネーミングを忘れちゃったじゃない！」

騒がしい二人の姿が一瞬で消え、ハマーは呆然とそれを見送った。

未だ、これが現実であるのかどうか疑っているのだろう。

思わず頬を抓《つね》るも、そこにはしっかりとした痛みがあった。

その痛みが、今は何よりも嬉しい。

（あのお嬢さんは……まるで、伝承にあるモイラ様のような…………）

ハマーの頭に、そんな奇妙な思いがよぎる。

気まぐれで、移り気で、悪戯を好み、人の運命を幸にも不幸にも変え、弄ぶと伝えられている存在。考えれば考えるほど、伝承にある特徴と合致しているように思えてくるのだ。

つい、そんなことを思い浮かべるハマーであったが、思考に耽るような余裕は彼には与えられなかった。奴隷市にいた大勢の人間を連れ、ミンクがまた舞い戻ってきたのである。

「あら、貴方は確か……達磨と言ったわね」

「い、いいえ、あっしはハマーという名でして………」

ぼそぼそと訂正するハマーであったが、興奮しているミンクの耳には届かない。

「達磨さん、この街には聖勇者が滞在しているの。呼んできて」

「ゆ、勇者様を……あっしが、ですか!?」

「そうよ、急いで！　彼にも説明して、協力を仰がないとね」

「へ、へいっ！」

小太りな体で必死に走りながら、ハマーは思う。

運命というものがあるなら、この日、確かに変わったのだろうと――

空模様

魔王が目を開けると、そこには丸太で組まれた天井が広がっていた。

小屋の中はまだ暗く、まだ夜明け前であるらしい。

(少し、寝てしまったのか…………)

心地良い酔いと、疲れを感じて干草の上に転がったのは何時であったのか。見ると、体の上にも干草が乗せられており、布団のようになっている。

天然の干草を使って寝る、という滅多にない経験を楽しむように魔王が体を揺らす。

(こういうのも、たまには良いもんだな…………ガキの頃に行った、無人島でのキャンプを思い出す。あの時は、沖に遊戯用の船まで浮かんでいたよな)

寝起きのまどろみの中、魔王の頭に懐かしい記憶が浮かぶ。

大きな船の先端にあたるデッキには、天井から無数のロープが垂らされており、それを持って走りながら海に飛び込める仕様なっていたのだ。

子供たちの誰もが、そのロープを握ってはターザンのように雄叫びをあげて海へと飛び込んでいった光景が魔王の頭に蘇る。

(あの時は楽しかったが、今思うと結構、怖い遊具でもあるよな…………)

勢いをつけて高所から海へ飛び込む。それは、より深く沈むということでもある。

魔王がそんな取り留めもないことを考えていると、横で何かが動く気配がした。

（うん…………なんだ？）

体の上に乗っていた干草を持ち上げると、そこには猫のように丸まりながら寝ているオルガンの姿があった。身長差もあってか、小動物のような姿である。

「お前も寝てたのか…………」

その声に目が覚めたのか、眠そうなオルガンと魔王の目が合う。オルガンは暫くぼーっとした後、再び目を閉じようとしたが、慌てて起き上がる。

「い、いつから起きていた…………！」

「ん？　ついさっきだ」

「い、言っておくが、お前が突然、横にきて寝はじめたのだからな！」

「そうか、多分酔いが回って眠くなったんだろう」

「フン、無用心な奴だ…………お前には、危機感というものが足りない」

そう嘯くオルガンの姿も、頭から爪先まで干草まみれであり、寝起きのハムスターのようであった。いつもの魔王であれば、「お前も二度寝しようとしてたじゃねぇか」と、混ぜっ返すところであったが、今日は素直に起き上がり、椅子へと腰掛ける。

「とりあえず、おおよその場所は判明したが…………」

酔っ払った猫が上機嫌にペラペラとしゃべり、奴隷市の場所は判明した。予想外だったのは、それが三箇所もあったということである。

「獣人たちも立ち入らぬ北の高山に、南の神域…………茜が侵入したのはここだな」

そこには飲みながら記したであろう、神社の絵が描かれていた。

酔っていたとは思えぬほど、その絵も字も達筆である。

（相変わらず、ハイスペックな奴だ…………）

記された文字を見て、魔王は改めて〝九内伯斗〟というキャラクターを振り返る。

圧倒的な武力と、権謀術数の申し子のような頭脳の持ち主でありながら、テーブルマナーから東西のダンスまで難なくこなし、礼儀作法にまで深く通じている。

時には善と悪の顔を使い分け、有能な人物と見れば手段を問わずに組織へと取り込む。

そのカリスマ性や人身掌握術は尋常ではなく、まさに〝ラスボス〟と呼べる存在であった。

つい胸に手をあて、魔王も考え込んでしまう。

（こいつは、何を求めているんだろうか…………）

監獄迷宮で感じた、本物の九内の意思。

これほどの存在が、何かを願い、何かに焦がれ、何かを企んでいる――――それが実現すれば、この世界にどんな影響を及ぼすか、空恐ろしいものがあった。

オルガンもいつの間にか隣に座り、地図へと視線を落とす。

「これが、現在の地図か」

久しぶりに見る父の領地に、オルガンは複雑な声色で漏らす。失った母や、父への憎悪、苦痛しかないこれまでの日々が蘇ってきたのだろう。

そして、最後まで得られなかった愛情も――――

「……で、あの茜という女はどこの施設へ向かったんだ？」

「この第一だな」

キッパリと、迷いなく魔王が言う。

候補が三箇所あるにもかかわらず、その声は酷く断定的であった。

「国境に近いのは、第二だぞ？」

「一番酷い環境は、この第一らしい。あいつなら、そこへ向かうだろうよ」

茜の性格上、緊急を要する場所へ真っ先に向かうだろうと魔王はアタリをつける。

それよりも、この男が考えていることは他のところにあった。

「当初の目的通り、〝陽動〟と考えるなら悪くない流れだ」

勝手知ったる何とやら、と言わんばかりに小屋の中からグラスと火酒を何本か取り出し、魔王はテーブルの上にそれらを並べる。

ドワーフは鼾《いびき》をかきながら爆睡しており、猫も干草の上で丸くなっていた。

「おい、朝から呑む気か？　しかも、持ち主に断りもなしに」

「細かいことは気にするな。代わりにアブサンでも置いていくさ」

昨日、取り出したアブサンを気に入ったのか、ドワーフは舐めるようにそれを呑み続け、遂には大酔いして大の字に転がってしまったのだ。

当然のように、アブサンのような酒類にも気力が回復する効果がある。

他にも寒さを凌ぐ、という重要な効果が付属されており、かつての会場では一部のエリアで特に重宝されていたものである。

但し、酒類は呑むたびにマスクデータが変動し、一定の数値を超えてしまうと、操作の通りにキャラが動かず、命取りになってしまう。

こういった細部に至る無駄な〝こだわり〟が、大野晶を天才と言わしめ、また一部からは酷評される要因ともなっていた。

魔王はおもむろに氷パックに残った欠片をグラスに入れ、そこに火酒を注ぎ入れる。遠慮なく口の中へと流し込むと、感に堪えたように首を振った。

「……まったく、この爺さんが作る酒は大したものだ。かつての会場に入れるなら、気力回復が25～40といったところか。体温維持効果にも大きな補正を付けてやるところだ」

何が楽しいのか、魔王は嬉しそうに良く判らないことを口にする。そんな様子にもすっかり慣れてしまったのか、オルガンは深く突っ込まず、黙ってその姿を見ていた。

「フン、ご機嫌なことだな。で、悪くない流れとは？」

頬杖をつき、オルガンは呆れたように言ったが、その顔にも不機嫌さはなく、朝から上機嫌な父親を見ている年頃の娘のようであった。

「あの猿たちを使い、騒動を更に大きくする」

「獣将を？　どうやって奴らを………」

そこまで言って、オルガンの言葉が止まる。

既に、二つも手を打っているではないかと。

猿人たちの秘宝たる如意棒を奪い、その長にまで何か〝呪い〟めいたものまで施していたのだから。まさに、魔王の所業である。

「なるほど。無駄としか思えない戦闘だったが、こうして生きてくるとはな」

「血の気が多い連中のようだし、適当に暴れればスッキリするだろうよ」

まるで、ストレスの溜まった犬を広場で走らせるように魔王が言う。

獣人たちが魔族領に踏み込み、そこで暴れることの意味など、この男はまるで考えていないのだから、本当に性質が悪い。

「猿人を動かすのは悪くない手だ。それで、我々はどう動く？」

「その隙に、堂々とお前の父親に会いに行くさ」

言いながら、魔王は火酒と横にあった雷水をアイテムファイルへと放り込み、代わりの挨拶のようにアブサンを5本置いていく。

「父に…………我々二人でか？」

魔王はそれには答えず、オルガンの体を掴んで立ち上がる。

そして、モンキーマジックへ〝待ち合わせ〟の《通信》を送った。

「き、貴様！　許可なく私の体を掴むなと言っただろうッ！」

「減るもんじゃあるまいし、気にするな」

「…………減るんだ！　こう、色々と！」

叫ぶオルガンを尻目に、魔王は神社のあった場所に《全移動》で飛ぶ。

一瞬で視界が切り替わり、深い森の景色となった。本来であれば、何度経験しようと神秘的な体験のはずであったが、オルガンは怒りも露に叫ぶ。

「お前はどうしてこう、無造作で、無神経なんだ！　朝から持ち主の許可もなく、勝手に火酒を盗んで呑むし！　昨日は猫にも抱き付かれてヘラヘラしてたな！」

特に、最後の項目に力を込めてオルガンが叫ぶ。

言われた魔王も、堪ったものではない。

「お前な、人を朝から酒飲んでる、どうしようもないセクハラ親父みたいに言うな！」

「どうしようもないだろうが！」

騒ぐ二人の声を聞きつけたのか、警戒した様子で猿人の長が現れる。

その横には、河童の姿もあった。

「神域で騒ぐとは……相変わらず、品のない人間ゾ」

「だ、旦那、あまりこいつを怒らせるのはマズイんじゃ…………？」

二人の姿を見て、オルガンは慌てて魔王の手から離れて、そっぽを向く。対する猿人の長も、非常に不機嫌な様子であった。

この中で、笑みを浮かべているのは魔王だけである。

「急な呼びかけですまない。今日は、君たちにお願いがあってね」

「劣った人間如きが、森の賢者たる猿人に…………アイタタタタッ！」

魔王が命じたのか、頭の緊箍児《きんこじ》が締まり、長が地面を転がる。

凄まじい力を持つ獣将であっても、こうなってはどうにもならない。

「君の頭蓋骨耐久チャレンジへの飽くなき挑戦心には頭が下がる思いだが、今日のところは大人しく話を聞いてくれんかね？」

「わ、判った！　だから、これを止めろ！　止めてくれゾ！」

「ふむ、判ってくれたようで何より」

魔王がニコニコと手を差し伸べ、長は心底嫌そうな顔をしながら一人で立ち上がる。

人間と握手するなど、絶対にゴメンだと思っているのだろう。

「さっさと用件を言えゾ。俺様は暇じゃないんだ。肉の両面焼きと、小型獣型ハンターの研究で忙しいんだゾ」

「何を言っているのか判らんが、用件は一つだ。君たちに、ベルフェゴールと呼ばれる悪魔の領地にある奴隷市を襲ってもらいたい。場所はここと、ここだ」

その言葉に、悪態をついていた長も息を飲む。

告げられた内容が脳の許容量を超えたのか、棒立ちとなり、遂に猿踊りをはじめた。その姿を見て、慌てて河童が長の手足を押さえ込む。

「く、黒い旦那ぁ……俺っちが言うのも何だが、長に小難しいことを言わねぇでくれ！」

「いや、今の話は難しいか…………？」

首を捻る魔王であったが、河童もオルガンを見て訝しげな表情を浮かべる。

何が目的だ、と。

普通に考えれば、何らかの罠としか思えない内容である。

「そこにいる娘っ子は、ベルフェゴールが可愛がってるという一人娘じゃぁねぇか。あんたら、何を企んでるでさぁ」

河童の無神経な言葉に、オルガンの表情が苦く歪む。魔王がいなければ、河童に炎の魔法でも放ち、残った頭髪を焼き尽くしていたであろう。

「なに、親子喧嘩などどこにでもある話だ。君らは深く考えず、暴れてくれればよい」

「暴れるって簡単に……第一、神域より向こうに踏み込むのは、ご法度なんでさぁ」

目をグルグルと回す長を地面に寝かせ、河童は頭の皿を布で綺麗に拭う。その様を不思議そうな目付きで眺める魔王であったが、スイッチが入ったように長が飛び上がった。

「そうか、偉大なる母者《ははじゃ》の声はお前だったのかゾ！」

「………母ぁ？」

今度は、魔王が目を丸くする番であった。

いつもは小煩い長が、ぶつぶつと小声で呟き、やがて体を小刻みに揺らす。

「お前のような人間如きが……どうして、偉大なる母者から………ッ！」

その顔にあるのは、強烈な怒りと、隠し切れぬほどの嫉妬。

彼らが神の如く仰ぎ、信奉する偉大なる龍が、時には千年単位で沈黙し、口すら開かぬ龍が、なんとこの人間に「捨て置け」と言及したのだから。

その短い、たった4文字の言葉は獣人国の全土に雷鳴のように広まりつつあり、現在は様々な憶測に一国が揺れに揺れていたのだ。

軽率で知られる、猿人の長たるモンキーマジックであっても、その言葉が意味するところはどこまでも深く、重い。

唐突に叫び、今度は黙り込んでしまった長に、河童が何かを耳打ちする。

よほど、深刻な何かがあるようであった。

「………母か何か知らんが、動いてくれるのであれば、あの棒を返しても構わんぞ」

妙な流れに、魔王がつい妥協案を示す。

この世界準拠で考えるのであれば、あの〝如意棒〟は反則といえる武器であったが、魔王からすれば5ダメージの貫通攻撃など屁でもない。

そもそも、当たらなければ意味もないのだから、その扱いは随分と軽いものであった。

「秘宝は大事ゾ。だが、母者の命令は………………」

俯く長に、河童が何かを思い付いたような表情で何かを耳打ちする。流れが判らず、魔王は混乱していたが、オルガンは一人、じっと獣人たちの動きを見ていた。

「旦那ぁ、一度頭を切り替えやせんか？　ここは考えどころですぜ」

「どういうことゾ？」

「確かに、母者は捨て置けと言われやしたが、協力するな、とは言ってねぇでがしょ」

「…………う、ん??」

河童の言葉に、長の頭が再び混乱しはじめる。それは詭弁、と言うべきものであったが、河童は自分の知恵に酔ったように小狡い笑みを浮かべた。

「あの母者が口を開くなんて、よほどのことでさぁ。黙って見ているだけじゃぁ、何の手柄にもなりゃしませんぜ」

「し、しかし……だゾ………」

「こうしてる間にも、鼻の利く〝犬〟がデカい手柄でも上げた日にゃぁ、旦那も俺っちも、もうあいつにゃぁ、一生頭が上がらねぇようになりまさぁ」

その言葉に、俯いていた長が凄まじい速度で顔を上げる。

怒りを感じているのか、その体は小刻みに震え、顔まで真っ赤に染まっていく。

「ふざけるなッ‼　あの犬コロに、母者の………！」

長は怒りで暫く言葉が出ないようであったが、そこにトドメがきた。

空から、妙齢の美しい女性の声が聞こえてきたのだ。

《森の賢者たる猿人よ、妾からも頼む。その人間に、手を貸してやってくれぬか？》

「「これは、大神主《おおかんぬし》様！」」

全員の頭に響くような、不思議な声色であった。

その声を聞いて、猿と河童が飛び上がり、大慌てといった様子で頭を下げる。オルガンも、警戒するように便利君へと手をかけ、魔王は暢気に一服をはじめた。

《その人間には少々、世話になっての。〝タツ〟には妾からも口添えしよう》

その声を聞いて、勇気100倍となったのか、モンキーマジックが胸を叩いて立ち上がる。

河童も嬉しそうに皿へと手をやり、如才なく口を開いた。

「大神主様の口添えがあれば、後顧の憂いはありゃぁせん……旦那ぁ、これは久しぶりにデカいヤマがきやしたぜ！」

「ウッキッキッ！　ようやく、薄汚い魔族の頭を堂々とカチ割れるゾ！　犬コロが悔しがる様が目に浮かぶゾ！」

「ゲッヒャッヒャッヒャ！　ゲヒー！」

二人が大笑いしながら拳をぶつけ合い、ついには腕を組んで踊りだす。

勝手に騒ぎ出した二人を見て、魔王は呆れたように煙を吐き出していたが、表情を変えた長が無言で手を伸ばしてきた。

「棒を返せゾ。人間の指図を聞くのは癪だが、他ならぬ大神主様の頼みだ…………お前の計画に乗ってやる」

気配の変わった長に、魔王は密かに息を飲む。

さっきまでのはしゃいでいた姿とは違い、今は完全に戦士の面構えになっていたからだ。

「そうか、理解を得られて喜ばしい限りだ――」

堂々と白煙をふかし、不敵に言い放ちながら魔王はアイテムファイルから如意棒を取り出し、長の手へと戻す。棒を握り締め、何度か手触りを確かめていた長であったが、異常はないと判断したのか、即座に行動を開始した。

「人間、地図を見せろ。狙う場所はどこゾ？」

「襲撃して欲しい場所は、この二箇所だ。せいぜい、派手に騒いでくれ。但しそこにいる人間は殺すな。事が終われば、全員をルーキーの街にでも送ってやってくれ」

「………判ったゾ」

その返事には、若干の間があった。

何故、人間如きにそこまでしなくてはならないのか、と不服だったのだろう。ただ、目の前にいる男は長の想像を超えた、あまりにも規格外の存在であった。

「神社にいた女。お前との話は、まだ終わっていない。事が済めば、じっくりと話し合いの場を設けさせてもらおうではないか。このまま逃げられると思うなよ？」

何と、白煙を燻らせながら、大神主様と尊ばれる存在に対し、堂々と脅迫めいたことを口にしたのだ。その恐れを知らぬ姿に、長は密かに舌を巻く。

この人間はいったい、何者なのかと。

《相変わらず怖い男じゃのぅ………その顔も含めて》

「お前な、人を顔で判断するなと言っただろうが！」

《我が子らも、そなたのことを邪悪面と呼んで気に入っておるようじゃ》

「いや……普通に嫌われてないか、それ？」

二人のやり取りは妙に軽く、まるで古くからの友人のようにも見えてくる。偉大なる母が言及したことといい、長から見た魔王の姿は、徐々に別の存在へと変貌していく。

（この男は、ただの人間じゃない…………何か、別の生き物ゾ）

鉈で切るように、長はバッサリと頭の中でそう片付けた。

偉大なる母や、獣人国を古くから守る大神主様に近しい存在――――つまり、神話に登場してくるような別次元の生き物であると。

何より、そう考えた方がこれ以上、頭を悩ませないで済む。

長は無言で空に向かって一礼し、足早に去ろうとしたが、その背に魔王が声をかける。

「これを持っていけ。ある意味、今回の主役だ」

「ん……これはなんゾ？」

手渡されたのは、大きな木箱。

それも、結構な重量があるものである。

「今は考えないでいい。あとで指示を出す。丁寧に運べよ？」

「フン………」

肩に箱を担いだ長が歩みを進めるたびに、その周囲に10人、20人、50人と猿人たちがどこからともなく、次々と現れ、周囲を固めていく。

深い森を抜け、国境へ辿り着いた時には、既にその数は５００に達しようとしていた。

河童が下卑た笑みを浮かべながら、長に声をかける。

「旦那ぁ、まずはどっちを襲いやんしょ？」

「第二、第三、と時間差をつけて襲うゾ」

長も奴隷市の場所は熟知している。

いや、魔族領の地理に関しては、魔王より遥かに精通しているといっていい。何せ、彼らは魔族領と直に接し、何千年と戦い続けてきたのだから。

地図などなくても、諳《そら》んじているほどだ。

「ゲッヒヒ！　こりゃ、ご同輩の皆様方も目ん玉をひっくり返す騒ぎになりまさぁ」

世に獣将と呼ばれる他の10人を思い、河童がニタニタと笑う。

彼らも人間の貴族や大悪魔たちと同じく、見栄を張り、プライドと自尊心を賭け、周囲と競い合っているのだ。

古来より、いかなる集団もそうであったし、どちらが上で、どちらが下か、と日々、争う姿は獣の集団においてはより濃厚で、熾烈であるのかも知れない。

「向こうで収容した人間は、タツ様の下へ送れゾ」

「そりゃ、構いやせんが……旦那ぁ、それで仕事は終わりですかぃ？」

「どういう意味ゾ？」

河童の言葉に、長が首を捻る。

頼まれたのは奴隷市への襲撃と、そこにいるであろう人間の保護だ。

「この千載一遇の機会を、みすみす逃す手はねぇってことでさぁ…………」

「せん……？　難しい言葉を使うな。3文字か4文字で説明しろゾ」

「――――首を獲れ、と言ってるんでさぁ」

河童の目が妖しく光り、長も少しの間を置いた後、顔を上げて笑い出す。

その首とやらが、何を指しているのか判ったのだろう。

長の頭に浮かぶもの、それは一時、国境で猛威を振るったベルフェゴールの姿であった。

包囲網を突き破られ、南部の森に大打撃を受けたこともある。だが、ベルフェゴールは深追いせず、「飽きた」と言わんばかりの態度で引き上げることが多々あった。

それは、獣人国に住まう者たちにとって、未だ屈辱として残っている苦い記憶である。

「俺を焚き付けているのか？　その手には乗らんゾ」

「今じゃぁ、ベルフェゴールは次代の悪魔王と目されている存在でさぁ。こいつの首を獲りゃ、その功績は必ず母者にも届くはず…………」

「だから、そんな見え透いた手には…………乗るゾ」

「ゲッヒッヒッヒッ！　そうこなくっちゃぁ！　旦那こそ軽挙妄動の鑑でやんす！　よっ、この軽佻浮薄《けいちょうふはく》！　ミスター猿知恵！」

「そう褒めちぎるな。流石の俺も照れるゾ」

意味が分かっているのかどうか、二人が去った後には、森に静けさだけが残った。オルガンは馬鹿げた騒ぎに溜め息を吐き、魔王も美味そうに煙を吐き出す。

「さて、まずは連中の仕事っぷりを見させてもらうとするか」

「まるで物見遊山だな……遊びにいくわけじゃないんだぞ」

言いながら、オルガンが魔王のロングコートをさり気なく掴む。

どうせ掴まるなら、自分から掴んだ方がマシだと考えたのだろう。

「すまんが、行ったことのない土地には全移動では飛べんぞ」

「…………ん？」

「我々も走って追う、ということだ」

「なっ！　だ、だったら先にそう言え！」

掴んでいたロングコートを乱暴に振り払い、オルガンが顔を真っ赤にして叫ぶ。

魔王からすれば、とんだ言いがかりであった。

「まぁいい、まずは魔族領とやらがどんな場所か見させてもらおう。行くぞ」

「ふん…………」

魔王から距離を取るように、オルガンは宙に浮き、一直線に魔族領へと飛んでいく。

その背を、魔王も軽快な足取りで追う。


嵐のような一団が去ったあと――――

音もなく、森に荘厳な神社が姿を現した。

「何とも騒がしい連中じゃの…………」

妙齢の狐人が縁側に腰掛け、手にしたお猪口を傾ける。

中には日本酒でも入っているのか、狐人の口からほぅ、と短く溜め息が漏れた。神主のような格好をしているが、その胸元は大きく開いており、何とも艶っぽい姿である。

その隣では青と赤の小狐がすやすやと寝ており、平和そのものといった光景である。

だが、敷地の中央に立つ影は尋常ならざる気配を放っていた。神秘的な紫の髪が僅かに揺れ、魔王が去った方角へと向けられる。

「これで良かったのぅ、タツや」

「………………私に意見などはない。ただ、母の意志に従うのみだ」

「きゃつは〝捨て置け〟と命じたのであろう？　妾が猿人を動かしたのは、その意に反することではないのかぇ？」

タツと呼ばれた女性は何も答えない。

ただ、魔王の去った方角を無言で見つめるのみであった。その容貌はどこまでも美しく、麗人とでも言うべき雰囲気に包まれている。

「怖い目じゃのぅ……お主が感情を滲ませるところなど、はじめて見るやもしれん」

「………………大いなる祝福と、大いなる憎悪」

「ほ？」

「あれは、この世界に在ってはならないものだ」

「………………ふむ。殺すと？」

「それはいつでもできる。私が知りたいのは、母の御心のみだ」

そう言い残し、タツと呼ばれた女性は姿を消した。

残された神社の主は、やれやれと息を吐く。

「きゃつも面倒な娘を持ったの…………まぁ、手がかかる子ほど可愛いものじゃが」

小狐たちの髪を撫でながら、神社の主は空を仰ぐ。

朝焼けの空にはまばらに雲が浮かんでいたが、遠くに見える空はまだ仄暗い。

「夜半には、一雨きそうじゃの…………」

何気なく呟かれたそれは、ごく近い未来に起こる、何事かを暗示しているようであった。

モンキーマジック

Monkeymagic

【種族】猿人　【年齢】20歳　【性別】男

武器 **如意棒**

伸縮自在の棍棒。相手に必ず「5ダメージを与える」という重撃効果が付与されている。

スキル

猿知恵

シャオショウのアイデアをこれ見よがしに語る。

猿真似

名前こそアレだが、連撃をもう一度放つ、チートとしか言いようがないスキル。

猿叫

遠く離れた手下にも、様々な指示を送ることができる。

倍撃

体力を削り、一撃の破壊力をアップさせる。

他にも、様々なスキルを所持。

【レベル】？　【ステータス】不明

猿人たちを統べる長にして、世に名高い獣将の一人。魔王には撃退されたが、相手が悪かっただけであり、本来は人間が敵うような相手ではない。猿叫を使って次々と手下を呼び寄せるため、集団戦にも滅法強い。その性格は見栄っ張りであり、手下の前では猿知恵をよく披露する。

シャオショウ・ハゲマル

Chao Chow Hagemaru

【種族】河童　【年齢】？　【性別】男

種族スキル

かっぱっぱー

海や川、池など、水の中では能力が全体的にアップする。海産物を獲るにも有利に働く。

【レベル】？　【ステータス】不明

その昔、川の利権を巡って猿人と縄張り争いになり、モンキーマジックに挑むも敗北。以来、彼の知恵袋となって支えるようになった。その知恵は大体、ガラクタめいたものが多いが、猿人たちには大いにウケている。皿の下がどうなっているのかは謎。と言うか、誰も興味がない。

長く短い祭

――ベルフェゴールの居城――


黄金と赤で装飾された玉座の間は、今日も淫靡な空気が満ちている。

男の精を搾り取る夢魔《サキュバス》や、下半身が蛇のラミア、下級悪魔のハニトラや、ダークエルフなどが玉座に座るベルフェゴールに纏わりつき、とても朝とは思えぬ空気であった。

女性の形をした、珍しいレッドスライムなども足に絡み付くような格好で控えており、その姿はまさに「好色」と「怠惰」を体現しているようでもある。

そんな淫靡な間に、慌てた様子で連絡係の伝令者《メッセンジャー》が飛び込んできた。

「ベルフェゴール様！　領内に、猿人が侵入してきた模様です！」

「あやつめ、我より愉しむつもりであったか………」

王の不可解な言葉に、その場にいた者が目を見合わせる。

恐れ知らずのハニトラだけが、能天気な声で可愛く問いかけた。

「王様ー、愉しむってどういうことですかー？」

「串刺し公のことよ。あやつめ、普段は我に仕事をせよと口煩く言いながら、ここ一番では己が愉しむつもりであるらしい」

少し前より、玉座の間に置かれていた本体とも言うべき髑髏が消えていたのだ。

有り余る生命力を持って、体を5つに分けていた公である。

それが本体まで動かすなど、いかなる了見かと王は先程から訝しんでいたのだ。髑髏が消えていることに気付いた面々も、次々と不満を漏らす。

「公がそうまで本腰を入れられては、他の者が遊ぶ余地がありませんわ」

「あーぁ、私もお猿さんと遊びたかったなー」

「公が稚気《ちき》を見せるなど、珍しいですわね」

「スララ～！」

それぞれの声を聞きながら、王も深々と息を吐く。

こいつらは何も判っていない、と。

「猿人の襲撃程度で、あやつが本体など動かすものか…………」

「どういぅことですかー？」

「奴め、これ幸いと獣人どもの国へ攻め入ろうとしておる。この我を差し置いて…………」

忌々しい、と王は吐き捨てるように言う。

公の真意など、ベルフェゴールには手に取るように判る。

さぁ、外に出なさいと言っているのだ。そうすれば、素敵な遊びが待っておりますよ、と半ば強引に連れ出そうとしている格好であった。

本体まで動かしていることを考えると、殆ど脅迫に近い誘惑である。

早く腰を上げなければ、美味しいところは全て持っていくと宣言しているのだから。

「まったく、あやつは真面目すぎるのだ…………怠惰に過ごす日々がいかに甘美であることか、未だ理解できぬらしい」

「えー、獣人国に攻め込むなんて一大事じゃないですかー！」

「公もそこは弁《わきま》えておられるでしょう。程々のラインで遊ばれるはずよ」

「スラー………」

「お猿さんを何匹か持ち帰って欲しいなー。夢の中で遊んであげるのにー」

女どもの暢気な声に、王もくぐもった笑いを漏らす。

しかし、次に飛び込んできた報告には、王も耳を疑った。

「そ、その……！　襲撃者の中に、お嬢様の姿があったとのことで………」

顔を伏せ、伝令者が震えながら告げる。

王は一瞬、ポカンとした空気を放ったあと、膝を叩いて呵々大笑《かかたいしょう》した。

「何だと！　我が愛娘が襲ってきたと言ったか⁉　猿人を連れて？　フッハッハッ！」

黄金の鎧が揺れに揺れ、女たちは次第に顔を引き攣らせながら体を引いていく。この恐ろしき王が、次にどのような反応を見せるのか、判らなかったからだ。

ベルフェゴールは勢い良く立ち上がり、その両手を広げながら叫ぶ。

「待ちに待った再会の時ぞ！　よもや、愛娘の方から訪ねてくれるとはな！　よほど寂しかったと見える！　しかも、獣人どもを引き連れて来るとは、流石に我も予想だにしていなかった展開であるわ！」

何が嬉しいのか、ベルフェゴールは狂ったように大声をあげ、天を仰ぐ。

その後、顎に手を当てながら玉座の周囲を回り、何かの企みに没頭していく。

女たちも、伝令者も、どうすれば良いのか判らず、一様に黙り込んでしまう。

こうなったベルフェゴールは、もう手が付けられない。下手に声などかけてしまっては、その場で殺されてしまうであろう。

「こうしてはおれん…………愛娘を歓待する準備をせねば！　あやつに、公に伝えよ、程々に遊べば帰還せよ、とな。よいか、ここが大事だ。蕩児《とうじ》を叱るような口調で伝えるのだぞ？」

「は、ははっ！」

伝令者に悪戯っ子のように伝え、ベルフェゴールは兜の中で笑みを浮かべた。普段は己が苦言を呈されることが多かったため、その意趣返しがしたかったのであろう。

しかし、その伝えるべき相手であった串刺し公は、既にこの世にいない。

そして、オルガンが連れて来たのは猿人でも何でもなく――神をも恐れぬ、〝大帝国の魔王〟と呼ばれる存在であった。


（クソッ！　何が蕩児を叱るようにだ！）

城内を駆けながら、伝令者は無茶振りに反吐が出そうな表情を浮かべていた。あの誇り高い串刺し公に、一介の魔物がそんな口を利こうものなら、どのような目に遭うか。

伝令者の頭に、ありありとその光景が浮かぶ。

王の言葉を聞いて、公も最初は大笑いするだろうと。

その後、自分を虫けらのように串刺しにするであろう姿も。

（冗談じゃねぇ！　どうにか巧く言い繕わねぇと……！）

呪わしく思うものの、王の言葉は絶対である。

彼は城内に設置された、下級兵用に用意された不気味な鏡の前に立つ。その鏡面は美しいが、鈍色《にびいろ》のスライムが鏡全体を飲み込んでおり、いつ見ても気味が悪い。

この鏡を通れば、各地に置かれた奴隷市へと瞬時に飛べるのだが、気力をかなり持っていかれてしまうのだ。鏡が気力を吸っているのか、はたまた鏡を取り込んだ鈍色のスライムが吸っているのか、未だに誰も判らない古い時代の遺物である。

噂では入ったきり、そのまま飲み込まれた者もいると実しやかに囁かれており、下級兵からはことさらに人気のない置物であった。

（今回はこれを使うしかねぇか……ちくしょう……………！）

意を決し、伝令者が鏡面へと飛び込む。

瞬間、体から力が見る見るうちに抜けていったが、風景だけは一変した。そこは見慣れたはずの第一と呼ばれる奴隷市が広がっていたが、どういうわけか、恐ろしく静かであった。

（妙だな……公は第一で襲撃者と遊んでおられると聞いたが………）

静かなのは、当然であった。

そこにはもう、囚われていた人間も魔物もいない。

（まさか、既に国境を越えられたとか…………？）

伝令者はそう思ったが、遠くに見える第二からは火の手が上がっており、領内に入り込んだ賊が殲滅されたとは到底思えない。

（いや、第二に移られたのだろうな。薄汚い猿どもめ、面倒なこ…………ん？）

風を切る音に、伝令者は反射的に手を上げる。

次の瞬間、右手に凄まじい痛みが走り、白煙と共に手がボトリと落ちた。

「ぐぁぁぁぁぁぁ！」

「ふふ、我が右眼に封印されし黒鳳凰の目を誤魔化すことはできないわよ。貴方が来ることは、1万と2000年前から判っていたわ」

ジャンプシューズを履き、軽快にピョンピョンと飛び跳ねながらミンクが言う。その姿と言葉だけを聞いていると、頭のおかしな者であるとしか思えない。

「きさ、人間のぶんざ…………ぇっ……げぇぇぇぇぇ!?」

ミンクの体から発する眩い聖素に気付き、伝令者は極寒の中にでも放り込まれたかのように、全身の肌が粟立つ。

遅まきながら気付いたのだろう、目の前にいる女がトンでもない存在であることを。

（こ、こいつ…………聖素で編まれた鎧を着込んでやがるッ！）

ただ、そこに在るだけで肌を刺し、脳を焼いてくるような存在であった。

伝令者は賢明にも戦おうとせず、即座に逃走をはじめる。

（聞いてねぇ……聞いてねぇぞ！　こんな化物が来てるなんて！）

伝令に使われるだけあって、この種は総じて足が速い。

だが、今回ばかりは相手が悪かった。ミンクが大きく跳躍し、上空から振り下ろした杖の方が遥かに速く、伝令者は悲鳴をあげる暇もなく、真っ二つとなった。

「悪には悪を、闇には闇を――貴方は深遠を覗いてしまったのよ」

右目に手をあて、意味不明なことを呟くミンクであったが、その周囲には誰もいない。

空っ風が吹く中、一人で佇む姿は罰ゲームのようにも見える。

彼女は囚われた人間をルーキーの街へと送り届けた後、敵城から何らかの伝令が来ることを見越して待ち構えていたのだが、その狙いは見事に的中した。

「ともあれ、これで少しは情報の漏洩を防げるわね………」

ミンクはポツリと呟き、頭にルーキーの街を描きながら軽々と跳躍した。こうして、串刺し公が既に消滅した、という事実を誰も知らないまま事態は推移していく。

それがベルフェゴールの陣営にもたらすであろう混乱と混沌は、想像に難しくない。ただ、混乱は魔族の側だけではなく、全ての陣営にとっても同じであった。


猿人たちが一丸となって、国境を越えていく。

そのラインを踏み越えることは、本来であれば固く禁じられている行為である。松明を手に、火薬庫に入るようなものだ。

彼らがボスと仰ぐモンキーマジックは、如意棒を片手に軽々とそのラインを越え、どころか、より一層にスピードを上げていく。

「お前ら……止まるんじゃねぇゾ！」

「「おおぅ！」」

その雄々しい姿に、声に、配下の猿人たちも興奮したように叫びをあげた。

先頭を駆ける長のそれは、勇気ではなく蛮勇とも言うべきものであったが、荒々しい集団を率いるには向いているのかも知れない。

「とうとう、この日がきたな！」

「よーし！　走れ走れ！　ようやく奴らに復讐する時がきたぞ！」

「一族の無念、今日こそ晴らす！」

「ベルフェゴールの手下どもは皆殺しだ！」

「ばあちゃんの仇を討ってやる！」

猿人たちの胸に浮かぶのは、強い復讐心。

獣人国と魔族領の争いは何千年とも知れぬ彼方から続いており、その因縁は深い。獣人たちの中でも、猿人たちが抱く憎悪は特に深いものがあった。

彼らは先々代の時代にベルフェゴールと休戦条約を結んでいたのだが、一方的に破棄され、油断したところを急襲された結果、一族の大半を殺されるという憂き目を見た。

そんな彼らにとって、今回の襲撃は心躍るものがあるのだろう。

勢い良く駆ける集団の中にあって、河童だけは何かを思案するような顔付きであった。

「どうした、ハゲマル。今頃になって怖気づいたのかゾ？」

「俺っちの名はシャオショウだって何度も言ったでしょうが！　それより、あの黒い旦那が何者なのか、ちぃと考えちまいやしてねぇ…………」

「あれは大神主様と同じく、昔話に出てくる神様の類ゾ」

「か、神様ぁ？　旦那、そりゃぁ、本気で言ってるんで？」

河童の声に、長は何も答えない。

特に根拠や、深い考えがあってそう言ったわけではなく、面倒だからそのカテゴリーに放り込んだ、というのが実際のところである。

「神様は神様でも、あれは悪神か邪神の類ゾ」

言いながら長の顔がつい、真顔になる。

悪戯半分で人が大切にしている物を奪ったり、歯向かった者には呪いをかけたり、他の神様に対しても脅しをかけるなど、好き放題にしていたのだから。

あれを邪神と呼ばず、何と呼べというのか。

「た、確かに、大神主様とは随分と親しげではありやしたが…………まさか、本当に？　なら、あっしらは邪神の口車に乗っちまったってことですかい？」

「悪神だろうと邪神だろうと、奴らの頭をカチ割る口実をくれた存在ゾ。歓迎はしないが、今回は利用させてもらうゾ」

長の口調はサバサバとしており、そこに深い思慮などはない。

この偶然にうまく乗っかり、魔族の連中を叩ければ何でも良いと考えているのだ。魔王も猿人たちを利用しようとしていたが、何のことはない、彼らも魔王を利用せんとしていた。

「旦那ぁ、連中が気付いたようですぜ！」

その声に前方へ目をやると、こちらの襲撃に気付いた魔物がわらわらと群れだしていた。

積もりに積もった恨みを晴らすべく、長は跳躍しながら猿叫をあげる。

同時に、手にした如意棒を眼下の石人形へと振り下ろし、その頭を粉々に打ち砕いた。


――――第二奴隷市――――


馬車から降りたケーキは、久しぶりに見る光景にうっとりする。

ここは第一とは違い、まるで大貴族の邸宅のようであり、別世界であった。

（本当なら、アタイもここで…………）

そう思うと、やり場のない悲しみと怒りが沸いてくる。

ケーキは第一での生活に耐え、格上げされてここへ来たことがあるのだ。豪華な食事、清潔なシーツ、ベッド、自由時間、成績優秀者に与えられる褒賞。

魔族に対する洗脳じみた教育だけは面倒であったが、その他は第一と比べて天国であった。

元々が一国の姫君でもあり、礼儀作法や言葉遣いなどの授業では、ケーキは飛び抜けて優秀な成績を出し続け、周囲から羨望の眼差しで見られていたものだ。

しかし、そんな時間も束の間。

ある日、第二の総責任者が突然入れ替わり、最高に嫌味ったらしい悪魔がその席に座ったのである。その後ろには、ニヤニヤと嗤うケールの姿があった。

そこからの顛末は、語るまでもない。

どの授業でもケーキだけはいびられ、正解を述べても間違いとされ、毎日のように嫌がらせの居残りや、衆目の中で体罰、侮辱され続ける日々へと転落した。

それを見て、周囲の態度は一変し、ケーキを公然といじめるようになっていく。

(全部、最初からあいつが仕組んだことだった………)

一国の姫から、奴隷への転落。

これだけでも悲惨の極みであったが、ケールは甘い夢を見させたのち、もう一度その〝転落〟を味わわせようと画策したのである。時間も根気も必要な仕掛けであったが、ケールはこの手の嫌がらせのためには労を惜しまない。

(くそったれが……アタイに力さえあれば、あんな悪魔なんて…………!)

失格の烙印を押され、第一へと戻された屈辱が胸に蘇る。

そんなケーキの耳に、最高に嫌味ったらしい声が飛び込んできた。

「これは、騎士様。申しつけくだされば、こちらから出迎えの者を送りましたのに………」

「公からの急な命でな。暫く世話になる」

「何と、公から！　どうぞ、ごゆるりと御休息くださいませ」

燕尾服を着た悪魔が優雅に一礼し、地獄の騎士《ヘルズ・ウォーリア》に頭を下げる。

その青い顔に、頭に生やした二本の角、油断のならない蛇のような目付き。忘れるはずもない、ケールが新しい責任者として連れてきた、ヘンゼルと名乗る悪魔であった。

悔しいことに、その姿を、声を聞くだけでも、ケーキの体は萎縮してしまう。それだけ、彼にいびられた時間が長く、辛かったのであろう。

「騎士様、そこの連れはどのような………」

「ケールより何かの命を受けたらしい。便宜を図ってやれ」

「………お任せを」

それだけ伝えると、地獄の騎士《ヘルズ・ウォーリア》は周囲の明媚な眺めに一瞥もくれずに去っていく。

彼の中にあるのは、串刺し公への忠誠だけなのであろう。

「お久しぶりですね、ケーキ。いえ、でき損ない――」

その声に、ケーキの肩がびくっと揺れる。ヘンゼルは嫌味ったらしく、八の字に生やした髭をいじりながら、ゴミでも見るような視線を向けた。

「それで、何の用だ？　ここはな、お前のようなでき損ないが来て良い場所じゃない」

その口調まで、がらりと変わる。

先程までの、地獄の騎士に対する慇懃な態度を思えば、同一人物とは思えないほどだ。

「そ、その、ケ、ケール様、から………」

「こっちにはそんな連絡はきてねぇんだよ。てめぇ、何を企んでる」

ヘンゼルは吐き捨てるように言いながら、高そうな葉巻を咥える。

次の瞬間、ケーキの顔に拳が飛んできた。

「ぐっ……ぅ……！」

「相変わらず使えねぇなぁ、てめぇは！　俺が葉巻を咥えたら、２秒以内に火を点けろ、と教えただろうが！　もう忘れちまったのか、このスカスカの頭はよぉ！」

腹部を踏み付けながら、ヘンゼルが汚いものでも見るように唾を吐く。ケーキが、この第二でどのような目に遭ってきたか窺える光景であった。

「も、申し訳ありません……ですが、今は火の魔石を、持たされていなく、て………！」

「……ん？　あぁ、それもそっか」

けろり、といった態度でヘンゼルが笑い、足をどかす。

第二にいた頃は火の魔石を持たせていたのだが、第一に落ちた奴隷がそんなものを与えられるはずもない。

「で、ケール様が何だって？」

偉そうに煙を吐き出すヘンゼルに、ケーキは震えながらも声を絞り出す。

ここで引いては、来た意味がない。

「その、第一の奴隷たち……の栄養状態が芳しくなく………」

「はぁ？　で？」

「食料を、多少分けてもらうようにと…………」

　その言葉を聞いて、ヘンゼルは鼻から煙を出しながら嗤う。

　あのケールが、そんな優しい命令を出すはずもないと。ヘンゼルは己の性格の悪さを十分に自覚しているが、ケールは別格であった。

　あれこそが〝悪魔〟である、と心の底から断言できるほどだ。

「眠たいこと言ってんなよ、ゴミが。あのケール様がそんな命を下すわけねぇだろ」

　その冷たい視線に、ケーキの心は萎えそうになったが、ここが勝負どころと思ったのか、おもむろに顔をあげ、あえて淡々と述べた。

「どうか、騎士様のお言葉を思い出してください…………」

「あぁん？」

　その生意気な口の利き方に、ヘンゼルは反射的に殴りそうになる。

　しかし、あの地獄の騎士《ヘルズ・ウォーリア》は串刺し公からの信頼が厚く、その名を出されては、とても無視できない存在であった。

「便宜を図ってやれ、と仰られたはずです…………」

「……っ。その便宜とやらの前提がおかしいって言ってんだよ！　ケール様の命だという証拠がどこにある？　あぁ？」

　あの騎士の言葉があれば一発で決まるかと思いきや、ヘンゼルも粘る。

　ゴミクズと見下す人間のガキ相手に、良い様にされた挙句、食料を手渡すなど腹が立って仕方がないのだろう。

「残念ながら、私にはそれを証明する術がありません……ご判断のほどは、ヘンゼル様にお任せ致します」

ケーキは深々と頭を下げ、殊勝な態度を取る。

一方的に判断を委ねられたヘンゼルは、逆にどう対応するか困ることとなった。

（このゴミ。ケール様がそんな命を…………いや、待て！　本当に出していたらどうする⁇）

ヘンゼルの脳裏に、はじめて疑心が湧く。

何らかの思惑で、遊んでいる最中であったら、と。

（それを自分が無下に断り、台無しにしてしまった日には…………）

どのような目に遭うか、想像するだけで背筋が凍る話であった。目を抉られるか、手足の一本でも捥《も》がれるか、どちらにしても死んだ方がマシな目に遭うことは確実である。

（だが、逆にそんな命など下していなかったとしたら…………）

それはそれで、酷い目に遭うであろう。

玩具相手に良い様にしてやられ、騙されたなど、あのケールが許すはずもない。

食料を出すのか、出さないのか、それで自身の運命が決まるという、酷い岐路に立たされていることに、遅まきながらヘンゼルは気付く。

ケーキは何度殺しても飽き足りない悪魔が、元から青い顔を一層に青褪めさせ、無様に狼狽する姿を見て、内心でケラケラと嘲笑う。

（ざまぁみろ、このクソボゲ！　せいぜい、悩んで考えな！　その足りねぇオツムでな！）

笑い出しそうになるのを堪えながら、ケーキは表情を隠すように俯く。

その姿だけ見ていると、実に大人しいものだ。

当初は平静を装っていたヘンゼルも、今は髭をいじり、顎をさすったり、新たに咥えた葉巻が逆方向であったりと、狼狽を隠せなくなっていく。

「ほ、本当に、ケール様の命なんだろうな…………？」

ついに、ヘンゼルは探るような目付きで問いかけてしまう。

完全に、負け犬の姿であった。

ケーキはしおらしく頭を下げながら、内心では罵詈雑言の嵐を浮かべ、「ざまぁ」と言わんばかりに舌を出す。傍目から見ていると、どちらが悪魔か判らない。

溜飲を下げるだけでなく、ケーキはトドメに逃げ道を用意してやることも忘れなかった。

「…………少なくとも、騎士様をこの地に派遣されたのは、串刺し公です」

「だ、だから、何だってんだ？」

（そんなことも判らねぇのか、この青ボケ悪魔が。頭に汚物でも詰まってんのか？　股間にブラ下げたその貧相な一物でも咥えながら考えやがれ）

ケーキの頭に口汚い罵倒が浮かぶも、その表情だけは静かなものだ。

「恐れながら申し上げます。騎士様の言葉は、公の御言葉であると考えても宜しいのでは？」

「そ、そうか……騎士様を派遣されたのは公である。その騎士様の口から出た言葉はすなわち、公の御言葉であると考えても過言ではない…………便宜を図るのも当然のことだ…………」

ケールに対する最低限の言い訳ができたことで、ヘンゼルの顔に喜色が浮かぶ。無論、それが通じる相手であるのかどうかは、その時にならなければ判らないが。

「うむ、公の命であるならば致し方ない。準備させよう」

「ありがとうございます！」

ケーキは頭を下げながら、ちゃっかりとヘンゼルが「公の命」とすり替えていることに目敏く気付き、一人笑う。どんな悪魔であっても、最後は保身に走ると。

何も得るものがない日々の中で、それはケーキが得た一つだけ確かなものであった。

「それにしても、向こうは何やら騒がしいな……。第一で何か催しでもしているのか？」

「いえ、私には判りません……ただ、公が御視察されているので………」

「うーむ、こちらにも来られることを想定しておかねばな………」

口調まですっかり元通りになったヘンゼルが襟を正し、背筋を伸ばす。

しかし、その騒ぎは対岸の火事ではなく、すぐさまヘンゼルの下にも襲い掛かってきた。

「ヘンゼル様！　どうやら領内に猿人が侵入してきたようですッ！」

「猿どもが？　奴らにそんな度胸があるものか。王が散々に甚振《いたぶ》った下等種ではないか」

顔を歪め、鼻で笑うヘンゼルであったが、遠くから徐々に近付いてくる大猿叫に、その顔色が変わっていく。

それは一匹や二匹ではなく、途方もない大群であることに気付いたからだ。怒り狂った猿人の凶暴さは魔族領にも響き渡っており、ヘンゼルは知らず、唾をごくりと飲み込む。

そこにあるのは、純然たる恐怖。

ケーキの耳にも、身の毛がよだつような猿叫が響いてくる。人間という種族が、逆立ちしても到底抗えぬ猿人たちの怒りの声に、ケーキの頭まで真っ白になっていく。

（何だよ、これ……！　何が起きてやがんだ………！）

それは、この地に終焉を告げる――――まさに、終わりのはじまりであった。


朝焼けの空を、無数の影が覆う。

その影の正体は、一族の男を総動員した猿人たちのものである。長が猿叫を上げるたびに集団は複雑に動き、幾つもの小部隊となっていく。

今回、動員された猿人の数はおよそ３０００人。

それが瞬時に50人で１組の小部隊となり、一糸乱れぬ動きで第二奴隷市へと迫っていく。

「父母の仇を討つのは今ゾ！　怨敵どもの首を獲り、その脳を食らえッ！」

長の声に答えながら、猿人たちは顔を真っ赤にして魔物たちへ襲いかかっていく。過去の敗戦から、彼らも訓練に訓練を重ねてきたのであろう。

その戦法は〝個〟に対し、集団で襲い掛かるという一見、単純なものであったが、猿人たちの連携力は尋常ではなく、その速度も段違いだ。

50人で１組に分けられた小部隊が時に10人で１組に分散し、集結し、幾つもの小部隊が有機的な連携を取りながら、一瞬で大部隊に編成されたりするのだから、堪らない。

国境付近をうろついていた魔物はすぐさま駆逐され、第二への道ができ上がった。

「あの館を襲え！　先陣を切る〝男気〟は誰ゾ!?」

長のそんな声に、配下の猿人たちが興奮したように大声をあげる。

先陣、一番乗り、大将首などといったものが戦場における大きな功績として数えられるのは、獣人たちであっても変わらない。

「俺だ！　俺が行くッ！」

「いいや、先陣は俺の部隊が切らせてもらう！」

「ウッキィィィィイッッッ！」

地を覆い尽くすような猿人の群れを見て、第二奴隷市から慌てて迎撃の魔物が出てくる。

重要な施設ということもあってか、第一とは違い、そこには力ある魔物が多い。

三つ首獅子や火石食い、ダークマミーや血塗れ狼など、Aランクの冒険者であっても苦戦するであろう魔物が群をなして駆けてくる。

互いに、全く怯えていないのであろう。

両軍の足は止まらず、その速度は一向に落ちない。

本能のまま、駆けに駆ける。

贅を尽くした第二奴隷市の前で、両軍はそのまま猛スピードでぶつかり合った。血飛沫と、肉と金属がぶつかり合う音が響き渡り、魔物が断末魔の叫びを上げる。

その声は次第に一方的となり、３０００もの猿叫が瞬く間に大地を覆い尽くしていく。

――鎧袖一触《がいしゅういっしょく》であった。

個々の力で見れば、むしろ魔物の側に分があったかも知れない。

しかし、猿人たちの戦闘は個の力に依らず、集団で行うものであった。

幾つもの小部隊が前後左右から魔物に襲い掛かり、一斉に引いては次の部隊が攻撃を仕掛けていく。空間そのものを支配し、相手に牙を剥かせる隙すら与えない。津波のようなそれが3度繰り返されたのち、魔物の群れは一斉に背を見せて逃走しはじめた。

「薄汚い卑怯者が尻を見せたゾ！　囲い討ちゾ！」

長の声に3000人が一瞬で一塊の部隊となり、徐々に両翼を広げるような陣形に変貌しながら魔物たちの背を追っていく。

それは相手を逃さぬよう、包み込むような形をしており、猿人たちの怒りと、一匹も逃さないという、執念深さを窺わせるものがあった。

魔物の背を討ちながら、猿人の軍勢はそのまま第二の施設へと襲い掛かる。まるで、黒い津波が建物を押し流すような勢いであり、事実、そうなった。

「壊せ壊せ！」

「この地に何も残すな！」

猿人たちは手当たり次第に武器を振り下ろし、第二と呼ばれた施設を破壊していく。

城壁も倉庫も、粋を凝らした庭も、名匠が設計した館も、歴史ある美術品の数々も、全て猿人たちからすれば無意味なものであり、その破壊に躊躇などない。

逃げ惑う人間たちを捕獲し、魔物と見れば殺す。

第二に収容されていた人間からしてみれば、その凶暴さは魔物と何ら変わらない。

一方的な蹂躙、盛大な勝ち戦に浮かれる猿人であったが、奥にもう一つの施設を発見し、意気揚々と乗り込んでいく。そこは〝保養所〟と呼ばれる、これまた別格の大きな施設であった。

「ここにも人間がいるのか？」

「ウッキッキ！　火でも放ってやれ」

「長の命に逆らう気か？　ここの人間どもはタツ様への〝貢物〟だろうが！　大切に扱え」

「うっ、すまん………」

正確には貢物ではないのだが、そう誤解されるのも止むを得ないであろう。これまでの両者の関係を思えば、獣人が人間を保護してやるなど、ありえないことなのだから。

そんな猿人たちの前に、重厚さを絵に描いたような騎士が現れた。

「薄汚い猿どもが………気高き公の管轄地で騒ぎを起こすとは。万死に値する」

全身鎧というより、その姿は機動兵器とでも形容すべきであろう。地獄の騎士《ヘルズ・ウォーリア》が持つ大きな鎌が凄まじい速度で薙がれ、一瞬で3つの首が宙に舞う。

「なっ……嘘だろ。おい、みん」

その言葉が終わる前に、残った猿人は頭から股間まで真っ二つに斬り裂かれた。

地獄の騎士《ヘルズ・ウォーリア》は入り口へと向かい、そこに群がる猿人たちに向けて、首と二つに分かれた片割れを無造作に放り投げる。

「薄汚い獣ども。貴様らは一匹残らず、斬刑に処す――」

手にした鎌を大きく旋回させ、騎士が群れへと飛び込む。

途端、辺りは阿鼻叫喚の地獄と化した。

騎士の周囲は瞬く間に鮮血に染め上げられ、猿人たちの首が無造作に飛んでいく。それは戦闘というより、本人が口にした「斬刑」という言葉がピタリと当て嵌まる光景であった。

猿人たちがどれだけ連携して攻撃を加えようと、その分厚い装甲には傷一つ付けられず、被害だけが1秒ごとに増えていく。

気付けば、保養所の前にいた二つの小部隊は壊乱状態に陥っていた。救援を呼ぼうにも、騎士の動きは止まらず、逃げ出す暇もない。

そこへ、下品な笑い声が乱入した。

「ゲッヒッヒッ………お困りですかぃ、皆の集?」

「ハゲマル様!」

「おぉーい！　皆、ハゲマル様が来てくれたぞ！」

「おほー！　今日のハゲマル様は一段と光って見えるぜ！」

「俺っちの名は、シャオショウだって言ってんだろうがっ！」

河童が大声で訂正するも、振り下ろされた鎌を見て慌てて飛び退く。

その一撃を見ただけで、相手が途方もない強さを持った化物であると気付いてしまい、河童の額から冷や汗が流れる。

「いやいや、鎧の旦那ぁ……何も俺っちは、あんたと争う気なん……ゲヒー！」

無言で繰り出された鎌を凄い形相で回避しつつ、河童は恥も外聞もなく叫ぶ。

「皆の集、長を、ボスを呼んできてくれ！　こんな野郎、俺っちの手にも負えねぇよ！」

敵に背を見せ、無様に逃げ回る河童の姿に、地獄の騎士《ヘルズ・ウォーリア》は呆れたように鼻を鳴らす。

鳴り物入りで登場したわりには、その姿はあまりに情けなく、不恰好であったが、次の瞬間、騎士の顔に河童が突き出した矛が突き刺さっていた。

「ゲッヒヒ、油断してんじゃゃ………はれ？」

「………下劣な生き物だ」

不意を突いた一撃は見事に決まったが、その兜はあまりに固く、何のダメージも入っていないようであった。無言で振り下ろされた鎌を、河童は矛の柄で辛うじて受け止める。

1秒、2秒、と時間が経つたびに河童の手が震え、ついにその全身が弾き飛ばされた。

「いや、参った！　こりゃぁ、旦那には敵わねぇや！」

矛を投げ出し、河童が両手を挙げる。

完全に降参のポーズであった。

「貴様らのような下劣な獣に、降伏などを許した覚えはない」

「しょんなぁ～！　鎧の旦那も俺っちも、同じ大陸に住まうお仲間じゃねぇですかい？　ここは一つ、穏便にいきましょう………ヤッッ！《水鉄砲《ウォーターガン》》」

河童の口から、水の弾丸が4つ吐き出され、騎士の兜や鎧に直撃する。

流石に衝撃を受けたのか、騎士の体が仰け反ったが、それだけであった。その鎧兜には傷一つ入っておらず、ダメージを受けた様子もない。

「えぇー……そりゃ、ないっしょ！　俺っちの水鉄砲は最上級《ハイエンド》の防具も貫くんですけど⁉」

「下らん芸だ。それで終わりか？」

河童が泣きそうな面で言うものの、騎士の姿も、口調も、まるで変わらない。感情をどこかに置き忘れたロボットのようであった。

「死ね、下等生物」

「ゲヒーーーー！　降参！　俺っちは降参しまさぁ！」

そんな言葉を無視し、鎌が無造作に振り下ろされたが、横からきた突風のような棒に弾かれてしまう。騎士も顔の向きを変え、乱入者へと目をやる。

「………………相変わらず、戦闘になるとお前はてんでダメな奴ゾ」

ようやく、救援部隊が到着した。

モンキーマジックと、その周囲を固める精鋭集団である。

「旦那ぁァ！　待ってやした！　よっ、抱かれたい獣人№1の色男！　今、最も熱い猿ッ！その生き様に、全獣人国が泣いた！」

「よせ、幾ら俺が男前でも、そこまで言われると照れるゾ」

2人の馬鹿騒ぎを見ながら、地獄の騎士は手にした鎌の柄を握り直す。

これが、相手の首領であろうと。

「貴様が、噂の獣将とやらか」

「部下どもが世話になった。この恨みは倍返しさせてもらうゾ」

モンキーマジックの目に、静かな怒りが浮かぶ。

周囲に散らばる仲間の死体を見て、頭が沸騰しているのだろう。

「下等な猿が。公にその首を捧げよ」

遊ぶつもりなどないのか、騎士は初手から全力で鎌を横凪に払った。中級悪魔であっても、その一撃を食らえばタダでは済まない。

しかし、モンキーマジックの姿はそこにはなく、鎌の上に軽々と片足で立っていた。

「……なっ」

騎士が呻いた直後、その頭部に凄まじい衝撃が走った。

振り下ろされた如意棒が、その頑強な兜を凹ませたのである。

「一族の恨みを思い知れ。お前たちはもう、一人も逃がさないゾ」

こちらも遊ぶつもりはないのだろう。

地に降り立ったモンキーマジックは凄まじい速度で如意棒を旋回させ、騎士の体に叩き付けていく。一合、二合と騎士が渡り合うも、その速度は段違いだ。

次第に一方的な展開となり、如意棒が騎士の全身を滅多打ちにしていく。

「ぐっ……おっ……むぅぅ………！」

その一撃一撃には、〝重撃〟と呼ばれる力が付与されている。

その力の前ではどんな鎧兜を着込んでいようと無意味であり、5ダメージの貫通攻撃が積み重なっていく。戦闘がはじまって数分で、騎士の全身は凸凹となり、凄惨な姿となった。

「………これが獣将か。なるほど、下等ではない。我が知識の不明を詫びる」

騎士の構えが変わったことに気付き、モンキーマジックが声を上げたが、既に遅かった。

体を捻らせた騎士は鎌を大きく引き、そこに黒い闇の力が集まっていく。その姿はまるで、弓を引き絞っているようにも見える。

「魔閃剛円武《ませんごうえんぶ》――――ッッ！」

「お前ら、飛……！」

高速で一回転した斬撃が、周囲に群がっていた猿人の体を上下に分かつ。

いち早く反応し、助かったのは10にも満たない。

「ウッキッィイイイイイイッッッ！」

無残に散った仲間の姿を見て、モンキーマジックは憤怒の雄叫びを上げる。同時に、幾つものスキルを発動させ、手にした如意棒に必殺の一撃を込めていく。

――――「猿真似」発動！　「三倍撃」発動！　「猿舞」発動！　――――

「旋棍………大猿舞ッッッ！」

上空から振り下ろされた、流星のような3つの攻撃が騎士の体へ降り注ぐ。

それは、猿真似によって増やされた連撃に、攻撃と敏捷が著しく加算された敵にとっては悪夢のような連続攻撃である。

最初に右手が千切れ飛び、次に左手が飛び、最後に頭から胴体にかけて地獄の騎士《ヘルズ・ウォーリア》の体が真っ二つとなった。

「はぁ……はぁ…………この鎧め、手間を、かけさ、せ、やがって…………」

モンキーマジックの肩が大きく上下に揺れ、その額から大粒の汗が流れる。

時間をかければ犠牲が増えると、思わぬところで大技を出してしまった代償であった。

「旦那ぁ、大丈夫ですかい⁉」

「し、心配は要らないゾ……それより、ここを…………」

河童が慌てて駆け寄るも、長の口からは巧く言葉が出てこない。疲労もあるが、何よりも彼は難しい言葉を駆使したり、頭を使うのが苦手なのだ。

「なるほど！　旦那はここを橋頭堡《きょうとうほ》として、騒ぎを大きくしようと考えているんですかぃ？」

「……そ、そうだゾ」

河童の言葉に、便乗するように長が答える。

長の目は微かに泳いでいたが、誰もそれに気付かない。

「その狙いは、ここに敵の目を集め、第三へ向けさせないようにする、って考えでやしたか！確かに、ここでの騒ぎが続いてりゃぁ、救援の部隊もこっちに来まさぁ。流石は旦那！」

「……その通りだゾ」

「旦那ぁ、ここで敵の目を引き付けている間に、主力を第三へ向かわせましょうや！」

「……俺も今、そう言おうと思っていたところだゾ」

長の代わりに河童が次々と代弁し、配下の猿人たちに的確な指示を出す。知恵袋どころか、ほとんど脳の代用を果たしているような状態であった。

「皆の集、旦那からの新しい指示がきたぞ！　部隊を主力とここに残る囮部隊、それに加えて、各地で騒ぎを起こす陽動部隊、収容した人間を後方に送る部隊とに分けるぜよ！」

河童が各部隊のリーダーを集め、その行動や狙いを丁寧に説明していく。

そのたびに、猿人たちは賞賛の声を上げた。

「流石は俺たちのボス！　既にそんなところまで考えていたなんて！」

「その猿知恵に一同感服。涙が止まらない…………」

「ハゲマル様もすげぇや！」

「さすボス！　さすハゲ！」

「ジーク・ハゲ！」

「だから、俺っちはハゲじゃ…………！」

次々と上がる賞賛の声（？）に、モンキーマジックもまんざらではない笑みを浮かべる。戦闘と知恵の担当と言う意味では、河童とのコンビは良い組み合わせなのであろう。

「お前ら、急いで次の準備をしろゾ！」

「「おぉう！」」

猿人たちが再編成を進める中、ヘンゼルは勝手知ったる保養所の中を逃げ惑っていた。

予想外の上に、予想外が重なりすぎている。

猿人が国境を越えてきたことも予想外なら、それに第二の守備部隊が敗北したことも予想外であり、極めつけに串刺し公の股肱《ここう》の臣たる、地獄の騎士《ヘルズ・ウォーリア》が敗北するなど。

あってはならないことのオンパレードであり、とてもではないが思考が追いつかない。

「どうして、こんなことになった…………！」

隠し通路を通り、何とか安全な場所に逃れようとヘンゼルは懸命に走る。その後ろをケーキも必死な面持ちで追う。

ここで逃げ遅れれば、次は猿人たちの虜囚になってしまうと。

ケーキのみならず、人間から見た〝亜人〟とは魔族と何ら変わらず、中には魔族よりも凶暴であり、人に対して残酷であるというイメージが強いのだ。互いに見下し、互いに軽蔑し、人間の聖職者などは亜人を不浄の者などと公言して憚らない。

ケーキが反射的に逃げ出したのも、無理のない話であった。

「クソッ、何が起きてる……どうにかして、ここでやり過ごすしかねぇか…………」

地下に用意した厳重な隠し部屋へと入り、ヘンゼルは額の汗を拭う。

そして、部屋の中に異物が紛れ込んでいることに気付く。

「何で、てめぇがいやがる！」

「その、私も……必死で……！」

「ふざけろ！　ここは俺の隠し部屋…………ん？　待てよ」

ヘンゼルの顔に、怪訝なものが浮かぶ。

不可解な状況が続いていたが、そのはじまりは、この人間のガキではなかったか、と。

考えれば考えるほど、ヘンゼルは疑心暗鬼に陥っていく。

「おい、まさかこれはてめぇが企んだことじゃねぇだろうな…………」

「……えっ？」

「そもそも、ケール様があんな命を出すこともおかしけりゃ、てめぇみたいなカスゴミが第二に来ることもおかしいだろうが……言え、何を企んでやがる⁉」

「私は……なにも…………っ！」

「てめぇの腹ん中が真っ黒なのは、お見通しなんだよ……気付いてねぇと思ったのか？」

ヘンゼルはケーキの首を掴み、締め上げる。

彼は良く知っているのだ。

見た目だけは可憐であるが、この少女の中身は真っ黒であることを。それは知識や経験などではなく、肌の感覚とも言うべきもの。

このガキは、自分に似ている――――と。

強い者には尻尾を振り、従順な態度を取るが、その裏では舌を出し、有利な立場に変われば、途端に態度を変える。

小賢しさを体現したようなガキ。まるで、自分の生き写しのような存在であった。

それは同属嫌悪とでも言うべきなのか、この少女を見ているだけでヘンゼルは首を締め上げ、その存在を抹消したくなる。

「なぜ、あの猿どもが人間を殺さずに保護なんぞしてる……？　ありえることじゃねぇ！」

「そん、なの……私、は……ぐぅぅッ！」

「この首を折られてぇのか？　てめぇなんぞ、俺がその気になれば1秒で消せるんだぞ。ケール様のお気に入りかなんか知らんが、今なら〝事故〟で片がつく」

ヘンゼルが力を込め、呼吸のできなくなったケーキの顔が真っ赤に染まる。

憐れなほどに手足をバタつかせる姿を見て、ヘンゼルの顔に嗜虐的な笑みが浮かんだ。

「どうしたぁ？　また以前のように爪を剥がされなきゃ素直になれねぇってか、おい」

その時の痛みを思い出したのか、ケーキの両目からぽろぽろと涙がこぼれる。

ヘンゼルの顔が益々、愉快そうに歪み、ついには哄笑となった。

「ゲッハッハッ！　それでいいんだよ、てめぇのようなゴミは一生、そうやって嬲られながら、無様に泣き叫んでりゃいいんだ！　ゴミクズの立場を思い出したか？　あぁん？」

ヘンゼルの悪魔そのものといった笑顔に、ケーキは涙を流しながら歯噛みする。

国が陥落して以来、ずっとこうだと。

どれだけ泣いても、うまく立ち回っても、最後は結局、暴力に捻じ伏せられる。

国が落ちたのも暴力なら、ここでも力がなければ生き残れない。心を鬼にし、他者を利用して生きてきたが、それもそろそろ限界であった。

（クソ親父め…………レ、オン…………）

朦朧とする頭に浮かぶのは、無能を絵に描いたような父の姿と、有能な家臣の姿。

前者は既に死に、後者は行方すら判らない。

少なくとも、この場に駆けつけてくれることなど、万に一つの可能性もないだろう。

(誰も……助けてなんてくれないんだ……アタイが生きてることさえ、もう誰も……！)

とっくの昔に死んだと思われているであろう事実を思い、ケーキの頭が真っ赤に染まる。

自分がいなくなっても、世界は何の問題もなく、回っていく。

こんな地獄のような地で泥を啜りながら生きているのに、その声は誰にも届かない。

故に、ケーキは目の前の醜悪な面に向けて、唾を吐いた。それは悪足掻きであり、挑発でもあり、何よりも――――生きるために。

「て、てめぇぇぇ！　何をしたか、判ってんのかぁぁぁぁぁ！」

乱暴に投げ捨てられ、ケーキの体が木棚に衝突した。

全身に砕けるような痛みが走ったが、久しぶりに味わう爽快な気分に、込み上げる愉悦に、ケーキの口元が歪に曲がる。

「このゴミクソが……何が可笑しいッ！」

ヘンゼルは唾をハンカチで拭い、倒れ込んだケーキの腹に蹴りをぶち込む。

肋骨が何本も折れ、ケーキの口から大量の血が吐き出されたが、その歪に曲がった表情は変わらない。彼女は賭けているのだ。ここで騒ぎを、誰かが耳にすることを。

「良い、んですか……？　この騒ぎが漏れれば、事故じゃ済まなくなり、ますよ……」

その言葉に、ヘンゼルの顔色が変わる。

猿人が殺したのであれば、まだケールに言い逃れもできそうであったが、自分が殺した、ともなれば話は別だ。

目の前に転がるガキの、そういった悪知恵、生き汚さにヘンゼルは激昂した。

「てめぇの、そういう薄汚さが……気に入らねぇんだよォッ！」

その顔が踏み潰されそうになる刹那、上から微かな声が響いた。魔物であるのか、猿人であるのか、いずれにしても、彼女の執念が何かを呼び寄せたのであろう。

ヘンゼルも口を噤み、必死に音を探るように耳をすませる。

「まるで、忍者のからくり屋敷ではないか…………かなり下だが、何か音が聞こえたぞ」

「ん？　私には何も聞こえなかったが……まぁ、身分の高い悪魔は、屋敷に抜け道や隠し部屋を作る者もいる。下に誰かいるのなら、その類だろう」

聞こえてくるのは、男性の声と、女性の声。

男の方は壮年のものであり、女の方はまだ少女と呼べそうな声の響きであった。この隠し部屋は防音が施されているが、魔道具を使い、外の声はよく拾うように設計されている。

「ともあれ、一度調べてみるか」

「待て、この類の屋敷は仕掛けが多い。丁寧に一つ一つ解除していかなければ、思わぬところで伏兵が沸いたり、ダメージを負ったり、毒を食らうこともある」

「面倒だな…………そんな時間をかける気はないぞ」

「まったくだ。大体、こんな場所に用などない。城に向かうのではなかったのか？」

そんな男の声に、女の声も同調する。

ケーキからしてみれば、笑えない事態であった。必死に声を上げようとするも、ヘンゼルは鬼のような形相でその口を塞ぎ、勝ち誇った笑みを見せてくる。

（ダメ、なのか……ここでも、またアタイは負けるのか………！）

ヘンゼルの力は強く、どれだけ抵抗しても小揺るぎもしない。

目から大粒の涙が流れたが、それは純粋な悔しさからくるものであった。

（この世界には神も光も、何もありゃしない…………！　ただ、悪魔のような連中が我が物顔で跋扈《ばっこ》しているだけだッ！）

薄れゆく意識の中で、ケーキはそんなことを思う。

確かにこの世界からは光が消え、天使も消えたが、未だ悪魔は蔓延っている。救いようがない状況であったが、魔に属する者という意味では、新たに誕生した者までいる始末だ。

「ふむ………下にある気配は二つか。面倒だからぶち抜くぞ」

上から、そんな奇妙な声が聞こえてくる。何を言っているのか、ケーキには判らなかったが、隣にいるであろう女も同様の声をあげた。

「ぶち抜く？　おい、何を言っ……ちょっ、だから、勝手に掴……！」

「ＦＩＲＳＴ　ＳＫＩＬＬ――――《突撃》」

「ちょっと待っ……うわぁぁぁぁ！」

上から妙なやり取りが聞こえた瞬間、屋敷の全てが揺れ、天井の一部が崩落してきた。

土埃と瓦礫の山から、黒い影が立ち上がる。

そこにいたのは、漆黒のロングコートに身を包み、この世界ではまず見ないであろう黒髪を揺らす人物。

ケーキの執念は確かに、届いたのかも知れない。

しかし、その相手は他の魔族でもなく、猿人でもなく、旧臣でもなく、この世界の住人ですらない――――〝大帝国の魔王〟であった。

その男は普通に見れば、邪悪としか形容のしようがない容貌をしているのだが、ケーキの目にはまるで、空から降ってきた黒い天使のように映り込む。

小脇に抱えられた少女が何かを喚き、その声に呆然としていたケーキの意識が覚醒する。

「おい、魔王……どういうつもりだ！　屋敷を破壊しながら進むなど！　それとも、嫌がる女を抱えながら進軍するのが堕天使の流儀だとでも言うのか！」

「人聞きの悪いことを言うな。時にはショートカットを使って、タイムロスを少しでも短縮するのはベテランプレイヤーの腕の見せどころではないか」

「お前はまた、そうやって意味不明なことを言っては私を煙に巻こうとする！　それとも、私には説明する価値がないとでも言いたいのか！」

傍目から見ていると、まるで夫婦喧嘩か、父娘喧嘩のようである。

だが、ケーキの耳にはその内容は殆ど入っていない。

入るはずも、なかった。

その耳に届いたのは、普通に生きていればまず耳にすることはないであろう、魔王と堕天使という単語のみである。

長らく〝救い〟を待ち続けたケーキの精神は、もはや壊れかけと言っても過言ではなく、その異常な単語を、異常なままに受け入れた。

（そっか……アタイを最後に迎えにきたのは、天使じゃなく、魔王だったんだ…………）

何故か、ケーキの胸に笑いが込み上げてくる。

一国の姫君から転落し、心まで真っ黒に染まった自分と、光に満ちた天上の世界から堕天し、果てには夜を支配した魔の王と。

その奇妙な組み合わせとの符合には、もう笑うしかない。

（あはは っ、こんなお似合いな救いは、ない、よな…………）

薄れゆく意識の中で、こちらに気付いた魔王が近付いてくる姿が見えた。

同時に、ヘンゼルが少女に向かって何やら頭を下げている姿も。

「こ、これはこれは御嬢様……！　このような場所でお目にかかれるなど、このヘンゼル、光栄の極み！　同輩がさぞ、羨むことでありましょう！」

調子の良い声が耳に届く。

ヘンゼルが恭しく頭を下げ、何かをのたまっていたが、ケーキの目に映るのは一人の男だけであった。その眼光は鋭く、その目に見つめられるだけで、息をするのも難しくなる。

ケーキは最後の力を振り絞り、掠れた声をあげた。

「魔王……様…………」

口にした途端、ケーキの目からまた涙がこぼれた。

超常の存在を前にしたせいなのか、はたまた救いがきたことへの感謝なのか、それとも、最後にこんな夢が見れたことへの感謝であったのか。

魔王と呼ばれた男は何故か顔色を変え、漆黒の空間へと手を突っ込んだ。

そこから取り出されたのは、白く輝く2つの球体。

「食材加工――――ッッ！　《野菜スープ》《チーズケーキ》」

不思議な呪文と共に、白く輝く球体はたちまち別の物質へと変貌してしまった。

今際《いまわ》に見る夢なのか、とケーキは思ったが、スープからは久しく嗅いだことのない極上の香りが漂っている。その隣に置かれた菓子らしきものからは、懐かしい匂いがした。

「………うむ。そのスープを飲んで落ち着いたら、菓子でも摘んでいるといい」

その声を聞きながら、ケーキは思った。

夜を支配したと伝承に謡われる魔王様からは、何故か良い香りがすると。

（チッ、御嬢様だったのかよ。まぁ、助かったのは助かったが…………）

ヘンゼルは胸に手をあて、ホッと一息つく。

土煙の向こうに、見知った顔があったからだ。これが猿人たちであったなら、万事休すである。

最悪の場合、ケールが送り込んだ監視の悪魔という可能性もあったのだから。

ヘンゼルは優雅に髭を弄り、改めて一礼する。

「このような場所で、麗しき御嬢様に謁見できようとは…………このヘンゼル、望外の喜び！　サプライズに満ちた訪問方法で、少々驚きはしましたが」

慇懃に述べながら、ヘンゼルはチクリと刺す。

やんちゃとは聞いていたが、屋内を破壊しながら進んでくるなど、度が過ぎていると。

「私がしたわけではない。そこの男が勝手にやったことだ」

「……ご冗談を」

この保養所は、高位の魔族が使用する別荘的な建物である。

内装や設備の豪華さだけではなく、防御面にも十分な配慮がされているのだ。それを破壊するなど、よほどの力がなければ不可能である。

「それにしても、人間の従者とは……御嬢様の趣味に口を挟む気は毛頭ありませんが、虫ケラを身辺に侍らせるのはいかなものかと」

ヘンゼルは口先で述べながら、こうも思う――似合いの主従ではあるか、と。

汚らわしい半端者の魔人に、虫ケラ以下の存在である人間の従者。

むしろ、滑稽で笑えるほどだ。

王の娘ということで、表向きは敬う態度を取っているが、ヘンゼルはオルガンのような魔人という存在に対し、侮蔑と嫌悪しか抱いていない。

これは彼だけでなく、魔族の総意と言っても過言ではないだろう。

「虫ケラかどうか、本人に聞いてみるといい」

オルガンはそれだけ言うと、興味なさげにそっぽを向く。

見ると、男は食べ物らしきものを置いたあと、こちらに向かってくるところであった。

「おい、そこのお前。この子に何をした？」

その第一声に、ヘンゼルのこめかみがピクリと動く。

人間風情が話しかけてくるだけで不愉快であるというのに、その態度は酷く尊大であった。

「……御嬢様の従者だからと調子に乗るな。許可を得てから口を開け、虫ケラが」

「聞こえなかったのか？　何をした、と聞いてるんだ」

「なんともはや、困りましたな……御嬢様、これは教育しても宜しいので？　殺してしまうかも知れませんが」

「勝手にしろ」

オルガンは瓦礫に腰掛け、頬杖をつく。その投げやりな態度を見て、玩具として飼っているのかと察し、ヘンゼルもはじめて一定の理解を示す。

「玩具として飼うのは悪くありませんが、教育こそが大事ですぞ。王だけではなく、公も人間を教育し、従順な家畜にせんとこの施設を作られたのですから。おや、もしや……この人間を預けに来られたので？」

それなら早くそう言え、とヘンゼルは葉巻を咥える。

同時に、小さな魔石を放り投げた。

「御嬢様、まずは城へと戻り、この異変を注進致しましょう。この人間の教育など、後で幾らでもできますからな」

言いながら、ヘンゼルは顎を突き出し、指で火を点けろと指図する。その瞬間から、ヘンゼルにとって地獄がはじまった。

（ったく、人騒がせな…………！）

ヘンゼルが葉巻を咥える少し前、魔王は沸々と湧き上がる怒りを必死に堪えていた。

ドレスを着たケーキの姿が、背格好もあってか一瞬、アクの姿と被ったのだ。

殆ど反射的に食材を取り出したものの、〝九内伯斗〟はそれを希少アイテムへと変化させるスキルを所持していない。

それに気付き、一人であたふたしていたのである。

（まったく、何でこんなところにドレスを着た子供がいるんだか…………）

魔王は乱暴に髪を掻きながらも、少女の顔に強く殴られた痕があることや、その口から胸元にかけて夥《おびただ》しい血痕があることに眉を顰める。

当然、それをした相手は目の前のへんちくりんであろうと。

そのへんちくりんがあろうことか、葉巻を咥え、偉そうに火を点けろと言ってきたのだから堪らない。

魔王の肩が怒りで震えたが、更なる追い討ちがやってきた。

「てめぇも使えねぇなぁ！　俺が葉巻を咥えたら二秒以内に火を点けろや！　虫ケラにはそんな知能もねぇのか⁉」

「お前、ここをキャバクラか何かとでも思っているのか？」

魔石を放り捨てながら、魔王は懐からジッポライターを取り出す。

そして、葉巻ではなく、突き出された顎に火を点けた。

「アッッッチィ！　てめぇ、どこに火を点けてやがる！」

ヘンゼルは反射的に拳を振り上げ、魔王の顔面に叩き込もうとしたが、当然のようにアサルトバリアによって防がれてしまう。

「なっ、んだ、こりゃぁ……魔法の…………おぅごッッッッ！」

魔王が軽く放った腹パンに、ヘンゼルの言葉が止まる。

膝を曲げ、悶絶するヘンゼルの姿を偉そうに見下ろしながら、魔王はおもむろに煙草を咥え、指で火を点けろと指図した。

「使えないな、お前は。私が煙草を咥えたら、二秒といわず即座に火を点けろ」

「が、ぁ……て、てめぇ……何をしたか、わかっ……てんのか…………」

「お前こそ、あの子に何をしたと聞いただろう。その耳は飾りか？」

魔王は煙草に火を点け、ヤンキー座りをしながら、ヘンゼルの顎を掴み上げる。

その姿は堂に入ったものであり、あの暴走族を生み出した存在に相応しい格好であった。

「あんな小さな子を殴ったのか？　アクの時といい、ここの連中は野蛮すぎる…………」

言いながら、魔王は咥えた煙草を外し、ヘンゼルの額で乱暴に揉み消す。

ジュッ、と肉の焦げる音がし、ヘンゼルの口から叫び声が上がる。

「ウァァァッッッッチィィィ！」

「使えないと言ったが、撤回しよう。灰皿代わりにはなるらしいな」

その姿を見ていると、どちらが野蛮か知れたものではない。むしろ、下手を打った組員に焼きを入れている広域暴力団の組長そのものであった。

「あ、あの！　あり、がとうございました……！」

振り返ると、すっかり元気になった少女が何度も頭を下げていた。野菜スープやチーズケーキを口にし、体力と気力が回復したのであろう。

魔王も立ち上がり、トコトコと傍にやってきた少女へ声をかける。

「ぁー、何から聞いて良いか判らんが…………君の名は？」

少女はスカートの端を掴み、恭しく一礼する。

その姿は実に典雅であり、気品を感じさせるものだ。

「悪魔よりお救い頂き、感謝致します。私はパルマ王の第一子、パルマ・レアチーズ・ラ・トゥール・ドーウェル・ショートケーキと申します」

（名前ながっ！　と言うか、お菓子っぽいのが混ざってなかったか？）

魔王のそんな感想を察したのか、ケーキは恥ずかしそうに俯き、はにかんだ。その姿は可憐であったが、相手からどう見えるか全て計算されたものである。

「な、長くて覚えづらいですよね………私のことは、良ければケーキとお呼びくださいっ。あっ、いえ、魔王様に呼び方を強制するなんて畏れ多いことを……はぅぅ………」

「いや、まぁ短い方が助かるのは助かるが………」

ケーキの名乗りを聞いて、オルガンも僅かに眉を上げる。

その国を、彼女は知っていたからだ。

「パルマの姫だと？　あの国は数年前に滅んだはずだが」

「はい………ゼノビア新王国の侵略によって、我が祖国は失われました………」

「確かに、パルマの姫は行方不明だと聞いたな。ゼノビアの宰相に幽閉されているとも」

「そう、ですか……幽閉と………」

二人の会話を聞きながら、魔王は再度咥えた煙草に火を点け、盛大に煙を吐き出す。

ゼノビアという国の名に、聞き覚えがあったからだ。

(確か、へんてこな忍者みたいなのがいた国だったよな………？)

どうでも良いと思っているのか、その記憶は酷く曖昧だ。

しかし、目の前にいる少女はゼノビアという国に強い関心があるのか、オルガンにあれこれと質問をぶつけ、頷いたり、悲しそうな表情を浮かべる。

「そうですか……レオンは今、ゼノビアに………」

「どうも、各地の戦場をたらい回しにされているらしい。あの男は人間離れしているからな」

ケーキはその言葉に俯き、思案に耽る。

幽閉という言葉から、ゼノビアの手口を察したのだ。

いもしない自分の名と身を使って、レオンを無理やり臣下に組み込んだのであろうと。

ゼノビアの宰相、コウメイの勝ち誇った顔が目に浮かぶようであった。魔王もゼノビアという国を多少なりとも知っておこうと思ったのか、口を挟む。

「そのゼノビアというのは、どんな国なんだ？」

「ゼノビアは、本当に酷い国です……私の祖国だけではなく、欲望のままに数え切れないほどの国を滅ぼし、その野心には果てがありません……」

「ほぅ」

「私の父も、民も、兵たちも、多くの者が命を奪われました……うぅっ……」

「なるほどな」

嘘泣きを入れながら、ケーキは同情を誘うような口振りでゼノビアを語ったが、魔王も適当に相槌を打つだけで、特に反応らしい反応は見せなかった。

他国のことになど、根本的に興味がないというのもあるが、戦争に負ければ悲惨な目に遭うのは古今東西同じだな、と思っただけである。

（しかし、欲望のままに領土を広げるか……何だか〝大帝国〟みたいだな。いや、地球の歴史を振り返っても、そんな国家は無数に存在した。最後は滅亡するか、衰退を辿る。強勢を誇ったまま現存している国家なんてないしな）

形あるものは滅び、永遠など存在しない――

それはいつか、オルガンと話していた時に浮かんだものであった。魔王はそんな考えを振り払うように頭を振り、ようやく立ち上がった悪魔へと目を向ける。

「お前にも聞きたいことがある。ここは奴隷市と聞いていたが、まるで貴族の邸宅のようだったではないか。お前たちはここで何をしていた？」

「……御嬢様」

ヘンゼルは恨みの篭った視線をオルガンにぶつけたが、当の本人はそっぽを向いている。魔王が何をしようが、聞こうが、お構いなしに好きにさせると決めているのだろう。

ヘンゼルこそ、いい面の皮であった。

「…………角なしの、もどきが」

ヘンゼルの口から、つい呪詛が漏れる。

それを聞いたオルガンは、凄まじい形相で立ち上がった。

「今の台詞、もう一度言ってみろ」

「はて、何のことやら……それより、この異変を王城へと知らせなければ、御嬢様の立場も少々危ういのでは？　じき、公もこちらへ参られるでしょうし」

「…………死に方を選べ。焼かれるのが良いか？　それとも、切り刻まれたいか？」

ヘンゼルが嫌味ったらしく笑い、オルガンが激昂する姿を見て、魔王も慌てて間に入る。

この奇妙な髭悪魔から、まだ何も聞き出せていないと。

「まぁ、待て。必要な情報を聞いてからにしろ」

「こんな奴から何を聞く気だ？　第一、お前は寄り道ばか――――」

激昂していたオルガンの口が、途中で止まる。

魔王が漆黒の空間から、異様なものを取り出したからだ。

「角が欲しいならやる。だから、暫く静かにしていろ」

それは、《小悪魔の角》という下級アイテムであった。ホワイトに渡した天使の輪と同じく、防御力は2であり、防具としてみれば全く使えない類の品である。

しかし、ファッションアイテムとしては根強い人気があり、かつての会場では好んで装備する女性プレイヤーが多かった。

「なん、で……こんなもの……が…………」

オルガンが絶句し、ヘンゼルもあんぐりと口を開け、間抜けな面を晒す。

悪魔にとって「角」とは、自身の力と叡智を示す結晶であり、より大きく、より太く、その数も多ければ多いほど良いとされる。強力な悪魔はこぞって力ある角を生やし、それを周囲に見せ付けては〝格の違い〟を戦わずして判らせるのだ。

しかし、魔人はそれを生やすことができない――――どれだけ努力しようと、どれだけ魔力を費やそうと、絶対に生やせないのである。

魔人という存在が、同じ魔族からも蔑視され、軽蔑される原因の一つでもあった。

「これは巻き角タイプでな。フードを被っていれば、街中でも目立たんだろう。他には突起型もあるが、デザインが古くてな…………」

角のことなど、知る由もない魔王はペラペラとくっちゃべっていたが、オルガンの目は小悪魔の角に釘付けであった。生まれた時からずっと欲していたもの、望んで止まなかったものが目の前にあるのだから無理もない。

「何て、美しい角なんだ………」

オルガンがフラフラと魔王に近寄り、取り出された角をうっとりと見つめる。

美しいというより、それは可愛らしい角であったが、この世界では〝大野晶〟が細かく記したフレーバーテキストの類まで再現されるため、正真正銘の「小悪魔の角」であった。

「美しい？　まぁ、言われて悪い気はせんが………」

そこには当然のように邪悪な力が宿っており、「安易に近付き、触れれば火傷する」との設定まで記されてある。無論、これは小悪魔タイプの女性を揶揄したものであったが、それすら別の意味で再現されていた。

「何を怒っていたのか知らんが、これで機嫌を直せ」

オルガンにアイテムを《譲渡》し、その頭に小悪魔の角が装着された。

まんま、父親がぐずる娘にプレゼントをして機嫌を取っているような姿であったが、オルガンからしてみれば、〝人生の転機〟ともいうべき瞬間である。

「………ぁ………」

頭部から感じる、確かな気配にオルガンは息を飲む。

その頭に浮かぶのは、これまで散々に罵倒された言葉の数々。

混ざりもの、半端者、でき損ない、もどき…………。

どれだけ努力を重ねようと、どれだけ強くなろうとも、それは常に超えられない巨壁として立ちはだかり、彼女を苦しめ続けてきたのだ。

その壁が今、脆くも崩れ去った――

「ふむ、中々に似合うではないか」

そんなオルガンの心境など露知らず、魔王は暢気な声を上げながら笑顔を見せた。単に、自身が作ったアイテムのでき栄えと、妙に似合うオルガンの姿に感心したのだろう。

「…………言葉が、出ない」

「そうか。ならば、重畳《ちょうじょう》だ」

オルガンが俯き、小さく呟いたが、魔王はそのままの意味で受け取る。

何せ、「暫く静かにしていろ」と言いながら渡したものであったからだ。こんな細かいところでも勘違いを繰り広げる様は、一種の才能すら感じさせるものがあった。

「もう何も言わん…………好きにしてくれ」

オルガンは脱力したようにそれだけ言うと、瓦礫に腰掛け、深くフードを被る。

不意に溢れ出した涙を、隠したかったのだろう。

一連のやり取りを見ていたケーキは、「本物の魔王である」と確信を深め、ヘンゼルは狼狽を超え、今では石のように固まってしまっている。人間が、悪魔の角を生み出すなど、ましてや、それを誰かに与えるなどありえる話ではない。

「さて、遅くなったが本題に戻ろうではないか」

魔王の声に、ヘンゼルの肩が震える。

相手がただの人間でも虫ケラでもなく、何か異常な個体であることを察してきたのだろう。

「きさ、いえ、貴方様はいったい、何者であらせられるので………？」

「そんな質問に答える義務はない。ここが何の施設で、何をしていたのか答えろ」

「こ、ここは……その、人間を教育する場所でありまして………」

「教育？　ここは奴隷市と聞いていたが、教育などをするのか？」

ヘンゼルは言葉に詰まりながらも、奴隷には3種類の段階があることを伝える。第一で資質を試し、第二で教育を行い、第三ではじめて商品になると。

魔王は煙を吐き出しながら、呆れた表情で首を振る。

「人間をランク付けしているわけか……まるで、牛の牧場のようだな」

ヘンゼルの説明を聞いて、魔王の頭に浮かんだのはそんな感想であった。

現代の地球でも、牛をＡＢＣと数字を組み合わせた等級で分け、Ａ—５などは最高級の牛肉であると持て囃されている。

「で、そこの子供はどんなランクなんだ？」

「そ、そのガキはまだ第一でして……まったく、使えない輩が多くて困っております……」

「ハハッ」

ヘンゼルは手でゴマをすりながら探るような笑みを浮かべ、魔王も相槌を打つように笑う。

この御仁には理解があるのか、とヘンゼルは内心で笑みを浮かべたが、次の瞬間――その顔に裏拳がめり込んでいた。

鼻が叩き折られ、痛みのあまりヘンゼルが蹲《うずくま》る。

「げはぁぁぁぁっッ！」

「お前らが人間や、他の生物を好き勝手にランク付けするのは構わんが、ランク付けされた方が文句を言い、牙を剥くのも好き勝手にさせてもらうぞ？」

「て、てめぇ……いい加減にしやがれッ！」

腰に差した、特異《ユニーク》の特製ナイフを取り出し、ヘンゼルは魔王の腹部を刺そうとしたが、当然のようにバリアによって弾かれてしまう。

ナイフがカラカラと音を立て、空しく地面を転がった。

「な、んで……んだよ、この壁はぁぁ！」

「学ばん奴だな。私と対等に対峙できるのは、多くの弱点や恐怖を振り払い、カンストまで鍛え抜いた〝勇者〟のみだ。お前にそんな資格はない」

言いながら、魔王はチョップを叩き落とし、ヘンゼルはカエルのようにひっくり返る。

まだ聞きたいことがあるのか、その攻撃には殺意はなかったが、受けたダメージは洒落にならないものであった。脳が揺れ、歪む視界に吐き気がしつつも、ヘンゼルは勇敢にも叫ぶ。

「いいか！　じき、あの串刺し公がここ………る、はれゃ？」

立ち上がろうとしたヘンゼルの視界に、黒い影が飛び込んでくる。

次の瞬間、ヘンゼルの頭にナイフが深々と突き刺さっていた。

「……えっ？」

「へっへ……フへへ………」

魔王の口から間抜けな声が漏れ、ナイフを手にしたケーキが嗤い声を上げる。

その表情に張り付いたものは常軌を逸しており、普段の可憐な姿とは似ても似つかぬ容貌であった。固まる魔王をよそに、ケーキはナイフを抜き、再度それを振り下ろす。

「ヒャーハッハッ！　ざまぁみろ、このどぐされがッ！　アタイはなぁ、ずっとこんな機会を待ってたんだよ！　てめぇのご自慢のナイフを、そのドタマに突き刺す日をなぁぁ！」

「ガッ、や、めっ……ち、まッ……で………！」

「しゃべるんじゃねぇ……！　てめぇの口は腐臭がして臭ぇんだよ！　脳にまで糞を詰め込んでやがんのか、おぉ⁉　今、〝バラバラ〟にしてやっからよ！」

叫びながら、馬乗りになったケーキが何度もナイフを振り下ろす。

ヘンゼルの顔面という顔面に何度もナイフを突き立て、ケーキの顔もドレスも手も、真っ赤な鮮血に染まっていく。どれだけの時間をそうしていたのか、ようやくナイフを持ち上げる力もなくなり、その動きが止まった。

「ハァ……ハァ……後は地獄でケツでも掘られてこいや。この糞以下の掃き溜め野郎が」

その間、オルガンは騒ぎなど耳に入らない様子で俯いたままであり、魔王は一人ドン引きしていた。いや、今の光景を見て引かない男はいないだろう。

（怖ぇーよ！　何だ、こいつ！　二重人格かよ⁉）

可憐なドレスもあいまって、その姿は凄惨としか言いようがないものであった。

魔王は動揺を隠すように煙を吸い込み、深々と吐き出す。

「何があったのかは知らんが、まずは落ち着きたまえ…………」

「ぁ」

そんな魔王の声に、ケーキは我に返ったようにナイフを後ろ手に隠し、人畜無害な表情を浮かべながらヘンゼルの体から降りる。

「はぅぅ……ごめんなさいっ！　ごめんなさい！　この憎たらしい悪魔が、魔王様に危害を加えようとしていたので、つい！」

「私には、お前が悪魔に見えたんだが…………」

「酷いですっ！　私は魔王様の身を案じて……気付けば体が勝手に……はぅぅ……」

「そうか、体が勝手に動いたのなら仕方がな……くねーよ！　サ○ラ大戦の大神少尉か！」

魔王の口から妙なツッコミが入るも、ケーキは文字通り真っ赤な顔でそれを否定する。

可憐なドレスも鮮血に染まっており、完全にホラーゲームの住人であった。

「ち、違いますっ！　私は本当に魔王様の身を心配しただけで……あぅぅ……どうしたら信じてもらえるんですか………」

「まぁ、お前の溜め込んだストレスも察するが…………」

魔王は一服しながら心を落ち着け、そんなことを口にした。

子供の頃から、こんな悪魔にいびられていたら、そりゃいつか爆発もするだろうと。

何せ、この男も短い接触であったにもかかわらず、最初に腹パンをかまし、次に額を灰皿代わりに使い、裏拳をかまし、最後はプロレスラーも真っ青のチョップを叩き落としたのだから。

関わった時間を思えば、この男の方が遥かに傍若無人であったと言える。

「さて、上の騒ぎも落ち着いた頃か。オルガン、次の行動に移るぞ」

「………………？　あぁ」

「お前、今寝てなかったか？」

「ち、違う。少し、考え事をしていただけだ………………」

オルガンは落ち着かない様子で返事をしたものの、どこかフワフワとしている。自身の頭に、正真正銘の「角」があることに、その感触に、酔い痴れているのかも知れない。

「そうか？　では、次の陽動に入るとするか」

言いながら、魔王が邪悪な笑みを浮かべる。

この男はかつて、《不夜城》という最終エリアを守る防衛戦のプロであったが、それだけに、どうすれば「城」というものを落とせるのかも熟知している。

「久しぶりに面白い景色が見れそうだ」

二人の体を無造作に抱え上げ、魔王は上層へと全移動する。

いつもは口煩いオルガンであったが、今回は沈黙したままであり、ケーキは顔を赤らめようとしたが、既にその顔は鮮血で真っ赤に染め上げられていた。

（こりゃ、随分と盛り上がっているな…………）

保養所の玄関では猿人たちが沸き返り、再編成が進んでいた。憎き魔族を存分にぶちのめしたことに満足しているのだろう。

その士気の高さは異常なほどで、熱気がこちらにも伝わってくるようであった。

魔王の姿を見たモンキーマジックも、得意顔でやってくる。

「少し遅かったな、悪神。ここは俺様が片付…………誰ゾ、それは？」

血染めのケーキを見て、モンキーマジックが眉を顰める。

獣将から見ても、血塗れのドレスを着たケーキは異常な存在として映ったのだろう。

「この子のことは気にせんでいい。それより、悪神とはなんだ？」

「お前のことゾ。気に入らんなら、邪神と呼ぶゾ」

「まったく、ロクでもない呼び名ばかり増えていくな…………それより、渡した木箱は持ってきているな？」

その声に長が顎をやると、配下の一人が木箱を持って来る。箱は渡したままの形をしており、それを見た魔王は安心したように口を開く。

「どうやら、物の扱いに関しては大丈夫そうだな」

言いながら、魔王は木箱を開け、おもむろにその中身を取り出した。

そこに入っていたのは、大小様々な筒状のものと、奇妙な玉。

「それはなんゾ？　邪神の呪術具かゾ？」

「これは《打ち上げ花火》というアイテムだ。陽動には持ってこいの品さ」

それは夏の風物詩ともいえる、まんま花火であった。

木箱の中には、3号から30号と呼ばれるサイズの玉が10個並んである。

「この玉を筒に入れ、導火線に火を点ける。後は盛大な祭りというわけだ」

何が可笑しいのか、魔王がくつくつと笑う。

周囲からしてみれば、意味が判らない。

「何を言ってるのかサッパリだゾ」

「まぁ、説明するより実演した方が早いだろう。外へ出るぞ」

魔王はそのままブラリと外へ向かい、長も不承不承ながらその背を追う。

オルガンは「また妙なことをするつもりか」と無言で従い、ケーキは何がはじまるのかとウキウキした表情でその背を追った。

外へ出ると、空は既に黄昏時を迎えており、中々の景色である。ぞろぞろとやってきた一行を見て、シャオショウが怪訝そうに顔を寄せてきた。

「黒い旦那ぁ、こりゃ何をするつもりで？」

「お前たちに、今からすることを各地でやってもらおうと思っていてね」

言いながら、魔王は一番小さい3号の玉を筒にセットする様を見せ、ニヤリと笑う。

これはかつての会場に存在したアイテムだが、殺傷力などがある訳ではない。何の効果もないアイテムであったが、一つの祭りを誘引するアイテムであった。

その効果はログインしている全プレイヤーに、打ち上げられた場所を知らせるというもの。3号であれば10秒、4号であれば20秒、一番大きな30号であれば4分間にもわたり、それを金色のメッセージで知らせ続けるというものであった。

そこに殺傷力はなくとも、ログインしている面々には様々な憶測を呼ぶものであった。お宝でも見つかったのか、助けを求めているのか、混合生物《キメラ》発見の合図なのか、格好の食い頃プレイヤーでもいるのか、いずれにしても「行ってみたくなる」のが人情というものだろう。

実際、そうして集まったプレイヤーたちが偶発的に戦闘となり、それは次第に乱戦となり、結果としてそこに「銃声」や「爆音」まで加わって、次第にそのエリアは加熱していく。

打ち上げ花火とは文字通り、祭りを呼ぶアイテムと言えるだろう。

そのエリアで休んでいたものにとっては地獄であり、経験値を稼ごうとしているプレイヤーにとっては、この異世界の迷宮でいう「鬼沸き」のような状態でもある。

「さて、祭りをはじめるとするか」

魔王は等間隔に筒を並べ、3号の導火線に火を点ける。何が起こるのかと全員が見つめる中、魔王はそっと距離を置き、耳を塞ぐ。

導火線が徐々に筒へと近付き、奇妙な飛翔音が響き渡る。

次の瞬間――――轟音と共に、夜空に大輪の花が咲いた。

「ウッキャァァァァァァッ！」

「ゲヒー！」

長と河童はその轟音に飛び上がり、配下の猿人たちも逆毛を立てながら逃げ回る。

何か攻撃魔法の一種だとでも思ったに違いない。

オルガンは呆然と空を見つめ、ケーキはそれを素直に綺麗だと思った。

「見ての通り、注目を集めるものでね。陽動にはもってこいというわけだ」

言いながら、魔王は4号玉の導火線へと火を点け、保養所の玄関口の上へ軽々と飛ぶ。そこで足を組んで座り、暢気に一服をはじめた。

文字通り、高みの見物といった気分であるらしい。

「邪神、今のはなんゾ⁉　暗黒の星から疫病神でも呼んだのかゾ⁉」

「ははっ、確かに一部のプレイヤーにとっては疫病神を呼び寄せるアイテムではあったな」

魔王が笑いながら煙を吐き出し、飛翔音が鳴る。

先程より高い場所で、大きな花が咲いた。猿人たちはその轟音に慄くばかりであったが、同時に目を奪われてしまう。

夜空に一瞬、大輪の花が咲いては散っていく様に、美しさを感じたのだ。

(懐かしいもんだ。不夜城攻防戦の際にも打ち上げていたっけ……段々と数が増えて、最終的には1万発くらいの規模になってたよな)

魔王は煙を吐き出しながら、狙い過《あやま》たず導火線へソドムの火を投げつける。

刀身から噴き上がった黒い火が導火線に火を点け、魔王は時間差を付けながら次々とナイフを突き立てていく。

5号、6号、7号と立て続けに打ち上げ花火が夜空を閃光で染め上げ、慄いていた猿人たちから徐々に歓声の声があがる。

夜空を見上げていたケーキの顔も、段々と明るいものへと変わっていく。それは花火の美しさではなく、別の何かに光明を見出したからであろう。

(魔王、魔王…………ッ! こいつはマジでヤベェ! こいつを利用できりゃ、あのゼノビアにだって吠え面をかかせられんだろ!)

その表情はどこまでも明るく、可憐なものであったが、考えていることはドス黒い。ケーキの中で何かが進行しつつあったが、空には次の8号が咲いたところであった。

「さて、次からは大玉の10号、20号、30号っと…………ん?」

上機嫌にナイフを投げる魔王の隣に、オルガンがフワフワと宙を飛んで無言で座る。

何故かその顔はそっぽを向いており、あまり機嫌が良さそうには見えない。その姿を見て、魔王はまるで見当違いのことを思い浮かべる。

(やっぱ、渡したもんが子供っぽすぎたか? 頭防具にはもっと良いものもあったんだが)

この男からすれば、《小悪魔の角》はあくまでファッションアイテムであって、そこに実用性などはない。ただ、角と言われたから出しただけである。

「さっきから無言だが、その角が気に入らんのか?」

「…………意地悪なことを聞くな」

(いや、どっちなんだよ!)

内心で魔王が呻くものの、オルガンはそっぽを向いたままであり、その真意は判らない。

魔人にとっての「角」が、どれだけの重みがあるものなのか、この男に理解できるはずもなく、両者のすれ違いはどこまでも平行線を辿っていた。

(そうだ、こうなったらアレを出すか………!)

魔王の頭に咄嗟に浮かんだもの、それは見た目も厳《いかめ》しい戦国時代の兜であった。

その名も、鹿角脇立兜《かづのわきたてかぶと》。

日本の戦国時代に大活躍し、後の太閤・豊臣秀吉から「東の本多忠勝、天下無双の大将也」と激賞された武将が愛用する兜であった。その名の通り、兜には立派な鹿の角が生えている。

これを最初に出していれば、恐らくオルガンは魔王を殴ったであろう。

「仕方がない……とっておきのかぶ………」

魔王が言いかけた時、すっかり暗くなった夜空に10号の大輪の花が咲いた。

最初の花火に比べ、その高さは3倍近く、横幅に至っては5倍を超えるものだ。夜空を染める煌びやかな閃光に、流石の魔王も目を奪われる。

オルガンも散り往く花を見上げながら、ポツリと漏らす。

「この角は、私がずっと求めていたものだった……生涯、手に入らないと判ってはいたのだが、どうしても諦めることができなかった」

「………っ。そうか」

「お前も知っての通り、どれだけの力を費やしても、魔人は角を生やすことはできない」

（いや、知らねーよ！　むしろ、初耳だわ…………）

知られざる魔人の生態に、魔王の頭が混乱する。

同時に、魔王は神都で出会った悪魔を思い出していた。カーニバルと名乗った悪魔も、２本の角を生やしていたが、小石を投げてそれを叩き折ったものである。

「………お前は何故、私に角を与えた？」

オルガンからの問い掛けに、魔王は煙草を咥えながら意味深な沈黙を続けた。

何と答えれば良いのか、必死に考えていたのだろう。同時に、戦国時代の兜などを出さなくて良かった、と今更ながら安堵もしていた。

ちなみに、その兜とやらは防御力が無駄に18もあり、性能としては桁違いである。

「それは、私が口に出して言うべきことではない」

重々しく魔王が告げるも、その姿は国会で激しい追及を受ける政治家のようであった。

答えているようで、何も答えていない。

「私に決めろと言うのか？　なら――――」

オルガンが何かを言いかけた時、次の20号が打ち上げられた。

その大きさは尋常ではなく、その高さはゆうに５００メートルの上空に達し、その大輪の花は直径で４８０メートルにもなる。

圧巻の火花に、オルガンだけでなく、眼下の猿人たちも息を飲む。

「さて……そろそろ次の準備をしよう。あの子供は、ひとまず秘密基地に匿っておくか」

言いながら、魔王がそそくさと地上へ降りる。これ以上、角に関する問答を避けたかったのであろう。煙草を携帯灰皿に放り込みながら、長の下へと向かう。

魔王の姿を見て、わらわらと猿人たちも集まって来る。

この男がただの人間ではなく、何か神めいたものにでも見えてきたのかも知れない。

「さて、諸君には各地で今のような花火を打ち上げてもらいたい」

言いながら、魔王は同じ木箱を次々と9箱も取り出し、地面に置いた。続きは言葉にせずとも判る。これで陽動を行え、と言っているのだろう。

「扱いは丁重にな。周囲では火気厳禁だ」

先程まで煙草を吸っていたとは思えぬ台詞を口にしながら、魔王が注意事項を伝えていく。

長も面白いと思ったのか、大きく頷いた。

「邪神、俺もやるゾ！　空に花を咲かせて、連中の度肝を抜いてやる！」

「あのな、私は邪神では…………」

「長、ズルイ！　俺たちもやりたい！」

「ウキキキキキキ！」

「ウッキーーー！　誰か、猿酒を持ってこい！　戦勝祝いだ！」

猿人たちの喧《やかま》しさに辟易したように、魔王はその場を離れ、ケーキの下へと歩み寄る。

その血染めの姿を見て、魔王は苦笑を浮かべるしかなかった。

「お前はひとまず、秘密基地で待っているといい。あそこなら風呂もあるから体も洗える」

「は、はい！　恥ずかしいですけど、お背中でも何でも流させて頂きますっ」

「いや、風呂に入るのはお前だ」

言いながら、魔王はケーキの体を掴んで全移動で飛ぶ。

少し遅れて、最後となる30号の大玉が夜空を飾った。

その高さは６００メートルを超え、東京スカイツリーや、中国の上海タワーと同じ高度にまで達する。まさに、天空を覆うような規模であった。

猿人たちはとうとう、感に堪えかねたように大声で叫び、両手を突き上げる。

これまでの鬱屈とした感情が、魔族を叩きのめしたことへの興奮が、打ち上げ花火の幻想的な美しさが、全て入り混じって爆発したのだろう。

沸き返る声の中、オルガンは火花の残滓を見つめ、ポツリと呟く。

「そうか、私が決めても良いのか………」

その呟きは意味深であったが、とうの魔王は秘密基地へと飛び、ケーキに基地内のあれこれを説明していた。

「ここに檜風呂がある。まずは綺麗に血を洗い流せ」

「ヒノ、キブロ………！」

久しぶりに見た湯に、ケーキの目が輝く。

かつての王城にも風呂はあったが、こんな情緒溢れるものではなかった。金属で作られた桶のようなものに水を張り、それを魔石で熱しただけの代物である。

この檜風呂は漂ってくる香りからして、既に別格であった。

「石鹸も備え付けてあるから、服もそれで洗うといい」

悪魔の血など、本来なら石鹸で落とせるようなものではないのだが、この男が生み出し、設定した石鹸であれば確かに落ちるであろう。

その馬鹿馬鹿しさときたら、一種の凄みまで感じさせるものがあった。

「我々が戻るまで、ここで休んでいろ。絶対に、外には出るな」

「は、はいっ！」

念を押すように、魔王は最後の台詞に力を込めて告げる。留守中に外へフラフラ出られても、とても安全は保障できない。

「あ、あのっ、魔王様………………！」

「ん？」

言うだけ言って、立ち去ろうとする魔王にケーキが声をかける。

「御厚意に感謝致します。パルマの名に賭けて、この御恩は忘れません」

「気にするな。お前と会ったのも、ただの偶然だしな」

それだけ告げると、魔王は再び全移動で姿を消した。

本来なら、その奇跡としか思えない移動方法も驚愕に値するものであったが、もう慣れてしまったのか、ケーキはことさらに驚かない。

むしろ、偶然という言葉に考えさせられるものがあった。

（ベルフェゴールの市を襲っておいて偶然？　どういうバケモンだよ！）

今になって思えば、第一から聞こえてきた騒ぎも、あの魔王がやったとしか思えない。

それは挑発などを超えた、完全に戦争行為である。

（何はともあれ、今は湯だ、湯ッ！）

ケーキは血染めのドレスを乱暴に脱ぎ捨てながら、血塗れの体にかけ湯を流す。

その心地よさは、言葉にもできない。

次に石鹸を体に擦り付けながら、全身という全身を洗っていく。血だけでなく、不潔な環境下に置かれていたこともあってか、笑えるほどに体が汚れていた。

何せ、汚れなど気にする余裕もなかったのだから、無理もない話である。

「しっかし、すげぇな……この石鹸！　汚れがガンガン落ちやがる！」

顔につけても、髪につけても、体につけても、とにかく汚れが落ちていく。

それが実感できるのだ。存分に体を洗ったあと、頭から何度も湯をかぶると、ケーキは生まれ変わったように、ピカピカの女の子となった。

「へっへ、アタイふっかーつ」

備え付けの鏡に映った自分の姿を見て、ケーキは自信満々に言う。

それはこの檜風呂に設定された「豪華な気分を与える」というものもあったが、少女が持つ、天性の気の強さでもあったに違いない。

張られた湯に肩まで沈めると、言葉にもならないものが口からこぼれた。

「はぁ…………」

温度は温くもなく、熱くもなく、絶妙の加減であった。その夢心地は、これまでの過酷な生活を全て過去に押し流してしまうほどの豪華さである。

ひとしきり湯を楽しんだあと、ケーキの頭は忙しく回転した。

（まずは、どうする………？）

どうにかして、人間の生活圏に戻ること。

これが第一であり、不可能に近いものでもあったが、あの魔王と呼ばれる男に付いていけば、さほどに難しい問題であるとは思えない。

第二に、旧臣と連絡を取ること。

これも第一さえ叶えば、どうとでもなるであろう。

（問題は、レオンだ………）

ケーキの頭が忙しく回転する。

自分を幽閉していると告げ、それを盾に服従を強いているのであれば、これを知らせるのは容易ではない。妙な情報が耳に入らぬよう、徹底しているはずであった。

ケーキの頭に、北方の覇王とも、金獅子とも呼ばれるベアトリスの華やかな姿が浮かび、次に氷の宰相と呼ばれるコウメイの顔が浮かんだ。

（ゼノビアめ………）

ケーキは吐き捨てるように思ったが、コウメイの悪辣な頭脳には感心せざるを得ない。

思えば、祖国は彼女の打つ策略に次々と嵌り、戦場では大勝を収めながらも、最後には自らの手で滅んだようなものであった。

英雄、と呼ばれる人物を切り捨て、断罪した例は歴史を見れば幾らでも転がっているが、その国がどういう結末を迎えるのかは言うまでもなく、亡国の途を辿ることが多い。

（やめだ、やめ……今は少しくらい頭を休めよう…………）

湧き上がる不快な思いを堪え、ケーキは湯の中に潜り、全身で檜風呂を堪能する。

豪華な気分が余裕を生んだのか、その頭に奇妙な人物が浮かぶ。

「そいや、あのオッサンはどうなったんだろ…………」

第一にいた、冴えない中年親父のことを思い出し、くすくすと笑う。

どうにも、見ているだけで可笑しみがあるオッサンであった。

「まっ、運が良けりゃ助かってるかもな…………運が悪けりゃ、それまでだ」

そう口にしながらも、真摯に自分を心配してくれていた優しい目を思い出し、ケーキはバツが悪そうに顔の半分を湯に沈めた。

「あー、うっとおしい！　何で久しぶりの湯に浸かってんのに、あんな冴えないオッサンのことを思い出さなきゃならねぇんだよ！　消えろ、ボケが！」

乱暴に湯を投げながら、ケーキは檜風呂の木枠に頭を預け、仰向けにプカプカと浮かぶ。

次に浮かんだのは、この転変をもたらした漆黒の存在。

「魔王様、か……。あれは、神話とか御伽噺の存在じゃなかったんだな…………」

その感想といえば、バケモノという4文字に尽きる。

それ以上の感想など、浮かびようもない。

（どうにかして、あのバケモノを動かさねぇと……アレには色仕掛けなんて効きそうもねぇし、何か気を引くもんとかねぇかな？　にしても、さっきのは綺麗だったな………）

久しぶりに生まれた安堵感からか、その思考は取り留めもなく浮かんでは、消えていく。

風呂とは得てして、そういうものなのかも知れない。

ケーキがそんな贅沢な時間を過ごす中、もう一人の少女は不満そうに空を眺めていた。

「んもー！」

その第一声から不満そうであり、口を尖らせていた。

魔族領に潜む、茜である。

その視界には、夜空を焦がしそうな花火が広がっては消えていく。

「僕がいない時に限ってサー、そういう楽しそうなことをしちゃってサー！　伯斗さぁー、そういうとこだぞ！」

地団太を踏むその姿は、いかにも悔しそうである。

「見てなよー、お宝を掴んで後から吠え面をかかせてやる！」

言いながら、茜も闇に溶け込むようにしてその姿を消す。浮かんでは消えるその様は、まるでもう一つの花火のようであった。

招待状

――魔族領　ベルフェゴール王城――


玉座の間に伝令者《メッセンジャー》が片膝を突き、様々な報告をしている。

しかし、それを聞いている王は非常に退屈そうで、上の空でもあった。

「もうよい。猿どもが暴れたいというなら、別に構わんではないか」

これである。

自身の領内が荒らされているというのに、まるで他人事であり、関心すらない。王と呼ばれる立場にありながら、その姿は自由などを超えて、「怠惰」そのものであった。

報告する側からすれば、堪ったものではない。

「し、しかし、既に連中は国境を越え、第二施設への途上で被害が…………」

王は犬でも追い払うように手を振り、気だるそうに玉座に全身を預ける。

伝令者が去った後、玉座の間には再び沈黙が舞い降りた。いつもは種族も様々な女たちで溢れている空間であったが、今はラミアが一人いるのみである。

その上半身は美しくも妖しい色香を漂わせた女性のそれであり、下半身は獰猛な気配を漂わせる蛇のような形をしていた。ラミアは種族として非常に高い知能を有していることが多く、秘書のように使われることも珍しくない。

「本当に、宜しいのですか？」

「市が壊れたところで、再建すれば済むことだ」

王の短い言葉を聞いて、ラミアは即座に察する。

今は「無気力」でも「怠惰」でもなく、むしろ、興味を抱いた状態であると。ベルフェゴールのみならず、大罪を背負う大悪魔たちは我侭な者が多いが、一面では素直でもある。

己の欲望にどこまでも素直、と言う意味において。

「考えてもみよ？　あの可愛い可愛いでき損ないの愛娘が、健気なことに我に刃を突き立てんとしておる。これほどの慶事を前にして、領内の騒ぎなど何であろうか」

「…………はい」

「あれだけ泣き叫び、怯え、我に恐怖していた愛娘が、だ。その肌は爛れ、味覚を失い、寒暖の区別すら付かず、どれだけ努力しても角の一本も生やせず、果てにはヒトどもの国に逃げ出した愛娘が、だ」

いつになく多弁な王の姿を見て、ラミアは気付かれぬよう息を漏らす。一度興味を持ち、夢中になりだすと、他のことは全てどうでも良くなるのだ。

「あの臆病な愛娘のことだ。一人ではとても決断できなかったであろう。そこで浮かんだのが、例の猿人どもよ。下等な獣人どもの中でも、アレらは特に我を恨んでおる」

「休戦協定の破棄、ですね」

判りきったことではあったが、ラミアは深々と相槌を打つ。

「恐らく、猿どもは領内の各所を荒らすであろう。恨み骨髄であるが故に、その攻撃は苛烈で、容赦があるまい。かくして、我は暴徒どもを鎮圧せんと軍を派遣し、王城は手薄となる。いや、実にらしい流れではないか」

その口振りを聞いていると、褒めているのか、貶しているのかも判らない。

ラミアは王の決断を促すべく、そっと口を開く。

「そこまで読まれておられるのですね。であれば、王城を固め——」

「いや、予定通り軍を派遣する。但し、他の領地との国境線にな…………この慶事を前にして、《嫉妬》や《傲慢》などに水を差されては笑うに笑えんではないか」

「お言葉ですが、それではあまりに——」

相手に都合が良すぎるではないか、と言い掛けてラミアは口を噤む。

領内の騒ぎはそのままに、軍を国境線へ張り付かせて王城を手薄とする。まさに、相手の望む環境をこちらから構築せんとしているのだ。

恐るべき自信であったが、ベルフェゴールはそれをしても許されるだけの実力がある。

この大悪魔に多少なりとも「野心」や「勤勉」さがあれば、魔族領はとうの昔に統一されていたのだから。

「しかし、猿どもに目を付けたのは良き着眼点であったが、気になることもある」

「それは？」

「かの猿どもでは、我に勝てんということだ」

ベルフェゴールは過去、何度となく獣人国へフラリと立ち寄っては狩りを楽しむように蹂躙を繰り返してきた。決して深追いすることはなく、まるでスポーツでもするような感覚で。

その中でも、特に酷い被害を受けたのが猿人たちである。

「あの臆病な愛娘が、弱者を頼りに立ち上がるとは思えん。これは、中々に難題であるわ」

ベルフェゴールはそれだけ言うと、玉座の肘掛にもたれ、深々と沈思する。

先程から、そこが気になって他のことが頭に入らないのであろう。こうしている今も、領内が荒らされているというのに、その姿は難解なクイズでも挑戦しているようであった。

そこに、遠くから何かの音が響いてくる。

音は一度だけでなく、二度、三度と続き、ベルフェゴールは慌てて窓辺へと駆け寄り、その音の正体を探るべく目を凝らした。

「なん、と…………！」

その目に映ったのは、遥か遠い空に輝く大輪の花であった。その花が何であるのか、何の意味があるのかと、ベルフェゴールは暫し石のように固まってしまう。

ただ、その美しさには強烈に惹かれるものがあった。

「見よ！　愛しい愛娘が我を誘っておる！　呼んでおる！　そうか、猿人だけではなく、他にも知恵者を味方に付けたのだな！　この我の気を惹くとは、見事な手腕よ！」

興奮も露に王は叫び、腹に響いてくるような轟音に酔い痴れた。ベルフェゴールこそ大喜びであったが、領内の魔族からすれば、とても笑えない事態である。

この轟音が何であるのか、どのような魔法なのか、さっぱり判らないのだから。

ラミアは王の興奮を鎮めるように、そっと口を添えた。

「では、あの地に向かわれるのですか？　公がお聞きになれば、必ず小言が飛んでくるかと」

それを聞いて、王は途端に萎えたのか、玉座にだらしなく体を預ける。

常識的に考えて、相手が何かの誘いを仕掛けてきたのであれば、そこに何らかの罠があるのは明白であった。そこにわざわざ飛び込むのは勇気でも何でもなく、ただの愚か者である。

ラミアからすれば、鉄壁の王城から動く必要などないと言いたかったのだろう。

「もうよい。軍を派遣して、国境に張り付かせておけ。この上、城の防備まで固めておっては、臆病な愛娘が諦めて去りかねんわ」

ラミアは無言で頭を下げ、王の指示を伝えるべく玉座の間を後にする。

敵の罠に飛び込む、という最悪の事態だけは避けられたと満足気な表情であった。

「しかし、奴隷市を狙うのも妙な話ではある。ヒトの国で生活し、憐憫《れんびん》の情でも湧いたか？」

扉を閉める瞬間まで、王の独り言は止まず、何かを思考し続けているようであった。ラミアはベルフェゴールのそんな子供っぽい姿を見て、つい笑みを漏らす。

色々と問題はあるが、愛おしい男だと。


――――ベルフェゴール領内　第三奴隷市　近辺――――

鬱蒼とした森や、無数の洞窟が掘られた不気味な山々が続いている。

暗い色をした湖の前まできて、魔王とオルガンははじめて小休憩を取ることにした。

途上には街らしきものも存在したが、建物こそ独特であれ、人間の住む街とそれほど違うようには見えず、魔王は興味深そうにそれらをメモ帳に書き殴る。

その内容は乱雑で、暗号のようでもあり、備忘録のようでもあり、他人が見ても要領の掴めないものであった。

「なるほど、小型の魔物は街に住むか。小型でも、小鬼のような種族は洞窟などを好み、大型のものは山に。身分の高い悪魔はそれこそ、貴族も顔負けの邸宅や城に住む…………」

魔王がぶつぶつと呟いている間にも、時折、腹に響くような轟音が鳴り響く。

そのたびに、空が少し明るくなり、魔王は可笑しそうに笑う。

「随分と機嫌が良さそうだな」

そう言うオルガンも、どこか機嫌が良さそうであった。

今もフワフワと宙に浮かんでは、魔王の隣に並んで仲良くメモ帳を覗き込んでいる。

「花火はいい。あれは恐らく、何度見ても飽きない稀有なものだろうな。一生のうちに何度見ても飽きないものなど、早々あるものではない」

「ふーん」

「歴史的価値のある絵画や、世代を超える楽曲などに並ぶ発明品なのかも知れん」

「そうなのか」

「形に残らず、一瞬で消えるからこそ――――いや、ん。まぁ、そうだな」

オルガンの距離が妙に近く、魔王の言葉が尻すぼみになっていく。

小悪魔の角をよほど気に入っているのか、オルガンは暇さえあれば手鏡を取り出し、その姿を何度も確認しては笑みを漏らしたり、何か小声で呟いたりしているのだ。

オルガンにとって、それがどれだけ重要で大切なものであったのか――魔王も今では何となく察してはいるが、良くも悪くも、この男の価値観は奇妙なほどに変わらない。

ラビの村に設置した「滑車」と同じく、己が創生した世界の中でさほどに価値がなかったものが予想外に持て囃されたりすると、反応に少し困るのであろう。

かつて、生活費を稼ごうとマンデンに売却した「茶碗」や「オルゴール」も異常な高値で売れてしまい、嬉しさと同時に困惑したのと似たような経緯である。

(例えばの話だが、トロンも角を欲しがったりするんだろうか…………?)

彼女もオルガンと同じく、魔人と呼ばれる存在である。

魔王の見たところ、トロンが角を欲しがっている様子などはなかった。ただ、自分が安心して生活できる環境を求めていただけに見える。

(まぁ、あれはまだガキだしな…………例えば、どう足掻いても手が届かない高値のブランド品を見た時、大人と子供じゃ、また反応が違うだろうし)

魔王がそんなことを考え込んでいると、オルガンがじっと顔を覗き込んでくる。

その目はとても穏やかで、魔王は何だかいたたまれない気持ちになった。最初に会った頃は冷酷と言ってもいい印象であったが、今ではすっかり険が取れた表情になっている。

「どうした？　もうおしゃべりはしないのか？」

「あのな、おしゃべりって…………」

「お前の話は不明瞭で、不得要領なことが多いが、何やら異国の話を聞いているようで嫌いではない。大昔に読んだ絵本のようだ」

「よりにもよって、絵本かよ…………」

絵本と聞いて、魔王の頭に浮かんだのはアクが持ってきた「破壊犬ポチの大冒険」である。

あれと一緒にされては、流石に堪らない。

「魔王、お前に一つ聞きたいことがある」

「ん……？」

「お前は神域の主と、どういう関係なんだ？」

（神域？　あの神社のことか……？）

関係、などと言われても魔王からすれば答えようがない。声しか知らず、ロクに姿も見たことがないのだから。無関係の他人、としか言い様がなかった。

「別に、ただの他人だ」

「さて、それはどうだろうな。彼女はお前のために口添えし、猿人を動かしたじゃないか。あれを見て他人と言うのは無理がある」

「いや、アレが女かどうかも知らんのだが……むしろ、こっちが教えて欲しいくらいだ」

確かに声は女性のものであったが、姿形も知らないのだから、どうしようもない。

オルガンは暫く、探るように魔王の顔を見つめていたが、諦めたように渋々、口を開く。

「彼女は獣人国を古くから守る妖狐だ。原初の獣、とも呼ばれている」

「原初の獣？　何だその厨二臭いフレーズは」

「チュウニ？　とにかく、彼女は魔族領との間に神域、結界を生み出し、国を守ってきたとされている。獣人たちからは文字通り、神様に近い存在として奉られているんだ」

「結界も何も、普通に侵入されていたが…………」

ケールと名乗った悪魔が乱入してきたことを思い出し、魔王は苦笑を浮かべる。あの時は守るどころか、身動きすらできない様子であった。

「その通りだ。近年、と言ってもここ数百年のことだが、結界が弱まっていると聞く」

「なるほど、何となくは理解したが…………私の答えは変わらんな」

魔王からすれば、たまたま通りすがっただけであり、ケールと名乗った生意気なガキに蹴りを入れて、ビンタをかまし、散々に煽った記憶しかない。

やったことを思えば、殆ど通り魔に近かった、とすら思っているほどである。

「本当にそうか？　彼女の子供たちも、お前を気に入っていると言っていたではないか。いや、はっきりと聞こう。その子供らの父親はお前じゃないだろうな？」

「ふざけるな！　私はピチピチの独身だと言ってるだろうが！」

どいつもこいつも、と呟きながら魔王は煙草に火を点ける。

実際、〝九内伯斗〟の年齢は45であり、結婚していても何ら不思議ではない。

「なら、私の目を見てハッキリと否定しろ。その子供らの父親ではないと」

「お前な、どうしても私を既婚者にしたいのか？」

「いや、待て。やっぱり見るなら角にしてくれ」

言いながら、オルガンはそっとフードを外す。

その顔は何故か上気しており、照れくさそうであった。

「何で角を見つめながら、訳の判らん釈明をしなきゃならんのだ………！」

「言えないのか？　だったら、認めるということだな？　そうなんだな？」

オルガンが詰め寄る中、静かな声が乱入する。

「――ようやく会えましたね、龍――」

その声に二人が振り返ると、一匹の蝙蝠が木の枝にブラ下がっていた。

オルガンは顔色を変え、魔王を庇うように前に立つ。どこからか現れた無数の蝙蝠が集結し、一つの影となり、やがて影は悪魔の形となった。

「本当はもっと早く挨拶したかったのですが、やっと領内が手薄になってね――」

（こい、つは………）

現れた悪魔を見て、魔王は内心で呻く。

かつて、神都で零と戦った上級悪魔オルイットであった。その姿は相変わらず典雅で、男から見ても惚れ惚れとするような美しい容貌をしている。

同時に、心臓がドクリと鳴った。まるで、もう一つの心臓が起動したかのように。

オルガンは警戒も露に、険しい顔で相手を睨む。

「闇公爵…………いったい、何の用だ？」

「何の用、とは痛み入る」

オルガンの言葉にオルイットは目を閉じ、うっすらと笑う。

用といえば、もう一つあったなと。

「些事ではありますが、あの聖素の鎧を纏った女は貴女の相棒だったようですね」

「ミンクのことか？　残念だが、あいつならここにはいない」

「いえ、ボロ雑巾のようにしてしまったことを、詫びねばと思いまして」

「貴様…………！」

オルイットが目を閉じたまま皮肉を放ち、オルガンの顔が険しくなる。

その間、魔王は咥えた煙草から煙を吸い込み、冷静になろうと努めていた。

この悪魔を見てからというもの、腹の底から何か、得体の知れないものが込み上げ、心臓の鼓動が速くなっているのだ。

（んだよ、これ…………！）

それは、歓喜。

凶暴で、暴力的なまでの歓喜であった。魔王はそっと背を向け、視界に暗い湖面を映しながら二人の会話に耳を傾ける。

「ミンクに用があるなら、私が先に聞こう」

「何を勘違いしているのです。私はあんな二本足で立つ奇妙な蟻に用などありませんよ。第一、貴女のような薄汚い半端…………おや？」

オルイットの言葉が止まり、その真紅の瞳に驚きが走る。

オルガンはごくりと、緊張のあまり唾を飲み込む。

「これは、驚いた。魔人の頭に角……だと…………？」

オルイットは背を向ける魔王に視線を向け、何かに納得したのか、鷹揚《おうよう》に頷く。

まるで、何かを確信したように。

「これは、失礼を詫びましょう。どうやら、貴女は我らの同胞になられたようだ」

胸に手を当て、オルイットは皮肉ではなく、本気でそう言った。

何が起こったのかは判らないが、その頭に正真正銘の角があるのだから、もはやでき損ないやもどきなどとは口にできない。

悪魔の角を侮辱するなど、自分の面に自分で唾を吐くようなものである。

「それにしても、随分と美しい角ですね…………近寄りがたい気配だけではなく、燃え盛る火精霊《サラマンダー》のような強い力を感じます」

「…………フン」

世に闇公爵として知られるオルイットから手放しで賞賛され、オルガンは険しい顔を作ろうとするものの、口元が少し緩んでしまう。

彼にしてこうであれば、他の魔族が見ても、さぞ脅威として映るだろうと。

「貴方に聞きたいことがまた一つ、増えましたよ――――龍」

「……りゅう⁇」

そんな奇妙な単語に、オルガンの頭に疑問符が浮かぶ。

魔王と龍に関連がなさすぎて、龍と呼んでいることを未だに認識できていないのだ。

(クソッ、何なんだよこいつは…………！)

込み上げる衝動を抑えるべく、魔王は無言で咥えた煙草から煙を吸い込む。いつもであれば、それで頭はクリアになり、冷静さを取り戻せるはずであった。

(ダメだ、ちっとも収まらねぇ………)

体の内から、暴れだしそうな何かに煙草を持つ手まで震えてくる。

このままでは不測の事態が起きかねないと判断したのだろう、とうとう魔王も腹を括って悪魔に向き直り、その口を開く。

「私に用があるのであれば、場所を変えよう」

「おや、もう少しジタバタするのかと思いましたが、随分と豪胆ですね。では、私の屋敷に招待しましょう」

魔王は無言で頷き、咥えた煙草を携帯灰皿に放り込む。

オルガンの前で、何か余計なことを言われるくらいなら、どこか別の場所に行く方がマシだと思ったのだろう。

当然、オルガンからすれば罠としか思えない話である。

「おい、魔王。私に相談もなく勝手に話を進めるな。奴の屋敷に赴くなど、自殺行為だ」

「心配するな。お前は予定通り城へと向かえ。必ず茜が接触してくる、はずだ……私がいないとなれば、その動向を探るためにもな…………そこで待機していろ」

それだけ言い残すと、魔王はオルイットの下へと向かう。

オルガンが何かを言っていたが、その言葉はもう届かなかった。心臓の鼓動は高まる一方で、視界は赤く染まっていく。

まるで、何かの〝ゴング〟が鳴らされるのを待ち侘びているように。

「この日を、ずっと待ち望んでいましたよ……とは言え、貴方の〝本体〟もそうであったとは、嬉しい誤算ではありましたが」

「…………行くならさっさとしろ」

「これは失礼。龍を我が屋敷に招待する日が来ようとは、とても光栄ですよ――――」

オルイットの足元から無数の黒い薔薇が吹き荒れ、その花びらの一枚一枚が蝙蝠へと変わっていく。やがて蝙蝠の渦は二人を飲み込み、その姿を掻き消してしまった。

残されたオルガンとしては、憤懣《ふんまん》やるかたない。

「闇公爵の屋敷に赴くなど、あいつは何を考えているんだ…………！」

どう考えても罠としか思えなかったが、言って素直に聞くような相手でもない。

オルガンはこれまで、様々な忠告や説明をしてきたつもりであったが、あの魔王は自分が思うように、好き勝手に動いて憚らない。

誰にも遠慮せず、何の躊躇もなく、罠があっても平然と踏み潰す。

その姿は自由と放埒さを絵に描いたような姿である。天に抗い、果てには追放されたとされる稀代の反逆者のエピソードを彷彿とさせるものがあった。

（どれだけ力を手に入れようと、私はあんな風に振舞うことはできないだろうな………）

つい、オルガンは自分と比べてしまう。

魔人であることを、幾つもの魔道具で隠しながら人間として生活し、父の下から送り込まれる追手や刺客に怯え、逃亡に逃亡を重ねるだけの日々。

冒険者として力をつけ、ついには最高峰とされるSランク、スタープレイヤーと呼ばれる階級にまで伸し上がったものの、生活そのものが変わったわけではない。

いつも何かに怯え、魔人であることが露見しないよう他者との不用意な接触を断ち、現在地を固定しないよう、常に街から街へと移動を繰り返す。

（何も変わらなかったのは、当たり前じゃないか。私は原因そのものと戦おうとせず、逃げ続けていたんだからな………）

勝てそうもない敵から、現実からは目を背け、「でも、昔より強くなった」と自己を正当化し続ける。これでは望むような変化など、起こるべくもない。

（でも、今は違う………）

代わり映えのない日々の中でも、確かに〝変化〟は生まれた。

遠くから鳴り響く轟音が、光の残照が、暗い湖面を仄かに照らす。

そこに映る自分の姿を見て、オルガンは自信を取り戻した。暗い湖面に映っていたのは魔人ではなく、邪悪な角を持った、正真正銘の悪魔であったから。

（いつか、じゃない………今日こそ、全てを変える日なんだ！）

固い決意と共に、オルガンは一直線に王城へ向かって飛翔していく。夜空には断続的に轟音が鳴り響き、時に真昼のような明るさとなった。

――魔族領　オルイットの屋敷――

神域に程近い鬱蒼たる森の中に、ひっそりと佇むようにオルイットは屋敷を構えている。この森は昼でも光が少なく、知能の乏しい魔獣であっても足を踏み入れない。そこに住む者がどれだけ恐ろしい存在であるか、身を以って思い知らされてきたからだ。

（ふん、まるで全移動のような性能だな………）

魔王が目を開けると、そこには優雅な庭園が広がっていた。夜にもかかわらず、至る所に光の魔石を使った洋燈《ようとう》が備え付けられており、中には赤色や青色の光を放つものまである。

そこにクリスマスのイルミネーションのような華やかさはなく、どちらかと言えば幻想的で静《せい》謐《ひつ》な空気が漂っていた。

「まずはワインでも一杯、と言いたいところですが、その姿のままで宜しいので？」

「………その姿、とは？」

「そのままの意味ですよ。今の姿は随分と落ち着いていますが、私としては、貴方の本体の方が荒々しくて好ましい」

言いながら、オルイットは庭園に備え付けられたテーブルへと向かい、ワインを片手で掴んだかと思うと、グラスに3分目程度、捻るように注ぎ込んだ。その姿も、並べられた食器も、置物も気品に溢れており、魔王としては内心、気圧されるものがあった。

(なんつーか、意識の高い奴だな………)

実際のところ、〝大野晶〟はこういった意識の高い男も、場所も嫌いである。

並んだ食器や、テーブル、椅子を見ても格調高いものばかりであり、それに気を使って料理や酒の味を素直に楽しめないからだ。

(しかしまぁ、良く似合うもんだ………)

その点には、魔王も素直に感心してしまう。

格調高い木製のテーブルも、意匠を凝らした椅子も、高価なワインもグラスも、庭園も、全て目の前の悪魔に仕える従者のようにピタリと当て嵌まっている。

椅子に座り、足を組んだオルイットが口を開く。

「貴方には、幾つかお聞きしたいことがありまして」

オルイットはグラスを回し、空気とワインを触れ合わせ、香りを楽しみながら言う。

そんな嫌味になりそうな様まで、実に絵になる悪魔であった。

「魔王と龍人――――と名乗り、使い分ける貴方の真意をね」

「何の話か、さっぱり判らんな」

魔王も開き直ったように椅子に座り、足を組んで堂々と一服をはじめた。

気付けば、心臓の鼓動も収まっている。

「隠す必要はありませんよ。力あるものは、幾つもの形態を所持している。貴方のように、人生ごと切り変えるような者はいませんがね」

オルイットも吸血鬼の姿と、巨大な蝙蝠と化した飛翔型と、漆黒の魔獣のようなフォルムをした突撃型と、必要に応じて形態を変化させる。

そう言った意味においては、姿形を変化させることには理解があると言っていい。

「私は、私でしかない。お前の言っている意味が判らん」

魔王は詭弁を弄しつつ、手にしたワイングラスに《毒見》を行う。

白い光がグラスから漏れ、このワインに毒物の類は混入されていないと判定された。

「私は吸血種の中でも、真祖の血を引く特別な存在でして。香りや、気配には敏感なのですよ。何より、龍と貴方は〝同じ色〟をしている」

「同じ、色…………？」

どこかで聞いた言葉に、魔王はドキリとする。

それはかつて、トロンが口にした言葉であった。

「私は吸血した際に、相手の能力を稀にコピーしてしまうのですよ。全ての性能を引き出せるわけではなく、劣化コピーといった範囲ではありますが」

魂の色を見る。

そこから、相手の感情や思考を読み取ってしまう。

トロンから聞いた言葉が脳裏に蘇り、魔王はヤケっぱちのようにワインを流し込んだ。

「……で、同じだったら何だと言うんだ？」

完全に開き直ったのか、魔王はワインを持ち上げ、グラスに自らワインを注ぐ。

神都での戦いの際、確かにオルイットはトロンの血を吸血していたことを思い出し、もう誤魔化せないと思ったのだろう。

２杯目のワインを舌で味わいつつ、ふてぶてしく白煙を燻らせた。

「まずは私の推測から述べましょうか――――貴方は龍から密命を受け、諸国の情勢を探るべく生まれた、もう一人の龍人だ」

「もう一人、ね………」

それを聞いて、魔王は無表情に煙を吐き出す。

もう一人も何も、あれは龍人などではなく、ただの〝暴走族〟だと思いながら。

「魔の気配があれば打ち払う一方で、別の形態では魔王などと名乗っては、抜かりなく我々魔族の間に不信の種をバラ撒き、分断を図っている。未だルシファーの再臨を願い、それを切望する者は少なくありませんからね」

オルイットの言う通り、魔王はサタニストと戦い、現れた悪魔を滅ぼしている。魔王と呼ばれる存在が、そんなことを繰り返していれば、次第に魔族領でも騒ぎになるであろう。

「グレオールも、ですかね。先日は、ケールと遊んだようですが。ユートピアとは、サタニストを通じて遊んでいたようで。まったく、龍というのは趣味が良いのか、悪いのやら……」

ワインを口にしながら、オルイットが薄く笑う。

あの好き放題にやっている二人を歯噛みさせ、キリキリ舞いさせていることには、むしろ拍手を送りたい気分でもあるのだ。

この辺りは、複雑な関係なのであろう。

「ペラペラとくっちゃべっているが…………お前は結局、何が言いたいんだ？」

魔王は煙を吐き出し、庭園へ目をやりながら言う。

相手の言っていることなど、全く理解できていないし、興味もないのだろう。

「…………龍はルシファーの虚名と虚像を使いながら、魔族の間に〝楔〟を打ち込み、更に人間まで味方にせんとしている。来るべき、〝最終戦争《ハルマゲドン》〟が近いということでしょう。貴方の行動がそれを雄弁に語っているではありませんか」

（ハルマゲドン……だぁ⁉）

「魔王とも、ルシファーとも名乗る存在が、人間と、魔人、更には獣人まで引き連れて、大罪の一柱を討たんとしている。これが成功すれば、魔族領は未曾有の大混乱に陥るでしょう」

オルイットの分析は確かで、その通りに進めば、実際にそうなるであろう。

巨大な力を持つ大悪魔を軽々しく討てる者など、存在するはずもないし、そんな者が魔王などと名乗っていれば、その混乱に拍車がかかるに違いない。

「お前の推測はともかく、最終戦争などは起きない。いや、起きなかった」

「…………おや、随分と興味深い言い方をしますね。過去形ですか？」

「言っておくがな、１９９９年に…………」

言いかけて、魔王の言葉が止まる。

それは現実世界の話であって、この異世界とは全く違う話だろうと。だが、フラッシュバックのように幾つもの映像が頭に浮かんでくる。

真っ黒な空から降り注ぐ、黒い雨。

地面に空いた無数の穴、そこに落ちていくヒトの形をしたもの。

崩れ落ちていく高層ビル。

半壊した各地の都市、そこを蠢く腐乱した死体。

「とにかく、そんなものはデマで…………完全なデタラメ、だったんだ…………」

ポツリ、と。

その言葉を否定するように、一滴の雨粒が手に落ちてくる。一つの雨粒は、やがてポツポツと連続して髪や肩に降り注ぎ、魔王の顔色が変わった。

「何で、雨が降るんだよ…………」

「おやおや、顔色が悪いですね。雨に、何か嫌な思い出でも――――？」

「雨、を…………」

「――――本当に、良い表情だ」

オルイットの目が徐々に黒く染まり、その瞳が真紅の輝きを放つ。

それは獲物を見つめる、吸血鬼の目であった。

「余談が過ぎましたが、そろそろ本題に入りましょうか…………貴方をここで殺してしまえば、今述べた推測など、全ては霧散するのですから」

「………やれるもんなら、やってみろ」

魔王の口から生の言葉が飛び出し、体から銀色の光が溢れ出す。キャラクターチェンジなどを選択する必要もなく、その精神が、肉体の変化を求めているのだろう。

静謐な庭園に、ただ、音もなく雨が降り注ぐ。

それは、どちらが先であったのか――？　両者の足がテーブルを跳ね上げ、高価な食器や調度品が宙を舞う。

同時に、互いの拳が交差した。

両者は首を捻ってそれを避け、瞬時に蹴りを放ち、空中でぶつかり合う。その衝撃で、互いの体が吹き飛ばされた。

「やはり、その姿の方が似合いますよ――龍」

その姿は既に、巨大な銀龍を背負った暴走族へと変化している。

込み上げる爽快感に、龍が笑った。

それは零《ぜろ》であったのか、それとも晶であったのか。

「嬉しいじゃねぇか……まさか、この俺に〝お礼参り〟してくれる野郎がいるなんてな！」

先程までの暗鬱な気分など吹き飛び、心が猛っているのだろう。

零は指をポキポキと鳴らしながら、オルイットに獰猛な笑みを見せる。その体からは青白い炎が立ち昇り、《遺恨設定》と《狂乱麗舞》が発動していることを窺わせた。

「リベンジマッチってか？　上等じゃねぇか」

「えぇ、貴方の血を堪能できるのかと思うと、数百年ぶりに胸が躍りますよ」

オルイットが優雅に手を払い、無詠唱で闇球《ダークボール》を浮かべる。

3つの闇球が猛スピードで放たれたが、零は最初の闇球を躱《かわ》し、次の闇球を拳で弾くと、最後の闇球をあろうことか蹴り返した。

オルイットは苦笑を浮かべながら翼を広げ、中空へ舞う。

「相変わらず、貴方は常識外の振舞いをしますね…………《水眠《スリープ》》《水精魅了《チャーム》》」

状態異常を引き起こす魔法を放ちながら、オルイットは上空を滑るように飛翔し、零の背後に回り、手刀を叩き込む。

「空を飛んでる時点で、お前の方が常識なんざねぇだろうが…………！」

振り返りもせずに零は手刀を躱し、その重心を沈めた。

その構えに、オルイットの顔が僅かに歪む。時間にして、それは1秒あったのか、0・5秒であったのか。いずれにしても、決定的な隙が生じた。

「ＦＩＲＳＴ　ＳＫＩＬＬ――――《拳法》」

零の両拳が火を吹いたように唸りを上げ、嵐のような連打がオルイットを襲う。

1発、2発、3発、50発、100発……オルイットは零の拳を躱し、時には弾きながら隙を窺うも、流れるような攻撃が止むことはなかった。

「SECOND　SKILL――――《接近格闘》」

嵐のような連打の中に蹴り技が混じるようになり、オルイットは絶体絶命の中にありながら、とうとう笑い出してしまう。

（いったい、どういう身体能力をしているのやら………）

致命傷だけは避けているものの、被弾が重なり、全身に鈍い痛みが広がっていく。

かつての会場ではスキルを連続して放ち、〝コンボを繋げる〟という仕様になっていたため、一度それがはじまると、逃れるのは困難を伴うものであった。

ましてや、《狂乱麗舞》を発動させた零の敏捷は88にも達している。かつて悪魔王として名を馳せたグレオールのそれが66であったことを思うと、異次元の域であろう。

零の化物さ加減に、オルイットは笑うしかなかったが、それに反するように、零の表情は段々と浮かないものになっていく。

「お前………」

とうとう、零が攻撃を止め、オルイットの目をじっと見つめる。思わぬ展開に驚きながらも、オルイットは距離を取り、次の攻撃へ身構えた。

「前に会った時より、随分と強くなってやがんのな。速さも段違いだ」

「……以前は、二重の縛りがあったのでね」

オルイットの頭に浮かんだのは、神都の中心に立つ聖城であった。その聖城を守護するような智天使の結界が身を蝕み、自身の能力が大幅に抑え付けられた中での戦いであったのだ。

下界に送り込んだ分体でもあり、当時のオルイットを例えるなら、両手に手錠を付けながらリングに上がったようなものである。

本来なら、それでも何の問題もなく、神都は大打撃を受けていたはずであった。

零という異物が乱入さえしてこなければ。

「だったら、余計に止めだ。止め」

零は溜め息を吐きながら、両肩を落とす。

何を考えているのか、酷く気落ちした様子であった。

「寝惚けたことを。貴方はここで死ぬんですよ、龍…………！《勇敢なる刺突剣《ドレッドノード》》」

オルイットの手から漆黒のレイピアが現れ、その切先が零へ向けられる。

そこから、稲妻のような突きが繰り出された。零は無言で後ろに飛び、それを回避したのち、一気に踏み込み、目にも留まらぬ速度で回し蹴りを放つ！

――戦闘スキル「大乱」発動！――

(反撃時のダメージに、相手の殺害数を上乗せ。最大50ダメージ)

「ぐ……ッ……！」

オルイットは間一髪、ドレッドノートで防いだものの、その体が大きく吹き飛ばされる。

再び攻撃に移ろうとした瞬間、その片膝がガクリと落ちた。

攻撃自体は防いだものの、スキルのダメージが貫通したのであろう。

「やっぱりな。お前、この前の怪我が治ってねぇんだろ。俺の乾坤一擲《けんこんいってき》を食らって、無傷で済むはずがねぇもんな」

「…………黙れ」

「お前なぁ、お礼参りに来てくれんのは嬉しいけどよ…………せめて、怪我を治してからにしてくれや。俺が張るタイマンはな、怪我人を苛めるようなダセェもんじゃねぇんだよ」

「相変わらず、傲慢ですね……龍。貴方のそういうところが死ぬほど嫌いですよ……ッ！」

オルイットが立ち上がり、零も膨れっ面でガンを飛ばす。

怪我した相手をぶちのめしても、何の自慢にもならないどころか、零からすれば「ダサイ」の一言に尽きるのであろう。

それこそ、彼が良く口にする「シャバ僧」がすることであると。

「龍、貴方はこれ以上ない、悲惨な形で殺します……その血を飲み干し、皮を剥いで我が屋敷に飾りましょう」

「気味の悪いこと言ってんじゃねぇぞ、この吸血鬼野郎が」

――――もう、やめてくださいッ！――――

その声に、零の顔がハッとする。

見ると、メイド服を着た少女がこちらに駆け寄ってきていた。どういうわけか、その少女の顔や体には不気味な結晶が浮き上がっている。

「かーっ、ギャラリーが来ちまったかぁ…………」

口振りとは裏腹に、零の表情が明るいものになる。

それに、見た目からして何か呪いのようなものに蝕まれている様子であった。

「おぅ、吸血鬼野郎。お前があの子に何かしたのか？」

嬉しそうに指を鳴らしながら、零が言う。

気乗りしない戦いに、やる理由ができたと思ったのだろう。だが、少女の口から出た言葉は零が望んでいたようなものではなかった。

「ご主人様に何をしているんですか！　この乱暴者ッッ！」

「………………へっ？」

それが、自身を責め立てる言葉だと気付き、零の体が石のように固まる。

これまで、〝悪役の側〟になど立ったことがなかったからだ。

「い、いや、待て……俺は…………」

「何をしに出てきた………！　屋敷に戻っていろ！」

「いやです！　ご主人様が、その悪者に…………！」

悪者、という言葉に零の視界が揺れる。

かつての会場においても、ギャラリーは常に零の味方であり、そのタイマンは一方的な応援に包まれていたのだ。殺人鬼とも言えるＰＫキャラのみを狙って戦い、それを何年も徹底していたのだから。周囲からしても零という存在は〝お祭り男〟そのものであったのだ。

実際のところ、プレイヤー間における零の評価とは「中の下」から、良くて「中の中」程度である。ロールプレイを徹底していたのだから、これでもマシな評価であったかも知れない。

零が設定し、その効果を発揮する《遺恨設定》や《狂乱麗舞》は3チームにしか適用されず、一日に変更できるのも、たった3回。

GAMEの終盤期には世界中からプレイヤーが参加していたため、そのチーム数は数百、数千の規模になり、効果を発揮できる相手など、あまりに限定されたものであった。

特定の相手には強いが、それ以外にはてんでダメ、というのが零という存在である。

そこが愛嬌となり、お祭り男として認識されていたのであろう。

余談が続くが、零が今設定しているのは「サタニスト」と「魔族」の二つであり、それに属する集団、規模はどこまでも広く、果てしない。

これを例えば聖光国などに設定してしまえば、その国に所属する全ての者に適応されるため、この異世界ではかなり反則めいた存在になっている。

「俺が……わる、もの…………おれ、が…………？」

その反則めいた存在は今、子供のように口を開け、馬鹿になっていた。自らのアイデンティティが、音を立てて崩れ落ちているのだろう。

「怪我をしたご主人様に…………何なんですか、貴方は！　出て行ってッ！」

泣き叫ぶ少女の姿を見て、ついに零がフラフラと背を見せ、その場から逃げ出す。

もはや、逃げるしかないと思ったのだろう。

「ま、待て、龍…………！　勝負はまだ終わっていないッ！」

オルイットが《勇敢なる刺突剣《ドレッドノード》》を振るい、雫の肩が僅かに破れたが、それにも気付かぬ様子で雫は駆けに駆け、ついにはその姿が見えなくなった。

残されたのは、呆然とするオルイットと、雨の中で涙を流す少女だけとなった。

どれだけの間、そうしていたのか。

「…………貴様ッ！　どういうつもりだ！」

オルイットが振り返り、激昂するも、メイド服を着た少女は俯き、泣くだけであった。

「ごめんなさい……ごめんなさい…………怒らないでください…………」

あまりの馬鹿馬鹿しさに、オルイットは握った拳を震わせ、天を仰ぐ。

彼自身も、まだ事態を把握できていないのだ。

何故、かの龍人があれほど無様に逃げ出したのか。恐らく、オルイットには到底理解できないであろう。ギャラリーの少女から、悪者呼ばわりされて自己崩壊したなど、事情を知る者が見ていたとしても、それを説明するのは難しかったに違いない。

（この女なのか？　それとも、雨がどうこうと……いや、もしやすると座天使の呪いに反応したという可能性も……クソ、判らん…………！）

不機嫌の極みにいたオルイットであったが、手にしたレイピアに僅かな血が滴っていることに気付き、その顔色が変わる。

「ほ……！　お…………」

香りを楽しむような余裕もなく、オルイットは刃先を舐め、次に口へ含む。

雨が強くなってきたため、流れるのを恐れたのだろう。

「…………………ぁ………………………」

はじめた。嗤っている、と少女が気付いたのは、暫く経ってからである。

オルイットは暫くの間、無言のまま雨に打たれ、俯いたままでいたが、やがて、その肩が揺れ
「ご主人、様……？」

「ご主人、様……大丈夫ですか……？」

「フ、ハハ…………ハハハ………！」

突然、天を仰ぎ、大声で笑い出したオルイットを見て、今度は少女が固まる番であった。

この屋敷にきて長い年月が経ったが、大声で笑う姿などはじめて見たからだ。

「何だ、この治癒力は……全身が、熱、い……熱い、熱いぞ……ハッハハッ！」

破壊された分体のダメージが、今回の戦闘で負ったダメージが、瞬く間に回復していく。

それどころか、体の底から異様なまでの興奮が込み上げてくる。

「龍……そうか、私の体に〝龍の血〟が入ったのだ………！」

それは、どういった効果であったのか。

一つだけ判ることは、オルイットの機嫌が著しく良くなったというだけである。

「ご主人……様………」

「フン」

俯き、項垂れる少女にオルイットは皮肉な笑みを漏らす。この眷属の乱入で、思わぬところで血が入ったのだから。己の準備不足を棚に上げて怒りをぶつけるなど、恥の上塗りだと考えたのだろう。次に口を開いた時、その声は平静なものに戻っていた。

「今回は不問に処す。次はないぞ」

「は、はいっ！　あっ、ご主人様、傘を…………」

「要らん」

オルイットは雨を払い、屋敷の玄関口で空を見上げる。

その胸に込み上げるのは、強烈な飢えと、渇望。

（あの僅かな血で、これだけの…………欲しい、あの血が…………目も、皮も、骨も、心臓も、あの男の、何もかも、全てが欲しい…………！）

考えるだけで胸を震わせている自分自身に、オルイットは新鮮な驚きを受けた。

この数百年、数千年の退屈はいったい、何であったのかと。

まるで、一夜で全てが塗り変わったように、景色の全てが違って見える。

（龍、龍…………待っていろ。お前の全てを、私が奪ってやるぞ…………！）

歓喜に打ち震えるオルイットを、少女はどこか不穏な目で見ていた。その胸中に何が浮かんでいるのか、本人以外にはまだ、誰も判らない。

その頃、オルイットの屋敷から離れた魔王は――――

大きな木の下で雨宿りしながら、苛立った様子で煙草に火を点けていた。

「あの馬鹿が。好き放題に暴れた挙句、逃げ出しやがって………」

まるで、戦隊モノのヒーローが一般市民から石を投げられて逃げ出したような姿であった。

それ自体はある意味、笑える場面であったのだが、魔王の顔は晴れない。

空から降り注ぐ雨が、一向に止む気配がなかったからだ。

「何でここは雨が降るんだか……ぁー、ラビの村に帰りてぇな」

周囲からは何の物音もせず、雨音だけが耳を殴るように鳴り響く。

それに乗って、嫌な記憶まで浮かんでくる。しんしんと降り注ぐ雨音が、次第にキーボードを叩く音へと移り変わっていく。

《貴方は先を見て、いつも過去を消してしまうんですね》

《時間はどうしたって止まらないんだから、先へ、未来へ進むしかないでしょう？　放っておいたって、過去はどんどん消えていく》

《本当に、そうでしょうか？　思い出までは消えないわ》

カタカタカタカタ、チャットが鳴る。

カタカタカタカタ、キーボードを叩く。

その文字のどこかに、違和感を覚えながら。

それが何なのか、判らないままに電子の会話は続く。

《思い出は、それを知る人に共有されます。それは、決して失うことのない財産よ》

《逆説的な言い方になりますけど、例えばそれを知る人が全員死んでしまったら、それはもう、なかったことに、存在しなかったものになりませんか？》

カタカタカタ、チャットが鳴る。

カタカタカタカタ、キーボードを叩く。

《あやふやな記憶や、思い出を頼りにするのは怖い？　風化し、忘れられるのが怖い？　それを知る人が誰もいなくなって、なかったことになるのが怖いんですか？》

《何を…………言ってるのか、判らないな》

「だから、今も必死に過去に縋って、取り戻そうとしてんだよねェ――――？」

その声に、魔王の意識が急速に覚醒する。

慌てて辺りを見回すも、そこには誰もいない。先程と同じく、空から断続的に雨が降り注ぎ、地面を濡らしているだけだ。

「…………いつまで降ってんだよ、こいつは」

魔王は苛々しながら煙を吐き出し、携帯灰皿に煙草を放り投げる。やがて、じっとしている方がしんどいと考えたのか、雨の中を走り出した。

父と娘

聳え立つ巨城を見上げ、オルガンは降り続く雨に打たれていた。

この城には何の思い出もなく、振り返っても、そこには「悲」と「惨」しかない。

見る者を威圧してやまない巨城であったが、見えている部分はほんの一部に過ぎないことを、オルガンは良く知っている。

この城は地下に広がっており、その階層は50を超える規模であった。

広大な地下壕を掘り進む労働力は主に犬面《コボルト》であったが、中には捕虜となり、重労働を課された獣人たちも多い。高い技術を持つドワーフなどは格好の的であったと言える。

それらは誰一人、故郷に帰ることはできなかった。

（幼い頃、私はどんな目で彼らを見ていたのか………）

重労働に僅かな食事、劣悪な環境、休日もなければ娯楽もない。救いのない毎日に獣人たちの固い結束も壊れてしまったのか、次第に仲間割れしていった姿を思い出す。

怒鳴っていた者も、殴り返した者も、泣いていた者も、次第にバタバタと倒れ、朝になっても起き上がらなかった者は、二度と目を覚まさなかった。

（私は彼らを見て、まだマシだと自分を慰めていなかっただろうか………？）

悲惨な環境にある者は、更に下を見る。

上を見てはキリがないが、下は探せば幾らでも下がいるからだ。

暗い洞穴を覗いては、闇に蠢く何かを見て、「あれよりはマシだ」と己を慰め、正当化しては現状を良しとする。

（何か理由を見つけては、先延ばし。その結果は、同じ毎日が続くだけだった…………）

現状を否定し、環境を変えようとするならば。そこには大変な馬力と、大きな決断が必要になってしまう。

「くっらい顔してんねー、赤マントちゃん♪」

「…………お前か」

能天気な声に顔を上げると、そこには茜がいた。

少し遅れて、ピョンピョンと飛び跳ねながらミンクも現れる。

「どこに行っていたのよ、オルガンっ！　私がどれだけ探したことか！」

「お前は、相変わらず愉快なことをしているな」

ジャンプシューズを履き、飛び跳ねているミンクを見て、オルガンはしみじみと漏らす。彼女の奇行や、奇怪な言動には慣れたつもりであったが、これは更に上を行くものであった。

「ははっ、上か……確かに、お前はいつも私の斜め上をいっていたな」

「オルガン……？」

薄く笑うオルガンに戸惑うミンクであったが、もう一つの驚きが走る。

その気配に、明らかな変化が起きていたからだ。

「オルガン、貴女………」

「心配するな。人の生活圏では隠すさ」

ミンクの言いたいことを察したのか、オルガンは先回りして答えた。

彼女は魔の気配を覆い隠し、それを巧妙にカモフラージュする魔道具を所持している。

「ねーねー、伯斗はー？　僕がいない時に限って花火とかしちゃってサー。どうせ、今もどこかで悪巧みしてんでしょー？」

「悪巧み、か………さて、どう説明すれば良いのやら」

魔王の無軌道な行動を振り返り、オルガンも眉間の皺が深くなる。

偉大なる母者と呼ばれていた龍との関係、大神主の口添え、猿人との突発的な戦闘から魔族領への襲撃、ドワーフたちとの宴会、パルマの姫、闇公爵の接触。

これまでに起きた様々なでき事が、オルガンの胸に蘇る。

（私はただ、濁流に呑まれるように漂っていただけだったな………）

どの項目を振り返っても、オルガンは自分が能動的に動いていなかったことに気付く。

全て魔王が発案し、動き、発言していたと。

（そのたびに、現状と環境は変化し続けた――）

変化どころか、急変し続けたと言っても過言ではないであろう。

敵意を隠さなかったドワーフともいつの間にか笑顔で酒を酌み交わし、戦闘状態にあった猿人など、味方となって今や領内を荒らしまわっている。

その行動をあろうことか、大神主が是として口利きまでする始末だ。

まるで、悪い魔法にでもかけられたような気分である。

「油断しちゃダメだよー？　伯斗は何気ない一言とか、行動でねー、色んな悪巧みを働かせてるんだからサー。油断も何もあったもんじゃないのサ」

能天気な茜の言葉も、こうなってくると刺さるものがある。

無論、それらの全てが行き当たりばったりでしかないのだが、渦中にいるオルガンからすれば考え込まざるを得ない状況であった。

「でもまっ、伯斗のお陰で邪魔も入らなかったし、スムーズにここまで来れたのサ」

茜がにやりと笑みを浮かべた時、遠くから轟音が響き、周囲が少し明るくなった。

猿人の囮部隊が今も活発に動いているのであろう。

「…………こうしちゃいられないや。僕はお宝を探してくるから、皆は伯斗を待ってて」

「お、おい……勝手に動いて良いのか？」

「指示を待ってるだけじゃ、全部持って行かれちゃうのサ。伯斗と戦う時はねー、先回りして、予想外の行動をしないとダメなのサ」

茜はそれだけ言うとウインクを飛ばし、城へ向かって走り去って行く。オルガンとミンクは、突風のように去っていく後ろ姿を無言で見送った。

「…………よくまぁ、あんな竜巻のような女と行動できていたものだな」

「私がどれだけ大変だったか……恨むわよ、オルガン」

言いながらも、ピョンピョンと跳ねている姿は妙に楽しそうではある。

オルガンはあえて突っ込まずにいたが、次に息を荒くしたモンキーマジックとシャオショウが現れた。

「………あの邪神はどこゾ？」

「知らん。今頃、酒でも飲んでいるのではないか」

見張り小屋での宴会を思い出したのか、オルガンは適当に返す。

実際、ワインを飲んでいたと知ったら彼女はどんな顔をするだろうか。

「邪神に伝えろ。偉大なる母者に褒められるのは俺たちゾ。お前たちはもう、引っ込んでろ」

オルガンはそれには答えず、そっぽを向く。

モンキーマジックは暫し、険しい目で睨んでいたが、横のミンクへと目を向ける。

「そこの人間、お前も消………ゥキ？　キキ？」

「な、何よ！　私は言われなくても帰るわよ！」

警戒も露に、大きく飛び跳ねたミンクを見て、長の目も上下に動く。

長から見たミンクの動きは非常にリズミカルで、しかも楽しそうであった。

「人間、その足……いや、靴か………それは何ゾ？」

「旦那ぁ、こんなピョンピョン跳ねる鹿人もどきを気にしてる場合じゃないんでさぁ」

「誰が鹿人よ！　私は人間だからっ！」

河童の呟きにミンクが抗議したが、長も渋々といった様子で城へと目を向ける。

陽動がいつバレるか判らないため、時間の余裕がないと思ったのだろう。

しかも、今はどういうわけか門まで開いているのだ。

「とにかく、手柄は俺たちのものゾ！　あの邪神に伝えておけ！」

「ゲッヒッヒッ！　あっしが一番乗りでさぁ！」

「コ、コラ！　ハゲマル、一番乗りは俺ゾ！」

「シャオショウだって言ってんでしょ！」

二人が城へと向かい、どこからか現れた猿人の群れがその背を追う。

その数は軽く、５００は超えているであろう。

「どうするの、オルガン？　門も開いてるし、魔物もいないし、明らかに変よ」

「本来であれば、城に近付くのも難しいだろうからな」

軍は国境線へと張り付き、その他の魔物は陽動に釣られて各地に分散している。

ベルフェゴールの思惑はさておき、絶好の好機ではあった。

「唯一の懸念は、串刺し公の動向だ………」

古くから父に仕える腹心の姿を思い出し、オルガンは憂い顔になる。

あれと遭遇してしまえば、手持ちの札を全て切っても殺しきるのは難しいだろうと。

「それって、もしかして槍を持ったアンデッドのこと？　自分のことを我輩とかって言う」

「……そうだ。会ったのか？」

「茜が倒してしまったわよ。魔王だけじゃなく、あの子も完全に化物ね」

それを聞いて、オルガンはしめた、と思った。

分体であろうが、それを砕けば本体にもダメージは届く。完全な治癒には、いかに串刺し公であろうとそれなりの時間を要するであろう。

「千載一遇の好機だ。このタイミングを逃す手はない」

「勘弁してよ……魔王や茜だけじゃなく、あの獣人たちまでいるなら、何も私たちが行かなくても良いじゃない」

「それでは、何も変わらない。私は変わりたいんだ。変えなければ……もう、一歩も進めない。ミンク、お前はもう街に」

「はぁ……付き合うわよ、ここまで来たら。但し、危なくなったらこの靴で帰るからね」

「次はその妙な靴に、鷲馬《グリフォン》でも封印されているという設定にしたのか？」

「違うわよっ！　この靴はね――」

二人は妙なことで言い合いをしながら、城へ向かって走る。

その先には、大きく開かれた門が待ち構えており、巨大な肉食獣が牙を剥き、待ち構えているような雰囲気を漂わせていた。

門を潜ると、既に広場には無数の死骸が散らばっている。

そのどれもが、魔物のものだ。

「これ、さっきの猿人たちがやったのかしら…………」

「奴らは強い。奴隷市での戦闘を見たが、一方的だった」

猿人1人を人間の兵に換算するのであれば、軽く5人には匹敵するであろう。それが3000もの塊となって、押し寄せてくるのだ。

しかも、集団戦になると強力な補正でもかかるのか、滅法強いときている。恐らく、10倍にあたる3万の軍勢と真っ向からぶつかっても引くことはないであろう。

「これで、獣将の1人に過ぎないのだからな。他に10人もいることを考えると、悪夢だ」

「ねぇ、オルガン……あの猿人たちって、こっちに来たりしないわよね??」

こっちとは当然、人間の生活圏のことだ。

獣人たちは魔族領の内紛に併せるように力を蓄え、沈黙しているが、その鋭い牙がいつ人間側に向くか、誰にも判らない。

「さて、な。あの男次第だろうよ」

「あの男って、まさか魔王のこと？　そう言えば、邪神とかって呼ばれてたわね…………」

「邪神か……言い得て妙だ」

まんま、邪悪な神と言われてもオルガンは否定しないであろう。

頭の角が、それを肯定する。

「あの魔王にだけ、格好良い異名が増えていくのは納得いかないわね…………」

「格好、良いのか……？」

ミンクの独特のセンスに首を捻りつつ、オルガンは城内に足を踏み入れる。

何体かの死骸が転がっていたが、そこにはもう、猿人の姿はなかった。

「ゲヒー！　中が空っぽとか……どういう城なんだか」

そこにいたのは、頭を抱える河童のみであった。

オルガンは河童に対し、有用なアドバイスを贈ることにした。

「城の上層部は、儀礼用の飾りに過ぎない。心臓部は全て地下にある」

「……………地下に？　大悪魔ってのは、土竜族に似た習性でも持ってるんで？」

「さて、そいつらの習性は知らんが、安全を考えて地下壕を用意する悪魔は多い」

「こいつぁ、良いことを聞きやした。早速、長に相談してきまさぁ」

頭の皿を叩き、河童がいずこかへ走り去って行く。

オルガンは久しぶりに城内を見渡し、複雑な気分となった。

「空っぽか……あいつの言う通り、ここには何もない」

「オルガン、貴女の気持ちも判るけど…………無茶しないでよ？」

事情を知っているため、ミンクは強く反対もできず、弱々しく注意する程度に留めた。彼女はベルフェゴールから送られた追手や刺客と戦ったこともあり、その怖さも知っている。

「旦那ぁ、地下へ降りる隠し階段を見つけやしたぜ！　ゲッヒッヒッ！」

「でかした！　今日のお前は冴えてるゾ！」

「あっしのここにゃぁ、たーんと知恵が詰まってるんでさぁ」

河童が皿を指で叩き、得意気な表情を浮かべる。実際のところ、別に地下へ降りる階段は隠されているわけでも何でもなく、普通に設置されていたりする。

猿人たちがわらわらと集まり、地下へと降りていく中、オルガンは全く別の部屋へと向かい、そこに設置されている鏡を指差した。

「ミンク、我々は別の経路で地下へと侵入する」

「何よ、これっ！　怖いんだけど⁉」

銀色のスライムが纏わり付いた大鏡を見て、ミンクが飛び上がる。完全に呪われた品であり、反射的に杖を振り上げそうになる。

「待て、壊すな。このスライムは鏡を壊されると、発狂して暴れ回るんだ。こいつは父が見つけたもので、もう二体しかない貴重なものでな」

「どっちにしても、危険な魔物ってことじゃない！」

「利用する分には、大人しくて害はない。おい、城の地下に、40階層辺りに運んでくれ」

そう言いながら、オルガンは鏡の中に入ろうとする。

ミンクは咄嗟に羽交い絞めし、無理やりオルガンを部屋の外へと連れ出す。

「こんな鏡に入るとか冗談じゃないわよ！　私の右目も嫌がってるし！」

「何が右目……って、ちょっと待て！　こら、跳ねるな！　普通に歩け！」

「私もそうしたいけど、この靴が勝手に跳ねるのよー！」

「なら、脱げッ！」

「それは無理。これは我が第三形態である、跳躍との闇戯曲《ダークオペラ》だから。既にこの靴と我が足は一体化して――って、脱がそうとしないで！」

ピョンピョンと跳ねながら、２人も地下への階段を下りていく。広間は再び無音となり、地下での騒ぎとは無縁の空間と化した。

それから、どれだけの時間が経ったのか――――１人の男が部屋の中に足を踏み入れた時、鏡ははじめて変化を見せた。

何と、その鏡面に文字を浮かべたのである。

「お帰りなさい――創造主――」

機械じみた文字は瞬く間に消え、次なる文字を映し出す。

「現在の設定を変更しますか？　ＹＥＳ／ＮＯ」

その文字を映し終えた後、鏡は再び沈黙した。


――地下38階層――


オルガンとミンクは無人の地下壕を進んでいた。

地下壕とは言うものの、薄暗さなどは全くなく、あちこちに光の魔石を使った照明が設置されているため、昼間と変わらない明るさである。

通路も広く、天井も高い。

「とんでもない場所ね……これ、どれだけの時間をかけて作られたのかしら」

ミンクは呆れたように口にしたが、その表情は些か退屈そうでもある。ここに至るまで、魔物と全く遭遇していないのだ。

通路にはたまに死骸が転がっていたが、どれも散発的に現れたものであるらしく、猿人たちが難なく始末した後であった。

「迷宮に近いわね。深さだけでいえば、Eランクの青煉瓦ってところかしら？」

「そうだな」

ミンクとは違い、オルガンの表情は複雑であった。

ここが、どれだけの血と涙で作られたものであるかを熟知しているからだ。現在の地下壕は、彼女の記憶よりも広く、深くなっている。

（どれだけの獣人たちが死んだのであろうな……中には人間もいたに違いない。当時の私には、彼らを思いやるような余裕はなかったが）

それを思うと、今歩いている通路も壁も天井も、オルガンには血塗れで舗装されているように感じられた。そこには幾つもの顔が浮かび上がり、そのどれもが嘆き悲しんでいる。

（許しは請わない……ただ、元凶だけは必ず殺してやる）

固い決意を秘め、更に地下へと進んだ時、大きな悲鳴が耳に飛び込んでくる。

剣戟《けんげき》と、誰かが叫ぶ声、この階ではかなり大規模な戦闘が行われているようであった。二人は声の聞こえた場所へと即座に移動する。

「クック、ようやく魔物が出たのね。我が闇を恐れて逃げ散った……かと……」

そこでの戦闘を見て、ミンクは驚きのあまり絶句する。地下とは思えぬような大きな空間には数え切れないほどの死骸が転がっており、それらは全て猿人のものであった。

撲殺されたのか、顔が半分吹き飛んでいる者や、体のあちこちが溶けている者、締め付けられたのか、棒のように細くなっている者までいる。

「これが、鏡を割った結果だ」

「あのスライムが…………」

目の前では、鈍色のスライムが縦横無尽に暴れ回っている。

猿人を踏み潰し、粘液を吐き出しては足を止め、丸ごと体を取り込んで溶かすなど、その姿は暴虐極まりない。

「ボス！　こいつ、魔法が効かねぇよ！」

「刃物も鈍器もダメだ！　斬っても叩いてもビクともしやがらねぇ！」

粘体をどれだけ切ろうと元通りになるだけであり、叩いても表面が凹むだけでダメージは通らない。オマケに魔法への耐性も高いときている。

猿人を束ねる長は、焦りを浮かべながら必死の形相で叫ぶ。

「お前ら、離れろ！　こいつは如意棒で仕留めるゾ！」

長が如意棒を振り回し、粘体へと叩き付けるたびに、スライムが僅かに後退する。この棒が持つ特殊な貫通ダメージは、このスライムにも有効なのであろう。

鈍色の粘体が体の向きを変え、長をロックオンする。

これが〝敵〟であると判断したのだろう。スライムはその形状を変え、大きな波を思わせる形に変化していく。そのまま、全身を飲み込もうとしているようであった。

それを見たオルガンは、瞬時に大魔法を放つ。

「そこの獣将。下がっていろ────《氷界輝牙《ダイヤモンドダスト》》」

オルガンの浮かべた魔法陣から凄まじい冷気が吹き荒れ、視界が一瞬で銀世界へと変わる。

そこから放たれた氷の結晶は見る見るうちにスライムを凍らせ、オルガンは立て続けに大魔法を放った。

「時間の無駄だ────《水流大砲《ハイドロカノン》》」

水の大砲とも言うべきものが放たれ、凍ったスライムの体は木っ端微塵に砕け散った。いかに魔法への耐性が強いとはいえ、こんな大魔法を連続で食らえばどうしようもない。

第四魔法を呼吸でもするように連続で放ったオルガンの姿に、長はごくりと唾を飲み込む。

「礼は言わんゾ。お前はあの卑怯者の娘だ。大神主様の御言葉がなければ、あの憎たらしい邪神がいなければ、とっくに殺している」

「…………礼など要らん。この戦いが終わるまで、敵対するつもりはない」

オルガンと長は無言で睨み合い、やがて長の方から目を逸らす。

その瞳に、強い覚悟を感じたのだろう。

「お前、良い目をしてるゾ。父を、祖父を、先祖を超えようと願うのは一人前の戦士の証ゾ」

突然の言葉に、オルガンは面食らったように黙り込む。

まさか、猿人の長からそんな言葉をかけられるとは思ってもいなかったからだ。父を超えると言うより、むしろ、その心臓を握り潰すためにここまで来たのだから。

「相変わらず、やんちゃですわね。猿人を連れてご帰還なされるとは」

通路の奥から、妖艶な女が現れた。

但し、その下半身は馬のそれであり、ケンタウロスと呼ばれる亜種である。残った猿人たちは身構え、ミンクも即座に《天使の聖衣《エンジェルクロス》》を纏った。

彼女はベルフェゴールの陣営の中でも、№3との呼び声も高い実力者である。

「グレーテルか……串刺し公はどうした？」

「公はぶらりとお出かけになったわ。今頃、薄汚いお猿さんたちの森を荒らしてるんじゃないかしら？　うっふっふ」

その言葉に猿人たちが色めき立ったが、ミンクがあっさりと否定する。彼女はその串刺し公とやらが消滅するところを、直に見た生き証人であった。

「それはないわ。あのアンデッドなら、少し前に消滅したわよ」

「虫ケラ以下の人間が、不快なことを口にするわね…………」

それを聞いて、次はオルガンが笑う番であった。

彼女には兄がいるのだ。

「ヘンゼルと言ったか……お前の兄は、その虫ケラ以下の人間に殺されたぞ」

「ご冗談を。幾らできの悪い兄とはいえ、人間如きに…………御嬢様は相変わらず、ジョークのセンスが皆無ですわね」

「そんなセンスは要らん。私は単に事実を述べたまでだ」

淡々と語るオルガンに、グレーテルの瞳が変わる。

そこにいる聖素の鎧を纏った人間であれば、確かに兄を殺せるであろうと。

「そう、貴女が兄を殺したのね。一族の恥さらしを殺してくれて……感謝するわッ！」

言いながら、グレーテルは手にした曲刀をミンクに叩き付ける。咄嗟に避けようとしたミンクであったが、ジャンプシューズが予想外の方向へと飛んでしまい、壁に頭から激突した。

「あいたたた……ちょっと、私は貴方の兄なんて知らないわよ！」

「黙れ、人間風情が。その鎧も、最高に不快よ」

再度、曲刀を振り下ろすグレーテルであったが、河童の突き出した矛に止められてしまう。

いつものニヤけ顔とは違い、その表情は真面目であった。

「あんた、その下は一角獣《ユニコーン》のものかい？　ありゃぁ、湖の畔に住まう神聖な生き物でね。汚れた水をいつも綺麗にしてくれる、俺っちからすりゃ神様みたいな存在なんでさぁ」

「だから、どうしたって言うの？　薄汚い獣が」

「可哀想に。綺麗な白い毛並みも、すっかり灰色になっちまって」

「黙れ。さっさと、この矛をどけ……」

グレーテルが矛を振り払おうとするも、曲刀はビクとも動かない。

河童の、シャオショウの目がすっと細くなった。

「さっさと離……おがッ！」

次の瞬間、グレーテルの顔が吹き飛んだ。

シャオショウが口から何かを吐き出し、その頭部を消し飛ばしたのだ。

水の〝レーザービーム〟とも言うべきそれは天井を軽々と突き破り、その凄まじい威力に広間にいた面々が静まり返る。

シャオショウは次に、矛を片手にグレーテルの上半身を無言で切り離しはじめた。

大工が、のこぎりを使って大木を切るように。

ぷつぷつと肉の切れる音がし、内臓がぶち撒かれ、骨を無理やり削る音だけが広間に響く。

淡々とシャオショウは作業を進め、やがて一息付いたように声を上げた。

「いやぁー、苦労しやした。これで一角獣も成仏できるってもんでさぁ！」

一仕事終えた、と言わんばかりに額の汗を拭う河童であったが、その姿は血塗れであり、その笑顔も以前と違って、どこか怖く見える。

「…………ハゲマル、お前怖いゾ」

「どういう意味でさぁ！　俺っちは一角獣に取り憑いたバケモンを」

「いきなりキレる奴ほど、怖いもんはないゾ」

「キレてねぇよ！　俺っちをキレさせたら大したもんでさぁ！」

長と河童が騒いでいるのを横目に、オルガンはミンクを立たせ、更に先へ進もうとする。

敵に回すと厄介だが、味方であれば頼もしい連中だと。

「ねぇ、オルガン……もう一度聴くけど、あの人たちって、こっちには来ないわよね？」

「さて、な」

オルガンもそれを願いつつ、更に下の階層へと足を向ける。

相変わらず、魔物は散発的に現れるだけで、大した脅威もなく、一向は誘われるように、どこまでも深い地下へと潜っていく。

50階層を超えた頃、ようやく地下壕に変化が現れた。

その階層には一面に鮮やかな花が飾られ、そこかしこに宝石が飾られた美しい空間が広がっていたのだ。水晶で作られたと思わしき調度品の上には、新鮮な果実や酒まで並んでいる。

まさに、大歓迎。そこに広がっていたのは、野球場がゆうに2つは入るであろう、夢のように華やかなパーティー会場であった。

一点、異質であったのは、壁や天井にかけられた無数の肖像画――――そこには美しい女性が描かれているのだが、同じ絵が何百と飾られている様は不気味としか言い様がない。

「ようこそ、我が居城へ。歓迎しよう、客人たち――――!」

そこに現れたのは、黄金の鎧を身に纏ったベルフェゴールであった。

煌びやかな空間の中にあっても、その全身鎧は際立った輝きを見せ、その背に生えた漆黒の翼はどこまでも優雅である。

ベルフェゴールはオルガンへと目をやり、理想の父であるように優しく両手を広げた。

「お前の帰りを待ち侘びていた。愛しい娘よ」

「相変わらず、反吐が出るほど悪趣味だ。その鎧もな」

「おやおや、下界の荒んだ生活で口が悪くなったらしい。父は悲しいぞ」

並べられた肖像画に描かれているのは、オルガンの母親である。

それだけでも悪趣味であったが、極め付けはその鎧であった。以前も派手ではあったが、もう少しマシな鎧を纏っていたものである。

「黄金の鎧か……お前に相応しい、露悪的な鎧だ」

「怠惰と優雅を示す黄金の魅力が伝わらんとは……我が娘ながら、嘆かわしいことよ。それほどに父がいない下界での生活が寂しかったのか？」

ベルフェゴールは心底悲しそうに首を振り、天を仰ぐ。

その、いちいち芝居がかった仕草が、余計にオルガンの神経を苛立たせた。

「お前がこの世から消えれば、私も少しは幸福というものを感じられるようになるさ」

「何と嘆かわしい！　娘が父を殺そうとするなど、道義に外れる行為ではないか……大いなる光とやらは昼寝でもしておるのか？」

オルガンが何かを口にする前に、モンキーマジックが手を伸ばし、前へ出る。置かれてあったワインの瓶を手刀で切り、ラッパ飲みしながら荒々しい声を上げた。

「ようやく会えたな、卑怯者。今日がお前の命日ゾ」

「客人、今少し空気を読んでくれたまえ。父と娘の再会であるぞ。それと、君が口にしているワインは、３６７年ものの貴重なものだ。もう少し味わって飲んでくれんかね？」

「ペラペラとうるさい奴ゾ………一族の恨み、思い知れ――――ッ！」

如意棒が伸び、ベルフェゴールの胴体に直撃する。

猿人たちも一斉に武器を手に躍りかかり、パーティー会場は一瞬で騒乱の場となった。

「何ともはや、乱暴な客人であることよ………」

「その首を捻じ切り、次はお前の血をラッパ飲みしてやるゾ！」

「おぉ！　獣に相応しく、実に品のない台詞であるわ！」

縦横無尽に繰り出される如意棒を掻い潜り、ベルフェゴールは踊るように手刀を振るう。時に背中の翼を動かし、それに触れた猿人たちは無残に切り刻まれた。

秒単位で被害だけが加速し、長の顔に焦りが浮かぶ。

長時間戦い続け、駆け続けたこともあってか、全員に疲労も積み重なっている。

「ここで死すとも、お前だけは仕留めるゾ………！」

渾身の一撃を次々と避けられ、そのたびに死骸が積み重なっていく。

しかし、この決戦の場において、もはや退くことはできない。ベルフェゴールは踊りかかってきた二人の猿人を翼で切り裂きながら、首を捻る。

「悲壮な気分に浸っているところに申し訳ないが………我はそれほど、君らに恨まれるようなことをしたのかね？」

「どの口が、そんなことをほざくゾ………！」

「君らとて道を歩けば蟻を踏み潰し、寝転べば名もなき小虫を押し潰しているのではないか？我も単に、森を散歩しただけに過ぎん」

ベルフェゴールは心底、理解できないといった様子で両手を広げる。

特に煽っているわけではなく、本気でそう思っていることが窺える姿であった。

「きさ、ま…………！」

「我が森を散歩した結果、蟻が潰されただけの話ではないか。それがあろうことに、顔を真っ赤にした猿が一族の仇、などと叫びながら来訪してくるなど……ウァッハッハッハッ！　君たちは我を笑わせるために生まれてきたのかね？」

ベルフェゴールは肩を震わせながら大笑いし、その姿は完全に無防備なものとなった。

猿人たちはその隙を見逃さず、一斉に武器を手に躍りかかった。一撃を与えては迅速に退き、後陣の者たちが次々に魔法と矢を放つ。

その連携は恐るべきスピードであったが、ベルフェゴールの笑いは止まらない。河童はそれを見て、何か不気味なものを感じざるを得なかった。

「だ、旦那ぁ……こいつぁ、ちっと妙じゃねぇですかぃ？」

「怯むな！　攻撃を続けるゾ！」

「尻だけではなく、顔まで真っ赤にして……ウァッハッハッハッ！　君たちは、本当にっ」

笑いすぎて息ができなくなったのか、ベルフェゴールはお腹を押さえながら上半身をぐったりさせる。その姿だけ見ていると、攻撃が効いているようにも見えるが、ダメージは感じていないようであった。

「いやはや、この素敵な出会いに感謝せねば――――！　《死の風《デス・ウインド》×２》」

背中の羽が大きく広がり、そこから烈風が吹き荒れた。

猿人たちの体が容赦なく切り刻まれ、華やかなパーティー会場は血飛沫と悲鳴がこだまする、見るも無残な有様と化していく。

一陣の風が吹き抜けた後、そこに立っていたのは、長と河童だけであった。

両名の姿もズタボロで、出血が夥しい。彼らの後方に目をやると、オルガンは何かの作業に没頭しており、ミンクはそれを守るように防御魔法を唱え続けていた。

「…………もう、アレをやるしかないゾ」

「へっ⁉　そりゃマズイでしょ、旦那！」

長は首元に手をやり、鎖のようなものを引き千切ろうとする。

河童は慌てて羽交い絞めし、必死の形相で叫ぶ。

「ありゃ、タツ様の許可がないとダメでしょうが！　旦那、正気に戻ってくだせぇ！」

「…………こいつは、正気じゃ倒せないゾ」

「冗談じゃねぇ！　こんな地下でアレをやった日にゃぁ……こっちまで死んじまわぁ！」

何やら揉めはじめた二人を見て、ベルフェゴールも興味を示す。恐らく、彼の中では戦闘をしているといった感覚がないのであろう。

文字通り、パーティー会場での催し程度に考えているに違いない。

「何か切り札でもあるのかね？　是非とも披露してもらいたいものだ。パーティー会場での定番と言えば隠し芸であるからな。我が予想するに……そう、次は猿踊りであろう！」

ベルフェゴールが爆笑し、耐えられんといった仕草で蹲《うずくま》る。

長の顔は益々、真っ赤になったが、オルガンの上げた声にベルフェゴールはようやく笑うのをやめた。

「切り札なら、ある――」

「おや？　やけに静かであるから、怯えて泣いておったとばか……」

オルガンが取り出した物を見て、ベルフェゴールは首を捻る。

その掌の上に浮かぶ、美しき水晶に見覚えがあったからだ。それはかつて、この城の宝物庫に保管してあった――〝慈悲なき世界《アンノウン》〟と呼ばれる秘宝。

「手癖の悪い娘だ。折檻《せっかん》がより重くなってしまうではないか」

ベルフェゴールは苦笑したが、その目は小さな水晶球から動かない。そこに、凄まじい魔力が込められていることを感じたからだ。

簡易的な魔法の力を込める、〝魔石〟というものが世間では流通しており、それらは一般人であっても使うことができる。

しかし、この水晶には人類の到達点ともいえる第四魔法でも込めることが可能であった。

オルガンはこれに、一線を越えた〝第五魔法〟を込めている。水晶の色が見る見るうちに紅蓮に染め上げられ、「火」の上位である「炎」の力が吹き荒れた。

それを見て、ベルフェゴールはしみじみと漏らす。

「お前は昔から、火付けが好きであったな。この城も何度、燃やされたことか……下界へと赴き、少しは大人になったかと思……」

オルガンが更に取り出した物を見て、ベルフェゴールの言葉が止まる。

そこにあったのは、もう一つの〝慈悲なき世界〟であった。水晶が透き通った青色から水色へ変わり、周囲に結晶が浮かび上がる。

この水晶に込められた力は、「水」の上位である「氷」の第五魔法――

「起動にはかなりの時間がかかってな。お前たちのお陰で時間を稼げた」

オルガンは長と河童に目をやり、冷酷に告げる。

どれだけ死骸が重なろうと、利用しきるつもりだったのであろう。長はムッとした表情で立ち上がったが、オルガンが更に取り出した物を見て顔色を変えた。

そこにあったのは、３つ目の水晶。

流石にベルフェゴールも黙っていられなくなったのか、上擦った声を上げる。

「待て……娘よ、どこでそんなものを見つ………」

「大陸中の迷宮を巡ってきたんでな。伊達に冒険者をしていたわけじゃない」

水晶の色が緑色に変化し、そこから暴風が吹き荒れた。「風」の上位である「嵐」の第五魔法が込められているのであろう。

もはや、ベルフェゴールは黙っていられず、オルガンに向かって突進した。

「愛娘よ……悪いことは言わん。それを父に渡せッ！」

大股で駆け寄るベルフェゴールであったが、その体が無残にも吹き飛ばされた。

ミンクの振るった、星の十字架《トゥインクル》が腹部に直撃したのである。

「よくもこれまで好き勝手に襲ってくれたわね…………私たちの安眠のためにも、貴方はここで死んでもらうわ」

オルガンは更に水晶を取り出し、その色彩が茶色へと変貌していく。「土」の上位である「岩」の第五魔法の発動であった。

四大元素とされる力が全て揃い、ベルフェゴールは慌てて立ち上がる。

「じょ、冗談ではないぞ………！　娘よ………貴様、何を考えているッ！」

とうとう、ベルフェゴールは腰に差した剣を抜き、高々と跳躍した。

しかし、更にその上を飛ぶ影が一つ。

「な………ぐぉッ！」

ジャンプシューズで跳躍したミンクが星の十字架を全力で振り下ろし、黄金の兜を見事に打ち抜いた。ベルフェゴールは無様に転がり落ち、勝ち誇った声が響く。

「残念だったわね。〝闇の翼〟を持っているのは、貴方だけじゃないの」

ミンクは右目に手をやり、クックッと可愛らしい笑い声を上げる。

一連の流れを見て、長と河童は視線を一瞬だけ交差させ、凄まじい速度でベルフェゴールへと打ちかかった。

時間を稼ぐ、という一点で両者ともに納得したのだろう。

両名の体は満身創痍であったが、その攻撃の鋭さは衰えていない。

「貴様ら……！　死に損ないの獣は寝ていろッッ！　下等生物如きが、我を……ッ！」

「どうした、さっきまでの余裕が感じられない声だゾ？」

「ゲッヒッヒッ……あんた、とんでもねぇ娘っ子を持っちまったなぁ！」

星の十字架の一撃が効いたのか、ベルフェゴールの体はフラつき、視界が定まっていないようであった。

オルガンは更に水晶を取り出し、「闇」の上位である「黒」の力を込めていく。その表情には荘厳さすら感じさせるものがあったが、制御に苦労しているのだろう。

流れる汗は止まらず、全身を包む悪寒に体がバラバラになりそうになっていた。

「これが、お前に贈る最後の餞《はなむけ》だ………」

最後に取り出した水晶から眩い光が溢れ、やがて、聖なる輝きを発していく。

魔人であるオルガン自身にも強烈なダメージが走っているのであろう。その口端から血が零れ落ち、目が真っ赤に染まっていく。大金を払い、ライト皇国の聖職者に込めてもらった「光」の上位たる「聖」の第五魔法である。

まさに、命を賭けた捨て身の一撃であった。

悪魔にとって最も忌むべき「聖」の波動に、そこに込められた第五魔法に、ベルフェゴールの鎧がカタカタと音を鳴らす。

気付けば、6つの水晶が一つの魔法陣を浮かび上がらせていた。

――それは、極彩の輝きを放つ〝六光星〟――

「やめ、ろ………」

「私を、さっさと殺しておくべきだったな」

魔法の発動が近いと見たのか、長と河童は渾身の一撃を叩き込み、一斉に身を引く。まるで、打ち合わせでもしていたかのような連携であった。

六光星から溢れる色彩が混じり合い、光はやがて、1人の女の姿となった。光で彩られた女性の姿は次第に炎を纏い、角を生やした悪魔のような姿に変貌していく。

その女性のモデルが、誰であるのか気付いたのだろう。

ベルフェゴールはこれまでに聞いたこともない、狼狽した声を上げた。

「待て……やめろと言っている……！　オルガン……我を……この父を、お前、本気で殺す気かぁぁぁぁぁアアアアアアッッ！」

「………お前を父と思ったことなど、一度もない」

そんなオルガンの捨て台詞と共に、凄まじい大魔法が放たれた。

――最後の審判《デイ・オブ・ラス》――

視界ごと焼き尽くすような炎が、悪魔と化した女性が、ベルフェゴールに襲い掛かる。

その業火に抱かれ、ベルフェゴールは身を捩り、断末魔を上げる。揺らめく影は炎の中でフラつき、ゾンビのように彷徨う。

「～～～～～～～～～～～～ッッッッッ！」

炎の大爆発とも言うべき力が収束し、やがて視界に色彩が戻ってくる。その爆心地に立つベルフェゴールの姿は、見るも無残な有様となっていた。

黄金の鎧は凸凹となり、その全身から黒煙があがっている。

「オル…………ガ…………ン…………」

ベルフェゴールは恨みがましい声を上げ、オルガンに手を伸ばそうとしたが、その体勢が脆くも崩れ、仰向けに倒れ込んだ。

暫くの間、誰も言葉を発することができず、沈黙が場を支配する。

最初に声を上げたのは、ミンクであった。

「…………。ようやく、終わったわね」

その言葉には安堵もあったが、多少の遠慮もある。

何せ、オルガンは実の父を殺してしまったのだから。ミンクからすれば安堵もあるが、無遠慮に喜ぶこともできず、その心境は複雑であった。

「すまん。せっかくの秘宝を全て使ってしまった。売れば、豪邸の一つも建っただろうに」

「…………馬鹿ね、私たちは冒険者よ。定住の場所なんて、引退してから考えれば良いわ。それより、どこかで体を休めないと」

フラつくオルガンの体を支え、ミンクは左右を見渡す。

回復魔法をかけたくとも、魔人であるオルガンには逆にダメージとなってしまうため、ミンクにはどうすることもできない。

人間と魔人という種族の差を、改めて痛感した瞬間でもある。

「…………これを飲めゾ」

そう言って、モンキーマジックはぶっきらぼうに丸薬を2つ投げてよこす。丸くて黒々とした物であったが、鼻を刺すような刺激臭がある。

「な、何よ、これ！　凄い匂いがするんだけど⁉」

「………それは仲間が作った《ラッパのマーク》という貴重な丸薬ゾ」

ミンクはその匂いに悲鳴を上げたが、オルガンは気にせず口の中へと放り込んだ。

今は飲み込む力もないのか、その顔が苦しそうに歪む。

「ミンク、水を出してくれ」

「ゲッヒッヒッ、水なら俺っちに任せてくだせぇ」

河童はそう言いながら、皿を両手でこする。すると、不思議なことにフワフワとした水の泡が浮かび始めた。ミンクとオルガンはそれを見て、顔を青褪めさせる。

「今日は俺っちの奢りでさぁ。遠慮なくグイっといってくだせぇ」

「………遠慮しておく」

「嫌よっ！　絶対にイヤ！　何なのよ、その不潔そうな水の泡は！」

「不潔って、あんたなぁ……！」

「ん、相変わらずハゲマル印の水は美味いゾ」

モンキーマジックは意にも介さず水の泡を掴み、丸薬を口に含んで共に飲み干す。

河童も同じように丸薬を飲み込み、オルガンとミンクは《水《ウオーター》》の魔法で水を出し、同じように苦い丸薬を無理やり胃に流し込んだ。

「にっっっっっがぁぁぁぁぁい！」

ミンクが悲鳴をあげ、ゴロゴロと転がる。

これは「猪」の名を冠する獣将が地面を掘り、様々な生薬を煮詰めて製作したもので、種族を問わず、体力を回復させる効果がある。

但し、匂いは強烈で、その苦味は水程度では薄れない。ミンクが苦しむ姿を見て、オルガンはしみじみと漏らす。

「やはり、味覚などあっても何の役にも立たんな…………」

ミンクはまだ苦みが残っているのか、《水》を唱え、仰向けのまま水をガブ飲みしていた。

その姿だけ見ていると、酔っ払ったオッサンが必死に酔いを醒まさそうとしている光景に見えなくもない。

「この苦さはなに……!?　体力は回復してるのに、何か死にそう！」

「体力が回復して死ぬ？　人間……お前、馬鹿かゾ？」

「猿から馬鹿にされるとか、屈辱なんですけど!?」

「猿人は森の賢者ゾ。お前ら人間とはここのできが違う」

モンキーマジックがこれ見よがしに頭を指で叩き、ミンクが何か言い返す中、むくりと黄金の兜が起き上がった。

その、理解できない現象に全員の顔が真顔になる。

「興味深い薬だ。我も退屈しのぎに〝薬〟を作っては、時に蟻どもにバラ撒いておる」

「………なん、で」

「それよ、それ！　その表情が見たかったのだ！」

オルガンの呟きに反応するように、黄金の鎧が立ち上がり、手を叩く。

ずっと、この瞬間を待っていたと言わんばかりに。

「いや、効いたフリというのは難しいものであるな！　しかし、我の演技も中々のものであったろう？　愛しい娘のためともあらば、この父も一肌脱ごうというものよ」

ベルフェゴールは嬉しそうに語り、何度も頷く。

凸凹となり、黒ずんでいた鎧は眩い光と共に黄金の輝きを取り戻し、瞬く間にその傷を癒すように元の形へと戻っていく。

「うそだ………」

「嘘ではない。この鎧は再会した時に驚かせようと用意しておった一張羅でな。かの第五魔法も無効化してしまう、驚くべき《古代の断片《オーパーツ》》なのだよ。あれだけ第五魔法を重ねたというのに、全て徒労に終わるとは……まこと、父の愛とは偉大であるな！」

全員の頭に、その言葉の意味が染み込んできたのであろう。

その顔は青褪め、次に土気色となった。

「ついでに言うと、この鎧はありとあらゆる物理攻撃も無効化してしまってな。猿どもが懸命に踊っておったのだが、実のところ1ダメージも受けていなかったのだよ。いや、全く種明かしというものは残酷であるわ」

ベルフェゴールはそう言いながら、辺りに散らばる猿人の死骸へと目をやり、おもむろに持ち上げては鼻を摘む。

「先程、奇妙な丸薬の話が出ていたが、この死骸を使えばどうかね？　猿どもの脳味噌は珍味と聞いたことがある。案外、妙薬ができるやも知れんぞ？」

その言葉に、モンキーマジックは傷付いた体を無理やり立ち上がらせた。

同胞の死を侮辱されるのが、許せなかったのであろう。

「お前は…………絶対に殺すゾ」

「これこれ、今の話を聞いていなかったのかね？　君がご自慢の棒をどれだけ振っても、我からすれば撫でられているようなものだ」

「その薄汚い手で、同胞に触れるな…………」

「そうだ、１つ良いことを教えてやろうではないか！　我を倒したくば、かのグレオールを地下から引っ張り出して来るとよい。あれが使う第六魔法であれば、この鎧であっても残念なことに防ぐことができん。とはいえ、あれも忌まわしい天使どもに良い様にやられてしまったが」

猿人の死骸を乱暴に投げ捨て、ベルフェゴールは上辺だけの嘆きを漏らす。あれの封印を解いたところで、もはや往年の力は取り戻せないであろうと。

「さて、そろそろ余興も終わりにしようではないか。部外者の諸君は暫く、寝転がっていてくれたまえ。後で迎えの者を遣わそう――――《暗黒光線《ブラックイレイザー》》」

ベルフェゴールが手を振るい、一条の黒い光線が辺りを薙ぎ払う。

もうもうと立ち込める土煙の中、ミンクだけが辛うじて起き上がることができた。この中で、一番ダメージの蓄積が少なかったのであろう。

「これ以上……貴方の、好き勝手……に…………」

「君は確か、愛娘の友人であったな！　これまでの功績を考え、君にも特別な部屋を用意しようではないか。楽しみに待っていてくれたまえ」

嬉しそうに言いながら、ベルフェゴールはミンクの頭を掴み上げ、地面に叩き付ける。

まるで、害虫を駆除するように。

「さて、それでは父と娘で、水入らずの時間を過ごそうではないか」

ベルフェゴールはオルガンの足を掴み、そのままどこかへ引き摺っていく。

人を食らう化物が、餌を暗がりに運んでいくように。

「いや、だ……いや……離して……」

「ん、その絶望に染まった目。ようやく、いつものお前に戻ったようで、父は嬉しく思うぞ？　安心しろ、お前の部屋は当時のままで置いてある。新しく〝小屋〟も用意した」

「ぁ…………ま…………ぉ、う…………」

「んん……？　悪魔王とな？　いや、これは期待を持たせてしまったようで、すまないことをした。かのグレオールめは、封印されてかれこれ2000年は経ったであろう。今更出てきたところで、弱体化した奴では我に勝つことなどできんよ」

「た……す……」

オルガンの目から涙がこぼれたのを見て、ベルフェゴールは膝を叩いて大笑いする。

これでこそ、緩急付けた演出を施した甲斐があったと。

「ヴァッハッハッ！　誰も助けになど来んよ。お前が生まれてから、そんなものが一度でも訪れたことがあったかね？　一度はわざと見逃し、逃げることを許したが、今度はもう手放さんぞ。お前はこれから一生、我に飼われて過ごすことになる。嬉しかろう？」

ベルフェゴールの兜が歪み、その目が爛々とした光を放つ。

その光はどこまでも酷薄で、粘着質なもの。オルガンの胸にこれまでの日々が蘇ったのか、とうとう心の防壁にヒビが入り、崩壊した。

「い…………いやだ。いやだぁぁぁァァァァァァッ！」

「ヴァハッハッ！　その声！　数百年ぶりに、親子の時間が戻ったようであるな！」

暗がりに連れていかれるオルガンを見て、ミンクは懸命に追いかけようとしたが、もう立ち上がるだけの体力は残されていなかった。

「オル……ガン…………」

横を見ると、獣将と河童は気を失っているのか、仰向けに倒れたまま、身じろぎもしない。

生きているのかどうかも、定かではなかった。

ミンクは地面を這うように手を伸ばし、オルガンが連れ去られた方へ少しずつ進んでいく。

辺りには猿人の死骸で溢れており、この世に地獄が現れたような光景であった。

――――ベルフェゴールの居城　？？階層　宝物庫――――


古今東西の財宝、美術品、魔道具、歴史ある秘宝などが収められている場所。そこで、１人の上級悪魔が大きな風呂敷を広げ、辺りの財宝や魔道具を掻き集めていた。

自由奔放で知られる上級悪魔、ケールである。

「ちょっと借りるよー、ベルくーん。君もご機嫌で遊んでるみたいだし、良いよねー？」

本人のいないところで言っても意味はないのだが、ケールはお構いなしに熊手のようなものを使って、財宝を次々と風呂敷の中へと放り込んでいく。

不思議なことに、放り込まれた宝は吸い込まれるようにして、その姿を消してしまう。収納に関する何らかの優秀な魔道具なのであろう。

「でも、娘との再会かー。そんなに嬉しいものなのかなー？　まぁ、今ならベル君も機嫌が良いだろうし、好都合だよねー♪」

無造作に掻き集める、その一つ一つが非常に価値あるものなのだが、この少年のような姿形をした悪魔は枯葉でも集めているかのようであり、その扱いは雑であった。

やがて、全てを風呂敷に吸い込ませたケールはまんま、泥棒のようにそれを背に担ぐ。

「クンクン……こっちからお宝の匂い……って、ちょっと！　泥棒がいるのサ！」

その声に、ギョっとケールが振り返る。

警備の兵でも来たら、言い訳が面倒なことになると。

「違うんだよー、これはベル君から借り…………はれ？」

視線の先にいたのは、何故か人間。それも、少女と呼べる年齢の子である。

混乱するケールであったが、やがてポンと手を叩く。

「ぁっ、君って噂の侵入者？　人間が混じってるって聞いたけど、本当だったんだ⁉」

ケールは面白い、と目を輝かせたが、侵入者たる茜の目は笑っていなかった。

その瞳には、ケールが背に担ぐ風呂敷しか映っていない。

「そんなことは良いからサ。それ、僕のお宝だから返してよ」

「あのさ、盗人猛々しい……………って、それは僕もか」

己の姿を見て笑うケールであったが、その笑いが不意に止む。現れた少女から、嗅いだことのある香りがしたからだ。

「……お前、あの男と同じ香りがするよ？　もしかして、知り合いなの？」

「伯斗のことかナ？　それより、僕のお宝を返してよ」

無造作に歩み寄ってくる茜に対し、ケールは顔を歪ませた。ここで下手に騒ぎでも起こせば、大勢の兵がここに押し寄せてきかねないと。

「あの男の知り合いなら、お前も必ず殺してやる。待っててよ――《蕩児の帰還》」

ケールの足元から、割れたカボチャが出現したのとほぼ同時に、茜が奔《はし》る。

その腹部にトンファーが突き刺さり、ケールの体が〝くの字〟に折れ曲がった。

「が……ぁは……」

風呂敷から幾つかの輝きがこぼれ落ちたが、ケールにはそれを拾う余裕もなかった。

2つに割れたカボチャの実が徐々に近付き、元の形に戻ろうとする。

茜は無言で凄まじい猛打をカボチャに叩き込み、それを破壊しようとしたが、不気味なカボチャはそのままの表情でケールを飲み込んでいく。

「アハハ……残念だったね？　これは僕のお気に入りの魔道具で、移動を始めたら、もう誰にも止められないし、攻撃も通じないいんだよ？　バーカ、バーカ！」

「――――返せよ、僕のお宝」

「だから、言ってんだろー⁉　これは誰にも止めら……」

茜の顔に浮かぶ表情を見て、ケールはギョッとしたように口を閉ざす。その瞳に、何も映っていない空洞に、魂ごと引き摺り込まれそうになったからだ。

「――――返せよ」

「やめ………だから、無駄だって言ってんだろッ！」

茜の攻撃は一向に止まらず、トンファーによる殴打や、肘鉄、凄まじい膝蹴りなどが魔道具を揺らし、絶対的な安全の中にあっても、ケールの背筋を凍らせた。

「早く、飛べよ……早く！」

「君の顔は忘れないよ？　世界中のどこに隠れても、逃げても、その息の根を止めてやる」

「早く………！　早く僕を運べってばッッッ！」

その嵐のような猛打が、いつか何かの壁を突き抜けてきそうな気がしたのだろう。

ケールは恥も外聞もなく、大声で叫ぶ。その祈りが通じたのか、どうなのか。やがてカボチャは1つに重なり、その姿を煙のように掻き消した。

残されたのは茜と、零れ落ちた幾つかの輝き。

「チェッ、あんなの反則だよ………せっかく、お宝ゲットのチャンスだったのにサー」

茜は散らばった幾つかの物を拾い、念入りに宝物庫の中を調べはじめた。

誰よりも深く潜ってきたため、未練があるのであろう。

「伯斗は今頃、何をしてんのかにゃー？　また僕がいないところで楽しいイベントをしてなきゃいいけど」

茜が虫眼鏡のようなものを取り出し、壁や地面を探偵のように調べだす。暫くして、遥か上の階層から天地を震わせるような気配が伝わってきた。

「これ、って………」

茜は無意識に、予備バッグから水の入ったペットボトルを取り出し、口に含む。

どう言うわけか、喉がカラカラに渇く。

同時に、いつかの夏を思い出してしまう。

彼女が生まれてはじめて敗北を味わった日であり、水でも飲まなければ追いつかないほど、暑い日でもあった。

「大野晶」というラスボス

――――ベルフェゴール　居城――――


「何だ、お前は………」

鈍色のスライムを見て、魔王は咥えた煙草から白煙を燻らせる。

奇妙なことに、そのスライムは鏡のようなものに覆い被さっていた。

「お帰りなさい――創造主――」

「………はぁ？」

その鏡面に映し出された文字を見て、魔王の口から間抜けな声が漏れる。こんな奇妙な物体に創造主などと呼ばれる覚えはないし、作った覚えもない。

「この異世界に来てから、ずっと妙な勘違いをされているが……おい、そこのスライム。まさかお前まで妙な勘違いをしてるんじゃないだろうな？」

こんな無機物か、粘体のようなものにまで勘違いされては堪らないと思うものの、スライムは何の反応もせず、代わりに鏡が返事のようなものを返す。

「現在の設定を変更しますか？　ＹＥＳ／ＮＯ」

「設定、だと………？」

その単語に、魔王の目がすっと細くなる。

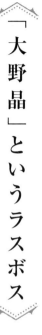

この異世界に来てからというもの、己が施した「設定」というものに何度も助けられ、時には狼狽し、危機な目に遭うこともあった。

それを思えば、とてもスルーできない言葉である。

「お前、俺を誰かと間違えてるのか？　少なくとも、敵意はなさそうだが」

鏡は何も語らず、同じ文字を鏡面に映し続けている。

恐らく、会話などをする能力はないのであろう。敵対する意思はないのか、スライムは非常に大人しく、仄かに嬉しそうでもあった。

その気持ちが何となく伝わってくることに、魔王は困惑してしまう。

「再確認。現在は地下40階に跳躍。設定を変更しますか？　ＹＥＳ／ＮＯ」

「地下40階だぁ？　何の話をしてるんだ、お前は…………」

魔王が続けて問うものの、鏡は何も答えない。

まるで機械と会話しているような感覚であり、魔王は咄嗟に何かを思い付く。

「なら、言い方を変えよう。それを『設定』したのは『誰』だ？」

「ネーム検索――完了――オルガン――――」

「オルガンだと？　続けて問おう。お前を作ったのは『誰』だ？」

「またそれか…………『創造主』とは『誰』だ？」

「――創造主――」

「――創造主――」

繰り返される文字を見て、魔王は溜め息を漏らす。

ここで奇妙な問答を続けていても、何も得られるものはなさそうであった。そもそも、城の前で落ち合う予定であったのに、誰もいなかったのだから。

（どういうわけか、ここは《通信》まで遮断されているみたいだしな…………何らかのトラブルが発生したと思った方が良さそうだ）

大規模な集団戦や、攻城戦、またはイベント戦やボス戦において、突発的なトラブルは付き物であり、この男はその手の問題には慣れている。

（オルガンが設定したということは……何か意味があるんだろう。そこで落ち合おうと、俺へのメッセージか？　いずれにしても、無視はできないな）

魔王は冷静にそんなことを考えてみたが、何のことはない。

地下40階という文字を見て、自分の足で降りるのが面倒だと思ったのが一番大きい。

「跳躍、か……まぁいい。オルガンが設定した場所へ飛ばしてくれ」

それを聞いて、スライムは嬉しそうに身を捩りながら近寄ってくる。

真面目に見ると、かなり怖い光景であった。

「お前……何か近くないか？　というか、ちょっと怖いんだが…………いや、待っ」

近付いてきた鏡に吸い込まれ、一瞬で視界が切り替わる。

地下と聞いていた割には、天井が高く、壁もコンクリートのようなものでできており、頑丈そうでもあった。

（何だ、ここは……？　前に潜った、監獄迷宮みたいだが）

地下の割に明るいのも、その印象を強くしている。

魔に属する者たちは一部の例外を除き、「光」という力を利用することができないため、人間を奴隷として使い、獣人を攫い、それらを使って環境を整える。

これほどに大規模な地下壕ともなれば、そこに投入された労働力の数は数万、数十万、の規模になるのは間違いない。

（ともあれ、あの鏡をそのまま放置しとくわけにはいかないな…………）

魔王は辺りの風景を視界に収めた後、鏡があった部屋へと《全移動》した。再び現れた魔王を見て、スライムは嬉しそうに手のようなものを出し、左右に振る。

こんばんは、とでも言いたげな姿だ。

「何なんだろうなぁ……お前は。とりあえず、誰かに見られると面倒の種になりそうなんでな。お前、一緒に来てもらうぞ」

魔王は懐から巻物の形をしたアイテムファイルを取り出し、スライムの出した手のようなものを握り、ファイルへと収納する。

――――ＺＣＯＰＹ 07――――

そこに記された文字を見て、魔王の背筋に嫌なものが走る。とてもアイテム名とは思えない、無機質な記号の羅列。これを名付けた者、恐らくは「創造主」と呼ばれていた存在の内面が窺い知れるような一幕であった。

「この世界の連中は、どいつこいつもネーミングセンスがないな…………」

魔王は笑い飛ばそうとしたものの、どうにも笑えない。

どころか、眉間の皺は深くなる一方であった。

(やめやめ、今は余計なことを考えている場合じゃないだろう…………)

気を取り直し、魔王は再度、地下40階へと《全移動》し、気配や物音に耳を澄ます。

この階には何の気配もしなかったが、うっすらと足音が残されていた。

「どうやら、下に向かったらしいな」

下へ降りつつ、たまに見かける魔物の死骸を見て、魔王は首を捻らざるを得なかった。

どう考えても、敵の数が少なすぎると。

(思えば、最初から門も開いていたしな…………城の中には誰もおらず、地下にすら魔物が殆どいない。誘っているのだろうが、無防備にも程がある)

かつて、この男が作り上げた「不夜城」にも似たような空間は存在した。攻め寄せてくる相手を引き付け、待ち伏せした兵たちが一斉射撃を行う部屋などがそれである。

しかし、それらは所詮、〝初見殺し〟とも言うべきもので、永続的な効果は見込めない。

攻め寄せてくる敵は決まった動きをするコンピューターではなく、〝人間〟だからだ。

彼らは常に考え、仲間と連携し、研究を怠らず、細部に至るまでマッピングし、データ化し、余念というものがない。

そして、15年もの月日を経て————不夜城は完全に丸裸となった。

かつての会場は、不夜城の陥落をもって終焉を迎えることとなったが、それは偶然でも何でもなく、プレイヤーたちの〝意志の強さ〟が掴み取った勝利であったと言える。

日夜、神経を削り取るような攻防戦を10年以上繰り返していたこの男からすれば、この城は無防備と言うより、〝怠惰〟に近い。

「この城の主は……油断というものが、どれだけの事態を引き起こすか知らんのだろうな」

魔王はそう言いながら、微かな気配や足跡を追って下の階層へと潜っていく。

そこには当然、罠の類もあったのだが、どこかおざなりであり、既に猿人たちが解除し、破壊した後であった。

雰囲気が変わったのは、50階層に足を踏み入れた時である。

「どういう場所だ、これは…………」

崩れきったパーティー会場、と言うのが率直な印象であった。

それに、数え切れないほどの死骸の山。高価なテーブルやグラス、ワインや果実などが無残にも踏み躙られ、壁に何枚か残された絵も切り刻まれている。

「おい、生きていたら返事をしろ」

仰向けに倒れたままの長と河童の姿を見つけ、魔王は山小屋でも出した《富士の名水》を作成した。大きな瓶に水が入っており、柄杓までついている。

腕を動かす力もない、と見て魔王は瓶を持ち上げ、長の口に無理やり流し込んだ。

「ゲボッ、ぐ……やめ、やめがぐ…………ごがぐご！」

「ふむ？　生きていたようだな」

「邪神、俺を殺す気か！　死ぬかと思ったゾ！」

「元気一杯ではないか」

「ふざ……！　ウキ？　何か体が変だゾ………」

体力と気力が同時に50も回復し、長は自分の体を見て驚いたように首を振る。

魔王は更に《富士の名水》を作成し、河童に飲ませようとしたが、弱々しい声が響いた。

「く、黒い旦那ぁ……それ、水なら俺っちの頭の皿にかけてくだせぇ………」

「皿に、だと………？」

魔王は柄杓で水を掬い、興味深そうな顔付きで皿に水をかける。

途端、河童は気持ち良さそうな声を上げた。

「んほぉ〜、この水たまんねぇ〜〜！　生き返るとはこのことでさぁ！」

「そ、そうか………？」

「旦那、もっとお願いしやす！　俺っちの皿に、ここに！　その濃ぃのをかけてくだせぇ！」

「ちょっ、にじり寄って来んな………！」

魔王は柄杓を長に投げ渡し、後は任せたと言わんばかりに煙草に火を点ける。

この西遊記コンビと絡んでいると、どうにも緊張感が薄れてしまうと思いながら。

「で、何があったんだ？　他の連中はどうした？」

辺りを見回しても、オルガンやミンク、茜の姿はない。

目を覆いたくなるような、死骸の山があるばかりである。

「ほれ、ハゲマル。良く判らんが、元気になる水だゾ」

「んほぉ～～、こんなのらめぇぇぇ！　皿が潤っちゃいましゅぅぅぅぅ！」

「邪神印の水で潤うのか？　とんだ淫乱河童だゾ」

「酷いんでさぁ！　でも、悔しいけど感じちまうんでさぁ…………！」

「気持ち悪い会話をするな！」

聞くに堪えないと思ったのか、魔王が横から突っ込む。

このままでは、話が進みそうもない。

「大体、これだけ死骸の中で、良くはしゃいでいられるもんだ」

「…………邪神。同胞は全力で戦った。誇り高き戦士の死を嘆くのは、将の道ではないゾ」

「…………っ、そうか。つまらんことを口にした」

長が一瞬だけ見せた鋭い視線に、魔王も口を噤む。

その内心は判らないが、あえて明るく振舞っているのかも知れないと。

「で、最初の話に戻るが、他の連中はどうした？」

「ベルフェゴールが、娘をどこかへ連れて行ったゾ。包帯で目を隠した、トンチキな女がそれを追っていったが、どこに行ったのかは判らんゾ」

それを聞いて、魔王はブラリと歩き出す。

まだ、茜と合流していないのかと。

「邪神、俺たちは一度、森へ戻るゾ。このままでは、あの卑怯者には勝てない」

「戻って、どうするつもりだ？」

「タツ様に許可を取り、あの卑怯者を殺すゾ」

「そうか。なら、もうここに来る必要はない。君らは領内にいる人間を連れて、戻るといい。それと、お前たちの国に聖光国から来たバニーはいるか？」

「バニー？　人参好きの兎人かゾ？」

「もし、その中にラビの村に戻りたいと思っている者がいれば、一緒に送ってくれたまえ」

長はその言葉に何かを考えていたが、それどころではないと思ったのだろう。

全く別のことを口にした。

「邪神、あの卑怯者は強いゾ。お前でも勝てない」

長の言葉に、魔王は一瞬だけ足を止め、振り返った。

その表情に浮かぶのは、あっけらかんとしたもの。

「安心しろ。私を殺し切れるのは、私が用意したものだけだ」

それだけ言うと、魔王は血痕と引き摺られたような跡を追って更に下の階層へと向かう。

長は無言で、その背を見送った。

「旦那ぁ……あのまま行かせちまって、良いんですかぃ？」

「今の俺には、止める力もないゾ」

「しかし、あれが死んじまったら、大神主様に申し訳が立たねぇですぜ…………？」

「少なくとも、死ににいくような男の目には見えなかったゾ」

長はそう言って、辺りを見回す。

同胞の死を、その目に焼き付けるように。

「邪神がダメだったとしても、あの卑怯者は必ず俺が殺すゾ…………安心して眠れ」

長と河童は暫く黙祷を捧げ、魔王とは逆に上の階層を目指して動き出した。

一方、下の階層へと進んだ魔王は――――

聞き覚えのある声に、耳をそばだてた。

「離して……！　オルガンが……！」

声のした方に駆け寄ると、そこには赤い粘体に覆い被さられたミンクがいた。

スライムのようなそれは気紛れのように形を変え、大きな手になったり、人の形になったり、ミンクそっくりの形になったりする。

どこかで見た、薄い本のような場面に、魔王は咥えた煙草から盛大に煙を吐き出す。

「お前…………何をしてるんだ？」

「魔王!?　いいところに！　このレッドスライムをどけて！」

ミンクの言葉に反発するように、スライムはその手を伸ばし、ミンクの体をまさぐる。

ミンクが赤いミンクに襲われているという状況に、魔王は言葉を失う。

「スララ～～！」

「ちょ、どこを触ってるのよ！　魔王、早くして！」

「どうにかしたいのは山々なんだが、この星の重力が少し重くてな………」

面白すぎる光景に、魔王はスマホがあったら写真を撮りたいとさえ思った。

ミンクからすれば、笑えない状況である。

「何が重力よ！　余裕で葉巻を吸ってるじゃない！」

「不思議と、手だけは動いている」

そう言いながら、魔王は悠々と一服し、携帯灰皿に煙草を放り投げた。

今日はスライムに縁があるな、と思いながら。

「奇妙な生物だ……魔物の生態というのは良く判らんな」

「そんなことはどうでもいいから、これをどけてっ！」

「仕方がない………と言うか、こいつはしゃべるんだな」

魔王が近付くと、赤いスライムはミンクから離れ、圧し掛かるように襲い掛かってきた。その動きは意外と速かったが、当然のようにアサルトバリアによって弾き飛ばされてしまう。

「スララ〜〜！　スラ………？」

「お前は、あの鏡のスライムと同類か？　それとも、私の敵か？」

赤いミンクの胸倉を掴み、魔王が睨み付ける。

唇と唇が触れ合いそうな距離を見て、今度はミンクが悲鳴を上げた。

「ちょっと、私のそっくりさんに近付かないで！　乱暴する気でしょ！　薄い本みたいに！」

「ややこしいことを言うな！　と言うか、何で薄い本があるんだ………」

「スラ〜〜〜〜」

赤いスライムは格の違いにでも気付いたのか、元の粘体へと戻り、その体を縮めた。

先程の奇妙なスライムを見たこともあってか、魔王も鷹揚に告げる。

「ここは今から戦場になる。敵対する気がないなら、すぐにこの城から離れろ」

「スラ〜………」

魔王はミンクを立たせ、これまでの事情を聞こうとしたが、焦る気持ちが先行しているのか、そのまま慌てた様子で走り出す。

「おい、まずは状況を………」

「こうしてる場合じゃないの！　オルガンが父親に連れ去られたのよっ！」

「それは判ったが、焦ったまま進むと足を掬われるぞ」

「あのね、悠長にしゃべっている時間なん………って、いやぁぁぁぁぁ！」

言っている傍からミンクが何かに引っかかり、縄のようなものに絡め取られてしまう。

普段の彼女であれば、こんな罠になど引っ掛からなかったであろうが、焦りのあまり、周りが見えていない状態に陥っていた。

「何よ、これっ！　魔王、外して！」

「忙しい奴だな……と言うか、動くな。余計にこんがらがるぞ」

焦ったミンクは手足をバタつかせ、余計に縄が複雑に捩れていく。気付いた時には、ミンクは亀甲縛りにされたような格好になっていた。

「何をやってるんだ、お前は…………何かもう、逆にマゾの才能を感じるわ」

「良いから、早く外してよー…………！」

「はぁ………」

魔王はソドムの火を投げ、天井からブラ下がったロープを切り離す。

途端、ミンクの体がべしゃりと顔面から地面に落ちた。

顔面からのバンジージャンプに、ミンクは体をピクピクと震わせ、魔王を睨む。適当と雑さを絵に描いたような助け方であった。

「おい、しっかりしろ。傷は深いぞ」

「しっかりできるかっ！」

「あと、これは移動用だ…………普段は外しておけ」

言いながら、魔王はミンクの履いていたジャンプシューズを優しく脱がす。

茜がこれを相方と呼んで、気に入っていたのを思い出したのだろう。それを人に貸した、と言う意味も考えながら。

「茜とはうまくやっていたようだな。引き続き、まぁ仲良くしてやってくれ」

「べ、別にうまくなんて………」

普段とは違い、妙に穏やかな魔王の表情と、優しい手付きに、ミンクは何故か目を逸らす。

見てはいけないものを見てしまったような、それでいて、どこかこそばゆいような、不思議な感覚に囚われながら。

魔王は脱がせた靴をアイテムファイルへと収納し、立ち上がる。

「茜はまぁ、好きに動いているから良いとして、オルガンはどこにいる？」

「もっと、下だと思う……高位の悪魔は、意外と保身的というか………うん」

妙に大人しくなったミンクを不思議に思いながら、魔王は《富士の名水》を作成した。

完全に大判振る舞いである。

「それでも飲んで、少し休んでいるといい。オルガンを探してこよう」

「ま、待って………私も行くから！　あの子が危険な目に遭っているのに、じっとなんてしてられないわよ！」

「気持ちは判らんでもないが、恐らく、後悔することになるぞ？」

「覚悟なんて、とうにできてるわよ………」

魔王の意味深な問いかけに、ミンクはごくりと唾を飲み込む。たとえ、どんなことがあっても、パートナーの危機を放ってはおけないと思ったのだろう。

ミンクは瓶に入った不思議な水を口にしながら、改めて決意を固める。

「相手がどれだけの強………って、何よこれ！　エリクサーなの!?」

「エリ……？　いや、ただの水だ」

「これがただの水なわけないでしょ！　もしかして、この液体には魂を縛るような悪しき契約でも施してあるんじゃないの!?　卑怯よ、魔王！」

「だから、ただの水だ」

騒ぐミンクをよそに、魔王は下の階層へと向かう。

事実、その効果はさておき、魔王が出したのは〝ただの水〟である。


――――地下？？階層　私室――――


どれだけ気を失っていたのか、オルガンは全身に走る疼痛で目を覚ます。

体を僅かに動かすと、ジャラリと鎖の音がした。いつの間にか椅子に座らされていたらしく、両手は後ろ手に縛られ、足にも見慣れた鎖が巻き付いている。

「やっと目を覚ましたか」

耳に入ってきた声に、生理的な嫌悪感が込み上げる。

視界に映る景色も、輪をかけて最悪であった。

「どうだ、この場所は？　お前のために新しく用意した部屋だ」

ベルフェゴールは両手を広げ、自慢気に語る。

部屋は非常に広く、天井も高い。

しかし、これまでとは違って岩肌が剥き出しであり、刳り貫かれた洞窟のようであった。

「壁を見よ。大陸中から集めさせた、自慢のコレクションである。再会の時を待ち侘び、常日頃から手入れを怠らず、磨き上げておった」

壁にびっしりと並んでいたのは、拷問器具の数々。

鋭利な刃物や鈍器だけではなく、木棚の上にも大小様々な針が並べられ、苦痛を与えるという一点のみに特化した器具が所狭しと並んでいた。

中には人を寝かせ、固定する寝台のようなものまである。

「おや、この台が気になったのか……？　これは生きたまま腹を裂き、腸を引きずり出すという凝った一品よ。この取っ手を回していくことにより、罪人は巻き取られていく己の腸を眺めながら絶命するという趣向でな」

ベルフェゴールは嬉しそうに語り、次に大きな牛の置物へと歩み寄り、その頭を撫でた。

まるで、芸術品を愛でるように。

「これは真鍮で作った雄牛よ。背を開けると、中に人が入れるようになっておる。この中に罪人を閉じ込め、下から猛火で炙るという仕様よ。熱によって、雄牛は黄金色に輝き、その様は荘厳としか言い様がない。口の部分は空いておるゆえ、罪人の断末魔を楽しむこともできるぞ」

よくできた子だ、とベルフェゴールは雄牛の背を撫でる。その優しい撫で方は、実の子であるオルガンよりも、余程愛情を持っているようにも見えた。

「他にもこのベルトを見よ。こちらの首輪などは、作るのに苦労をした」

ベルフェゴールが自慢のコレクションを披露するたび、オルガンの目から涙がこぼれ、全身がガタガタと震えだす。

自慢されたそれらを、自身で味わうことになるのだから、その恐怖は尋常ではない。

「や……めて……」

「ん～～？　聞こえんなぁ？　おっと、言うのを忘れておった。我はこの部屋の灯りにも工夫を凝らしておってな。わざわざ、蛮国より鯨油を取り寄せたのだぞ？」

いかにも苦労した、といった仕草でベルフェゴールは胸を叩く。鯨油とはまんま、鯨から取れる油であったが、入手するには危険が大きすぎるため、今では全く流通していないものだ。

灯りにはなるが、独特の臭気がするため、この部屋の雰囲気を一層暗くしている。

壁の一箇所には、オルガンの母と思わしき肖像画がこれ見よがしに掛けられていた。

鯨油のランプに照らされたそれは、陰影が揺らめき、オルガンの位置からは泣いているように見える。

「そうだな、ざっと30年ごとに部屋と器具は模様変えすることにしよう。10回の入れ替えで300年か……お前が飽きぬよう、この父が一肌も二肌も脱ごうではないか」

３００年という単語を聞いて、オルガンは気が遠くなる思いであった。

本当の意味で死んだ方がマシ、という状況であったが、この残虐な王が簡単に死などを与えてくれるはずがない。

「お願い……します………もう、逆らいません…………から…………」

「暫く見ぬ間に、おねだりが下手になったものだ」

苦りきった表情でベルフェゴールは拳を振り上げ、オルガンの顔面に叩き落とす。二発、三発、と入るたびにオルガンの顔が腫れ上がり、血で真っ赤となった。

「愛娘よ……父におねだりするには、もっと良い声で鳴かねばならんだろう？」

「もう……もうイヤだ…………どうして私ばかり、こんな目に…………ッ！」

「ハハッ。少しは調子は戻ってきたかな？　しかし、まだまだ気に入らん」

ベルフェゴールは乱暴な手付きで、オルガンの被っていたフードを跳ね除ける。

そこには、あってはならないものがあった。

「再会の時には水を差さぬよう黙っておったが、これは何だ？」

「…………っ」

オルガンの頭にある角を見て、ベルフェゴールは吐き捨てるように言う。

魔人に、角が生やせるはずがないのだから。

「ヒトの国で、何かを見つけたか……それとも、古代の迷宮か。いずれにしても、お前のような半端者が角を生やすなど我慢がならん」

「や……やめて……角には触らないで！　お願いします、それだけは…………！」

「こんなものを生やしたから反抗期が訪れたのか？　お前は死ぬまで、この父だけを頼っておればよいのだ。こんな不要なものはすぐ…………ぐぁ！」

角を捥ぎ取ろうとしたベルフェゴールであったが、慌てて手を引っ込める。

そこから、猛烈な〝熱さ〟を感じたからだ。

「なん、だ……これは⁉　何故、我が熱さを…………？」

いかなる物理攻撃も遮断し、魔法も無効化してしまう。そんな無敵の鎧が、〝熱さ〟を感じるなど、ありうることではない。

唯一、可能性があるとすれば――――

「まさ、か……第六魔法……？　この小さな角に？　ありえん……そんなことはありえんッ！　オルガン、貴様……どうやってこんなものを生やした！　言えッッ！」

ベルフェゴールの取り乱した姿に、オルガンの涙がはじめて止まる。

同時に、ぼやけていた視界が徐々に戻り、陰鬱な部屋に焦点が合わさっていく。そこに映る景色は相変わらず最悪であったが、小さな希望だけは残された。

「は、ははっ…………」

オルガンの口から、小さな笑い声が漏れる。過去の最悪な記憶ばかりがフラッシュバックし、悩乱した状態にあったが、大事なことを忘れていたと。

「何が、可笑しい？　お前に与えた許可を忘れたか？　泣くか、喚くか、悲鳴を上げるか、父の慈悲に縋るか、それのみであると」

「…………私は、守られている」

「なにぃ？」

「こんな場所に戻らされても、私は…………ぁッ！」

オルガンの首を片手で締め上げ、ベルフェゴールは不快そうに顔を歪める。

彼の記憶にあるオルガンはいつも泣いており、慈悲を乞う姿ばかりであったのだが、今では独立心のようなものまで芽生えつつあり、ベルフェゴールの神経を苛立たせた。

「気に入らんな。その角も、お前の態度も、何もかも、全てが気に入らん」

「私は、もう……お前の玩具じゃない。立派な悪魔だ」

ベルフェゴールは無言で木棚へと歩み寄り、ペンチのような物を取り出す。その形状からして、何かを剥いだり、挟んだり、捻るものであろう。

「………まずは、その舌を抜いておくか。耳が不快であるわ」

それを聞いても、オルガンの表情は変わらない。驚いたことに、オルガンは自身で口を開け、舌をだらりと垂らした。

その手が自由であれば、目の下も引っ張っていたことであろう。

古来から相手を侮蔑する伝統的なポーズの一つ、「あっかんべー」である。

「なるほど………何を支えにしているのかは判らんが、ここで徹底的に叩き潰しておく必要があるようだ。趣向を変えよう」

ベルフェゴールはペンチを投げ捨て、代わりに小さな小瓶を掴む。

「お前にはあらゆる毒を試したゆえ、免疫が付きすぎた。しかし、これは特製の毒薬でな。下等な獣人どもで様々に試してみたが、実に愉快な姿となったよ」

オルガンの肌は多くが毒され、体の一部には魚の鱗のようなものまで生えている。

それらは全て、幼い頃から実験に使われてきた結果であった。

「さて、次はどんなものが生えるかな？　体の一部が獣になるやも知れんな！」

「ぐ……ぁ……ぅ……」

口の中に毒薬が注がれ、オルガンの顔が歪む。

喉と胃に焼けるような痛みが走り、耐え難いほどの激痛が全身を覆っていく。

「そうだ！　次は半身を猿にするというのはどうだ？　あの猿どもと近い姿になれば、お仲間に加えてくれるやも知れんぞ？　ヴァハッハッハッ！」

オルガンが悶え苦しむ姿を見て、ベルフェゴールは手を叩いて嗤う。

ようやく、あるべき姿に戻ってきたと。

「そうと決まれば、生きた猿どもを大量に集めねばならんな…………」

ベルフェゴールは顎に手を当て、思案に耽るようにその場をぐるぐると回る。彼は何かに夢中になると、怠惰の衣を脱ぎ捨て、恐ろしく活動的になるのだ。

「そうだ、丁度よい。向こうで遊び呆けておる、あやつに猿どもを狩ってこさせるとするか！我は新たな製薬案を練ら…………ん⁉」

ズシン、と。

上層から腹の底に響いてくるような音がした。

天井を見上げると、振動で小さな岩がパラパラと降ってきている。念入りに作らせた階層が揺れるなど、ベルフェゴールにとってもはじめての経験であった。

「地震か……？　いや、上からの揺れなど………」

小石や土埃が降ってくるのを見て、知らずオルガンの口角が上がる。

目敏いベルフェゴールは、その変化を見逃さなかった。

「どうした？　毒の苦しみで幻覚でも見えはじめたか？」

「ははっ……まさか、ここでもするなんてな」

「娘よ……イカれるにはまだ早いぞ？」

こんなところで壊れては興醒めだ、とベルフェゴールは思ったが、オルガンの顔に浮かぶのは間逆とも言える、呆れたような表情であった。

「これが、〝べてらんぷれいやー〟とやらの……腕の見せ所……らしいぞ？」

「さっきから、何を言っている？」

ベルフェゴールは苦りきった声で返したものの、振動は徐々に大きくなり、何かを破壊する音がどんどんと近付いてくる。

鼓膜が悲鳴を上げ、視界が大きく揺れた時、ついに天井に巨大な風穴が開けられた。

「なっ、ん………！」

天井から幾つもの岩石が降り注ぎ、土埃が辺りを覆う中、黒い影が立ち上がる。

女を小脇に抱えた姿は、シルエットからして既にふてぶてしい。

「あ、貴方ねぇ……何を考えてるのよ！　死ぬかと思ったじゃない！　ううん、死んだ！」

「だから、最初に言っただろう……後悔すると」

「階層を床ごと突き破っていくなんて聞いてないわよ！　少しは常識を考えてっ！」

「厨二病全開のお前が、常識を語るのか………？」

その懐かしいとすら思える声に、オルガンの視界が歪む。

この圧倒的な安堵感たるや、どう言葉にすれば良いのか判らない。ベルフェゴールも現れた闖入者に戸惑いを隠せない様子であった。

「随分と乱暴な客人がいたものだ…………どうやってここまで来た？」

魔王は小脇に抱えていたミンクを下ろし、辺りをぐるりと見回す。そこには無数の拷問器具が並んでおり、酷く陰湿で、気が滅入るような空間であった。

「お前がオルガンの父親か？　その悪趣味な鎧といい、この場所といい、お前の下らない人生と内面が窺えるようだな」

次代の悪魔王と目される存在を前にして、堂々と魔王が言い放つ。この陰気な場所を見ているだけでも、生涯分かり合えることはない、と判断したのだろう。

ベルフェゴールは魔王の言葉を無視し、オルガンへと目をやる。

「お前が支えにしていたのは、まさかこれか…………？」

ベルフェゴールは心底ガッカリした様子で、肩を落とす。

これはただの人間ではないか、と。横に並んでいるミンクも人間であるため、余計にその印象が強くなったのであろう。

「猿どもを手懐けたのは良き趣向であったが、所詮はそれで終わりであったな…………やはり、お前は私の手元で育てねばならんようだ」

「誰が……お前、なんかに…………」

息も絶え絶えなオルガンの姿を見て、ミンクの顔色が変わる。あの発汗具合からして、明らかに何らかの毒を盛られた状態であると見抜いたのだろう。

「ちょっと、オルガンの様子がおかしいわ……何かの毒に侵されてるみたい！」

「おいおい、呪いの次は毒かよ…………」

それを聞いて、ベルフェゴールはオルガンを椅子ごと放り投げ、二人の方へと押しやる。

些か、退屈してきたのだろう。

「愛娘には今、新しく作った毒薬を飲ませたばかりでね…………最初に体の一部に変化が訪れるのだが、そのまま放置しておけば死に至る。さて、どうするかね？」

足掻く姿が見たいのか、お手並み拝見といった様子でベルフェゴールは両手を広げた。

支えが人間であったという失望を、何かで紛らわせようとしているのだろう。

「オルガン、しっかりして！　これを飲みなさい！」

「ミン……ク…………」

ミンクが解毒剤を取り出し、飲ませたものの、苦しげな表情は変わらない。

本来であれば、「光」や「聖」の解毒魔法があるのだが、魔人であるオルガンにはダメージとなってしまうため、使用することができない。

むしろ、オルガンはありとあらゆる毒物に免疫を持っているため、これまで解毒する必要など全くなかったことが裏目に出た。

狼狽するミンクの姿を見て、ベルフェゴールはうんざりした様子で口を開く。

「そんなヒトが作った程度の解毒剤で、我の作った毒が消えるとでも？　どうした、どうした、そのままでは娘の体まで薄汚い獣のようになってしまうぞ？」

その声を聞いて、魔王はオルガンを縛る鎖を千切りながら思わず問いかける。

いや、問わざるを得なかった。

「お前は…………自分の娘に毒を飲ませて、何がしたいんだ？　楽しいのか？」

このキンピカの鎧を着た化物が、どういう思考をしているのか、さっぱり理解ができないといった様子であった。

ベルフェゴールは無言で首を振り、その言葉を嘆く。

「所詮は猿以下のヒトであるわな…………虫ケラ程度の脳では到底、理解できまい。これはな、万物の頂点に立つ我の愛であり、娘への教育でもある」

「これが愛と教育、ね…………親は選べんとはよく言ったものだ」

魔王は大切に保管していた、1枚の小さなメダルを取り出す。

かつての会場で「大帝国メダル」と呼ばれていた貴重品だ。これは先日、茜が発見したばかりのもので、手元にはまだ1枚しかない。

「親だと？　次代の悪魔王たる我の娘として生まれる。これほどの栄誉がどこにある？」

「お前は、あんなハリボテを目指しているのか？　実に滑稽だな――――《メダル交換》」

魔王は鼻で笑いながら管理画面を開き、中和剤を選択する。まんま、毒物を中和するもので、かつての会場では良く使用されていたものだ。

武器に毒が塗られていたり、スキルによる毒攻撃や、飲食物への毒物混入など、状態異常としてはポピュラーなものといえるだろう。

「この中和剤はな……この世に存在する、ありとあらゆる毒を消去する」

魔王の頭上に眩い光が現れ、そこにメダルが吸い込まれていく。すると、光の中から青い小瓶が現れ、ゆっくりと舞い降りてきた。

小瓶はキラキラとした光の粒子に包まれており、傍目から見ていると、まるで天から下された神秘的なアイテムのようにも見える。

「なん、だ…………それは。ヒトよ、何をした？」

ベルフェゴールの言葉を無視し、魔王は小瓶をミンクへと投げ渡す。その扱いは雑なもので、受け取ったミンクの方が慌てていた。

「ちょ、ちょっと……！　何か凄そうなアイテムなのに、適当に投げないでよ！」

「それを飲ませてやれ」

魔王は煙草に火を点けつつ、一種の安堵感に包まれていた。

ＧＡＭＥの中盤期から、大帝国メダルに関しては茜が取り仕切っている、という設定になっており、メダル交換の際には茜が現れる仕様になっていたのだ。

交換のたびに服装や台詞が変化するため、「メダルの女神」や、「メダルの妖精」などと呼ばれ、ついには「不夜城のアイドル」となっていった経緯がある。

（はぁ…………初期のバージョンで良かった）

ここで妙な格好をした茜が現れた日には、雰囲気が台無しである。

野球やサッカー、果ては看護師やスチュワーデスまで、プレイヤーから寄せられた服装を採用していった結果、後半期のメダル交換は茜のコスプレ会場のような有様となっていたのだ。

どんなアイテムを出したところで、ありがたみも半減するであろう。

「オルガン、これを飲んで…………」

「ん……ぅ…………」

「これ、魂を縛る契約とかありそうで怖いけど、今は背に腹は代えられないものね…………」

（こいつ、俺が出すアイテムを何だと思ってやがるんだ⁉）

魔王は突っ込みたくなるのを堪え、目を閉じてゆっくりと煙を吸い込む。途端、頭がクリアになっていったが、ミンクの慌てたような声にギョっと振り返る。

中和に失敗したのかと思ったのだ。

「オルガン、これって…………！」

「……っ。信じ、られん効果だな…………」

中和剤を口にしたことにより、毒は見事に消え去った。

しかし、効果はそれに留まらず、毒に侵され変色していた土気色の肌まで元の肌色へと戻っていくではないか。オルガンは自身の身に起きた変化に信じられず、呆然と呟く。

「私は、夢でも見ているのか…………」

体の一部に生えていた、魚の鱗のようなものまでポロポロと剥がれ落ち、オルガンの体が徐々に元の姿を取り戻していく。

長年の実験で、全身を侵していた毒が中和され、消え去ったのだろう。

それも、当然の結果であったのかも知れない。

魔王曰く、「この世に存在する、ありとあらゆる毒を消去する」アイテムなのだから。

「ま、おう……貴方、何を出したのよ？　オルガンに何を飲ませたの…………!?」

「えっ？」

ミンクの声に、ぼーっとしていた魔王が慌てて背筋を伸ばす。降り積もった、過去の毒らしきものまで消去してしまったことに、自身でも驚いていたのであろう。

「さっきの呪いの水といい、貴方ちょっとおかしいわよ…………私の右目に封印された黒鳳凰もそう言ってる」

「何が黒鳳凰だ……おかしいのはお前だ！　さっきのも、ただの水だと言っただろうが」

「あんな水が、ただの水なわけないじゃない！　あれを飲んでから、私の右手の封印も弱まったのか、言うことを聞き辛くなってる…………」

弱々しく右手を押さえるミンクを見て、魔王は馬鹿馬鹿しさに天井を仰ぐ。

ミネラルウォーターの代表格と言えば、何といっても富士山やアルプスの天然水などが有名であったが、ここでは呪いの水なんて扱いをされるのかと。

「お前、富士山の名水を何だと思ってるんだ？　とりあえず、富士山に謝れ」

「フジサンって何よ…………まさか、邪神の名前!?」

魔王は深々と溜め息を吐き、再度《富上山の名水》を作成する。富士山の名誉を回復させたかったというのもあるが、オルガンの状態を見てのことだろう。

「これを飲んで、隅の方で休んでいろ」

「あぁ……判った…………」

オルガンは躊躇なく、柄杓から水を掬って口へ運ぶ。

ミンクはそれをアワアワと見ていたが、オルガンの体に眩いほどの変化が訪れた。毒で傷んでいた肌が、瞬く間に瑞々しさや張りを取り戻していく。

元々、魔人であるオルガンの体は頑丈であったが、一気に回復が進んだ結果であろう。

「ふむ、綺麗になったもんだ。まるで赤ちゃんの肌のようではないか」

「…………っ」

魔王はストレートにそんなことを口にしたが、女性への褒め言葉としては、あまり気の利いた類の台詞ではなかったであろう。

その一方で、言われた方のオルガンは何と返せばいいのか判らず、無言で俯いていた。

醜く変色した肌や、明らかに毒か呪いを受けたような肉体を見て、人は目を逸らすか、蔑む視線を送るばかりで、褒められることなど一度もなかったのだから無理もない。

俯いたオルガンを見て、何を勘違いしたのか、ミンクは元気付けるように話しかける。

「オルガン、気をしっかりと持って。私もこの水を飲んでしまったけど、魂まではまだ奪われていないわ。私たちなら、この試練もきっと乗り越えられる」

「ミンク、これはただの水だ…………異常な回復力があったが、中身はただの」

「それが悪魔の手口なのよ！　悪魔や詐欺師は、そうやって心の隙間に入り込むの！」

「いや、私も一応、悪魔なんだが…………」

騒ぐ二人を置いて、魔王は無言となったベルフェゴールへと歩み寄る。

無言で肩を落とす様は、意気消沈といったものを体現したような姿であった。

「随分と大人しくなったではないか？　ご自慢の〝毒〟とやらが消えて、一丁前にショックでも受けているのか？」

「お前であったのだな………」

「ん？」

「夜空に咲いた花も、娘の角も………不思議なものを作り出すヒトよ、お前は何者だ？」

「悪いが、お前に名乗る名などない。どうせ、すぐにお別れすることになる」

魔王の返答はにべもない。

だが、ベルフェゴールからすれば興味を持たざるを得ない相手であった。

「ヒトの国、その西方には錬金術師《アルケミスト》と呼ばれる職業の者がいるが、お前もその一人か？」

「錬金術師だぁ？　そんな胡散臭い連中など知らん」

胡散臭いと言えば、この男以上に胡散臭い存在など世界中を探してもいないであろう。

しかし、この男の中では自身の生み出した世界こそが絶対的な正義なのだ。常にそれを中心に置き、他のあらゆる要素や思惑も受け付けず、それが揺らぐことはない。

その部分に関しては酷く排他的であり、それがゆえに、どんな場面においても、どんな相手と相対しても、この男は良くも悪くもブレない。

「私は私だ。世界の全てを取り戻し、お前のような邪魔になりそうな者は排除していく」

「不思議な力があっても、所詮ヒトはヒトか……まずは躾が必要らしい。王たる者の責務として
まずはじっくりと、身の程というものを教育してやろう」

「王とはまた、デカい口を叩いたものだ………良かろう、少し遊んでやる」

魔王は薄く笑い、アサルトバリアを自ら切った。

これがあっては、遊びにすらならないと思ったのだろう。

一方のベルフェゴールも腰の剣を抜き払い、一気に踏み込んで距離を詰める。

魔王は振り落とされた剣をひらりと躱し、そのまま相手の横っ面に裏拳を叩き込んだ。

（うん…………？）

十分なタイミングで叩き込んだにもかかわらず、手応えがない。

ベルフェゴールの目元が歪み、その目が妖しく光る。

「良い拳だ。ヒトにしておくには、勿体ない動きであるな」

「ふむ…………」

魔王はソドムの火の柄を握り、ゆったりと構えた。

本来は投擲して使う武器であるが、ナイフとして使うこともできる。ベルフェゴールはそれを
見て、踊るように優雅に剣を振るった。

「ヒトとは面倒なものよな……まずは躾ねば言葉も通じん。いっぱしの魔物や、悪魔であれば、
戦う前から相手の力量が判ろうというものを」

「力量、ね……その言葉はブーメランになって、お前の頭に突き刺さるだろうよ」

繰り出される剣を防ぎながら、魔王は僅かな隙を突いてソドムの火で相手を斬り付ける。

しかし、黄金の鎧にはかすり傷すら付かず、何の手応えもない。

「どうやら、その鎧は見た目だけの虚仮威しではないらしいな」

魔王がそう呟いた時、遠くからミンクが叫ぶ。

戦いがはじまったのを見て、オルガンを連れて退避したらしい。

「気を付けて！　その鎧には攻撃も魔法も通じないみたいなのっ！」

振り返るとオルガンはまだ横臥しており、完全回復にはまだ時間がかかりそうであったが、既に命の危険は遠くに去ったようであった。

そんなミンクの叫び声を聞いて、ベルフェゴールは興醒めしたように天を仰ぐ。

「もう手品の種明かしをしてしまうとは……ヒトとは何と無粋な輩であることか」

ベルフェゴールは肩を落とし、拗ねたように剣をダラリと下げた。せっかくのお遊びが、躾の時間が、台無しになったと言わんばかりである。

「まぁ、こうなっては仕方がない…………我にはな、ありとあらゆる物理攻撃も、魔法も効かんのだ。ヒトよ、この意味が判るか？」

魔王は何も答えず、無言でソドムの火を投擲した。

凄まじい速度で放たれたにもかかわらず、その刀身は鎧に突き刺さりもしない。何か、得体の知れない障壁にでも守られているようであった。

「理解ができたか？　我は完全無欠。無敵にして、無謬の王である。ヒトよ、我に跪き、その力を捧げるがよい。なに、忠誠を誓うのであれば悪いようにはせん」

「完全無欠に、無敵の王ときたか…………しみじみ、つまらん男だな。お前は」

「…………返事は、否であると？」

「言っておくが、私の世界にも物理攻撃や連撃を無効化する防具などは、当然のように用意していた。スキル攻撃の威力を半減させるものや、無効化するものもな」

「ヒトよ……さっきから何をぺちゃくちゃと囀っておる？」

「お前に一つ、教えておいてやろう。Aというスキルを作ったのであれば、当然のようにそれを打ち消すBというスキルを用意せねばならない。所謂、《アンチスキル》と呼ばれるものだな。次はそのBを無効化するためのCというスキル、そのCを無効化するDというスキルも用意する必要がある。《アンチアンチスキル》とでも呼ぼうか。これらは巡り巡って――――対消滅し、ゼロの結果を生む。私の世界はこの一つの輪を以って一つの完結としている」

ベルフェゴールは苛立ちのあまり斬りかかろうとしたが、どうにも足が動かない。

ここまで威風堂々と語る姿を見ていると、何か予想だにしない隠し玉でもあるのかと二の足を踏んでしまうのだ。

「有限のSPや資金をどこに投入し、どう強化し、弱点を減らすのか。または一つの特技に特化していくのか。あらゆる選択肢と、無限の可能性が世界に深みと、戦略性を与えていく。小さな輪はやがて寄り集まり――――ついには∞の形となる」

「その不快な囀りを……今すぐやめろ」

魔王は何も答えず、咥えていた煙草を指で弾く。

飛ばされた吸殻がベルフェゴールの兜に直撃し、その体を震わせた。その行為は何のダメージも生まなかったが、屈辱を与えることには成功したらしい。

「絶対正義のヒーローにはそれなりの魅力があるが、完全無敵の悪役になど何の魅力がある？　はっきり言ってやろう。お前はな――――退屈なんだよ」

魔王は嗤いながら煙草を咥え、堂々たる姿で火を点ける。

隠し玉を警戒していたベルフェゴールも、とうとう我慢の限界がきたのだろう。

背の翼を大きく広げ、その周囲に20個もの《闇球》を浮かべた。第二魔法と呼ばれるものであるが、同時にこれだけの数を出現させるのは異常な魔力といっていい。

だが、それを見ても魔王の表情は全く変わらなかった。

「念のために言っておくが、私とて無敵ではない。ステータスを大きく下げ、体力を激減させ、この身に極大ダメージを叩き込むような武器や、スキルなどを当然のように用意していた。絶対無敵の勝てないラスボスになど、何の魅力もないからな」

「その口を、閉じろと言っている――――ッ！《多重魔法《マルチプル》：闇球《ダークボール》》」

闇球が次々に魔王へと放たれ、その周囲で一斉に爆発した。そのたびに、魔王の体にダメージが突き刺さり、衣服が切り裂かれていく。

「虫ケラが………所詮は口だけか？」

ベルフェゴールは更に闇球を無数に生み出し、相手に反撃の隙も与えず嬲り殺そうとした。

実際、この規模で魔法を連発されては誰も動けなくなるであろう。現に魔王もじっと動かず、消し飛んだ煙草をもう一度咥えるのみであった。

「我をここまで侮辱したのだ。よもや楽に死ねる………と…………」

その時、ベルフェゴールは違和感に気付く。

虫ケラと呼んだ相手の衣服が、とんでもない速度で修復されていることに。

額から流れていた血が、頬の裂傷が、いつのまにか消えていることに。

「虫ケラが。さっさと………消えろッッ！」

ベルフェゴールは一声叫び、嵐のように闇球を立て続けに放った。

その度に魔王はダメージを受けているようであったが、またもや、時間と共に傷は治癒され、衣服まで元通りになっていく。

「貴様……いったい、何をしている⁉　これは何だ！」

「さて、ログはどうなっているやら…………」

魔王はこの世界にきて、面倒だと早々に切っていた〝戦闘ログ〟に繋いでみる。

すると、凄まじい速度で脳内が埋め尽くされた。


闇球により13ダメージ！　生存スキル「瞑想」発動！　体力が18回復した！　全防具の耐久を回復！　闇球より18ダメージ！　生存スキル「瞑想」発動！　体力が12回復した！　全防具の耐久を回復！　闇球により16ダメージ！　生存スキル「瞑想」発動！　体力が27回復した！　全防

具の耐久を回復！


それを見た途端、魔王は体を揺らして嗤いはじめた。

どれだけ攻撃を食らっても、それと同等か、それ以上に回復しているのだ。ちなみに、魔王や側近たちが装備している防具は耐久力が無限であるため、絶対に破損しない。

「お前は王やら、悪魔王やらと、ラスボスめいたことを自称していたが、さっきも言った通り、倒せないラスボスなどに価値はない。無論、簡単に倒れるのもＮＧだ」

魔王はまたもや煙草を咥え、できの悪い生徒に課外授業でもしているように語る。

その姿はベルフェゴールから見て、あまりにも不気味であった。

「あらゆる可能性と選択肢を与えられた、全能の神々たるプレイヤーが、世界中の猛者たちが、その総力を挙げてようやく打倒できる、と言った存在こそがラスボスに相応しい。私から言わせれば、お前のようにチンケな能力で無敵などと吠えている輩はラスボスでも王でも何でもない。ＲＰＧなら精々、中盤辺りに出てきそうな三流の小物に過ぎんよ」

もはや、言いたい放題であった。

舌に油でも塗っているのかと思いたくなるほどに饒舌で、毒舌でもある。

「我をここまで不快にさせる虫ケラが存在しようとは…………もはや、肉片も残さん」

ベルフェゴールは一気に距離を詰め、裂帛の気合と共に上段から剣を振り下ろす。神速の域に達した大剣が魔王の頭を真っ二つにせんと迫ったが、その刃が届くことはなかった。

魔王の前面に蜂の巣のようなバリアが広がり、その刃を拒絶したのだ。

「な、に…………？」

「ラスボスを倒すということは、その世界を覆し、終わらせるということだ。それを成しうるのは比類なき勇者と古来より相場が決まっている。お前など、私の前に立つ資格はないッ！」

魔王はベルフェゴールの頭を無造作に掴み、凄まじい膂力で壁へと投げ付けた。

壁に並べられた奇妙な牛や寝台が木っ端微塵となり、ベルフェゴールは屈辱に震えながら立ち上がる。ダメージこそ受けていないが、ヒトに投げられるなど恥辱以外の何物でもない。

「虫、ケラがぁぁぁぁぁあぁぁ…………！」

「別れの挨拶に、お前に本当の〝ラスボス〟というものを見せてやる」

――――管理者権限「デバックモード」「体力半減」「フィールド：電子ホール」――――

魔王の口から奇妙な言葉が紡がれた瞬間、辺り一面に黒い霧が現れ、視界が覆われていく。黒い霧はやがて魔王の周囲へと集まり、巨大な渦となって不気味な唸りを上げた。

「なん、だ……これは…………いったい、何が起きている⁉」

異常事態だ、とベルフェゴールは思った。

いや、正しくは、異常な生物がそこから出てくると。

やがて、世界の理が捻じ曲げられたかの如く――――周囲の景色が一変した。

「オルガン……こ、ここここれって…………！」

「……ん。これが、口癖のように言っていた、かつての世界か…………」

そこは、電子のプログラムで編まれた超巨大ホール――――信じがたいほどの広さに、何十万もの民衆が観客として押しかけ、其々に声を上げている。

大帝国の民たる、神民たちの姿であった。

最先端の技術の粋を集めて作られたそれらは、本物の人間としか思えない造形をしており、その衣装まで眩いくらいに光り輝いている。

其々の手には「九」と記された団扇や、ペンライトがあり、体のあちこちに「九」や「伯斗」といった文字をタトゥーで入れている者もいる。中には、「ＮＩＮＥ」と描かれた横断幕を広げている者も多く、その歓声は鼓膜を突き破りそうな勢いであった。

これは〝大野晶〟が設計したフィールドの一つであり、攻め込んできたプレイヤーたちの度肝を抜くと共に、圧倒的なアウェー感を演出したものである。

事実、いきなりこんなフィールドに放り込まれ、呆然としている間に〝大帝国の魔王〟に瞬殺された者は数え切れない。

「なんだ、これは……我は城にいた、はず…………………」

ベルフェゴールは呆然と呟き、煌びやかな電子の世界に眩暈でも起こしたのか、その体をフラつかせた。黒き渦から、その姿を嗤うような声が届く。

「ベル、なんとか君だったか――――？　〝私の世界〟へようこそ」

その声まで、一変していた。

三千世界の全てを血の池に変えるに相応しい、〝九内伯斗〟の声色である。

黒き渦が唸りをあげ、魔王の姿が徐々に露となっていく。

観客のボルテージは頂点に達し、それらが上げる声は一つのうねりとなり、やがて鯨波のようにホール全体を包んでいった。観客たちは「く・な・い」と声を合わせ、手を叩き、リズムを取るように大地を踏み鳴らす。

その様は、まるで熱狂的なサポーターで埋め尽くされたスタジアムのようである。

ベルフェゴールの目はあちこちへと泳ぎ、耳はつんざくような歓声に包まれ、その喉までカラカラになっていく。

戦う前から、既にベルフェゴールの五感は支配されつつあった。

「お前は私のことを何度も〝虫ケラ〟と呼んでいたが、今も同じ心境かね――――？」

黒き渦が薄れ、その姿を一変させた魔王が現れた。

特徴的な長い黒髪や眉は白一色に染め上げられ、その瞳は紅のルビーを思わせるような赤色へと変貌している。

その肌まで陶磁器のような白さとなり、外見も30歳程度に若返ったものとなった。衣装も、ロングコートとスーツではなく、随分とエッジの利いたものへと変わっている。

その首の周りは幾つもの羽で覆われ、スーツは西洋風の衣装となり、ロングコートは黒い長大なマントのように変化した。

その姿を一言で表すなら、〝吸血鬼の王《ヴァンパイアロード》〟であろう。

体力が半減し、真の姿を現した大帝国の魔王――――最終決戦時のスタイルである。

「き、さまは…………何だ、お前は……いったい、何なのだッ⁉」

耐え切れなくなったのか、ついにベルフェゴールは悩乱したように叫ぶ。

しかし、魔王の返答は良くも悪くも相変わらずであった。

「ラスボスがその形態を変え、進化するなど当たり前のことではないか。私はな、クリエイターとしてその手の〝お約束〟は外さないようにしている」

魔王の言った通り、これは大野晶がかつての会場に仕込んだギミックの一つでもあり、ラスボスの体力が半減したことを知らせる重大なイベントであった。

とは言え、魔王がこの姿になったことは過去、2回しかなかったが。

一度目は、「宮王子　蓮」を除く全ての側近が敗退し、ギリギリの辛勝となった一戦であり、二度目は不夜城が陥落した2016年の運命の一戦である。

（それにしても、この姿はまるであの娘《NPC》のようだな…………）

久しぶりに見た決戦時の姿に、つい魔王も懐かしさに笑う。同時に、NPCと呼ばれる存在を作った、遠い昔を思い出す。

だが、懐かしさに浸っている暇もなく、その時は訪れた――

―――　決戦スキル「暴君」自動発動！　―――

（攻撃・防御・敏捷に＋66　最大体力＋666　あらゆる防御効果を無効化　全攻撃が対象に全直撃　時間限定）

最終決戦時に自動発動する「暴君」のスキルが発動し、魔王の足元から周囲に禍々しい亡者の形をした黒い霧が立ち込めていく。その姿を見ているだけで、ベルフェゴールは寿命が削られるような思いを抱いた。

そして、暴君そのものである魔王の指輪《サタンリング》の眼が妖しく光り、黒い霧はやがて亡者から髑髏へとその姿を変貌させていく。まるで、〝大帝国の魔王〟と一体化していくような姿であった。

いつしか魔王の意識は混濁し、内なる深い世界へと墜ちていく。

そこは、全てが黒と白で分けられた世界――白の側には一人の社会人、黒の側には九内が立っていた。境界線はやがて妖しく溶け合い、魔王と九内の意識が一つに重なっていく。

（そうだ、俺はお前だ……そして、お前は俺でもある）

混濁する意識の中で、現在《いま》と電子《むかし》が重なり、絡み合い、融けていく。

それは例えようもない、解放感であった。

次に魔王が目を開いた時、その瞳から凶暴なまでの赤い残照が溢れ出す。

そこにいたのは、もはや大帝国の魔王でも何でもなく。

本当の意味でのラスボス――「大野晶」が立っていた。

「アッハッハッハッハッ――――！　この感覚、何とも心地がいいな！」

その周囲を圧するような哄笑を聞いただけで、ベルフェゴールは格の違いでも悟ったのか、絞るようにして声を出す。

「ま、まて……ヒトよ！　いや、我とすこし、話をしよう……！　話を！」

信じがたいほどの凶暴な気配に、ベルフェゴールは慌てて叫んだが、その体勢が音も立てず、ぐらりと崩れた。

本人も気付かぬうちに、その右足が根元から千切れ飛んでいたのである。

カラン、とソドムの火が音を立て、地面に転がるのと同時に、ベルフェゴールの体も大木を転がしたように倒れ込む。

「い…………いがぁぁぁぁぁぁぁぁッ！　あ、し、足ぃがぁぁぁぁぁ！」

吹き飛んだ足と、込み上げる激痛にベルフェゴールが七転八倒する。

しかし、彼の地獄はまだ終わらない。足の切断面から黒い炎が吹き上げ、その全身を舐め尽くすように襲い掛かってきたのだ。

「ぁぁぁぁあぁぁぁぁぁぃぃぃぃいごぁぁぁッッッッ！」

「ぶぁっハッハッハッ！　まったく、燃えるゴミとは良く言ったものだな！」

そんな魔王の煽りに、電子の観客たちは一層にボルテージを上げ、大歓声を上げた。

巨大なホールが、処刑場へと移り変わった瞬間である。

「虫ケラに良いようにされる気分はどうだ？　悔しければ立ち上がって剣を取り、私を殺してみたまえ。そうすれば、この世界も消滅するだろうよ」

「ご、のぁ…………虫……ケラ……がぁぁぁぁぁぁあぁぁぁぁ！」

ベルフェゴールは背の翼を広げ、高々と跳躍した。片足を失った以上、もはや地上での戦いは望めない。ベルフェゴールは両手を掲げ、そこにありったけの気力を込めていく。

「我が……この我が……次代の悪魔王たる我が、ヒト如きに敗れるはずがないぃぃぃぃッ！」

「ヒト如き、ね…………ならば、私からも言わせてもらおう。お前のようにキンピカの鎧を着て、人を奴隷としてこき使い、挙句に自分の娘にはストーカー行為を繰り返しては、DVを振るう。お前のようなド屑に……〝私の世界〟を覆せるはずがない――――ッ！」

魔王は魂を震わせるような大渇を発し、全力でソドムの火を投擲する。そこに込められた力があまりに巨大であるためか、黒い流星が残照を引き、天を撃ち抜くような姿となった。

暴君の力が上乗せされたそれは、ベルソェゴールの鎧に突き刺さった瞬間、目を覆うような大爆発となって大地と鼓膜を震わせた。

ベルフェゴールの全身が木っ端微塵に砕け散り、黒い炭となって辺りに降り注ぐ。魔王は懐から取り出した葉巻にシガーカッターで吸い口を作り、悠々と火を点けた。

極上の香りを愉しみながら、魔王は太々とした煙と言葉を吐き出す。

「相変わらず、汚ぇ花火だ――――」

その声に、電子の観客たちが一斉に声を上げ、魔王の勝利を祝う。

いつの間にか空からは紙吹雪が降り注ぎ、ファンファーレが高々と鳴り響く。まさに、魔王を熱狂的に支持する「ＮＩＮＥ」のためにあるような空間であった。

「こん、な…………ばかなこ……とが…………」

「ほぅ、まだ一部が残っていたか」

ベルフェゴールの首、正確には兜だけが哀れにも地面に転がっていた。無敵を誇った王の末路としては、あまりも無残な姿である。

「慈悲、を…………」

「……慈悲、だと？」

「どうか、一度だけ、慈悲を……我とお前が、手を組め……ば……」

「お前に慈悲とやらがあったなら、オルガンの体はあんなことにはなっていなかっただろうよ。自分が持たぬものを、他人に強要するのは感心せんな」

そう言いながら、魔王は白煙を燻らせる。

その紅い瞳には、まさに〝虫ケラ〟を見るような色が湛えられていた。

「まて……いちどでいい！　我にチャンスを、慈悲をあたえてくれ……！」

「ついでに言っておくが、大帝国の魔王に慈悲など存在しない」

魔王は無造作に足を持ち上げ、ベルフェゴールを見下ろす。

その表情は北海の氷山のように峻厳で、余人を寄せ付けぬものがあった。

「俺も、お前のようなド屑に与える、〝慈悲〟なんぞない――ッ！」

その言葉と共に、容赦なく足が振り下ろされる。

蛙が鳴くような声と共にベルフェゴールの首は一瞬で踏み潰され、その肉片すら残らぬ形で消滅してしまった。

戦いが終わったことを察したのか、電光掲示板が眩い光を放つ。

そこに映し出されたのは、勝者の名。

――WINNER　九内伯斗――

鳴り止まない拍手と歓声がホールを包み込み、一斉に七色の大花火が打ち上げられた。その煌くような世界に、二人の戦いを見守っていたオルガンとミンクも吐息を漏らす。

「古の時代が、これほど華やかなものであったとはな…………」

オルガンは惚れ惚れとした表情で語り――

「闇というより、何か光の世界って感じがするんだけど……？」

ミンクは納得がいかない、といった表情で愚痴る。

華やかに彩られた電子の世界は、徐々に数字や記号となって崩れ落ちていく。世界の全てが砂のように散っていく様も、一種の美しさを感じるものであった。

辺りの景色は殺風景な洞窟めいたものに変わり、一連の戦いが完全に終わったことを、全員が実感する。

オルガンは満足気に白煙を燻らせる魔王へと歩み寄り、マントを摘んだ。

「すまない。結局、お前任せになってしまった」

「…………気にするな」

言いながら、魔王はそっと目を逸らす。

幾らムカついたとはいえ、目の前で父親を踏み殺したのはどうなんだ？　と今更ながら思ってきたのだろう。

「これで、私の悪夢も終わった。お前には、感謝してもしきれない」

魔王はどう返答すべきかと悩んでいたが、頭の中に待ち望んでいたものが届く。

何らかの権限が、解放されたお知らせであった。

「うぉはっ！　きたきた………………！」

「ど、どうした、いきなり⁉」

「…………い、いや、んん！　さて、私は少し一人で考えご——」

——あー！　やっぱり、伯斗の姿が変わってるのサ！

騒がしい声に全員が振り返ると、そこには魔王を指差す茜がいた。

「もー、僕がいない時にばっかり楽しそうなことしてサー！」

「別に、楽しいことをしていたわけじゃない」

「うわぉ！　声まで変わるんだ⁉　そっちも渋くていいね！　見た目もダンディな親父から、チョイ悪の吸血鬼みたいになってるのサ！　ねぇねぇ、血が飲みたくなったりするの⁉」

「何でそんなマズそうなもんを飲まなきゃならんのだ………」

「あー、判ったのサ！　処女の血じゃないとダメとかそういうやつでしょ！」

「お前、どうしても血を飲ませたいのか………」

「キャー！　伯斗に僕の血を吸われるー！　想像するとちょっぴりエロいのサ！」

騒ぐ二人を見て、オルガンは無言でマントを引っ張る。

その表情から察するに、かなり不機嫌そうであった。

「ここでの用は済んだ。宝物庫に行くぞ」

「お、おい………ちょっと待て、私は少し一人になりたいのだ」

強引に引っ張るオルガンに、魔王は苦言を漏らす。

どんな権限が解放されたのか、じっくりと確かめたかったのだろう。周りに人がいれば、少し喜び辛いというのもある。

「あー、それ！　僕も行ったんだけど、変な子がいてサー。お宝を全部持って行っちゃったんだよね……めんご、伯斗っ！　ゲットできたのはこれしかないのサ」

茜が両手を合わせ、頭を下げる。

そして、幾つか回収したお宝を披露した。

そこには何かの種のようなものや、宝石のようなもの、何かの彫物や、本らしきものまである。

オルガンはそれを見て、僅かながら安堵の表情を浮かべた。

「この種は《アマンダの種》と言ってな。一時的にではあるが、魔法に対する抵抗を高めるものだ。こっちの宝石は《アマンダの石》。状態異常を防ぐ効果がある。と言っても、第二魔法までが精々だが。こっちの彫物は、何かの美術品だろうな」

「それだけあれば、当面は十分だ」

魔王は満足気に頷き、残った本へと視線を落とす。

そこにはどこかで見た犬が表紙を飾っており、破壊犬ポチの大冒険6巻と記されてある。

「また、あの本か………何でこんなものが宝物庫に置かれてあるんだ」

「これは、幻とされている6巻だな。まさか、この城の宝物庫にあったとは」

「まぁ、いい。アクへの土産にするか………」

魔王は茜が持ってきた物をアイテムファイルへと放り込み、葉巻を専用の灰皿へと仕舞う。

その時、視界に蠢くものが入った。

「何だ、あれは…………」

「うわー！　キンピカの鎧なのサ！」

茜もそれを見て、暢気な声を上げる。

ベルフェゴールの着ていた鎧が少しずつ修復され、元の形へ戻ろうとしていた。魔王はそれを見て、不思議な思いに囚われる。

（あの鎧も、耐久力が無限なのか…………？）

自身や側近たちの防具以外に、そんなものがあるのかと不思議でもあった。

「ねぇねぇ、これ僕がもらってもいい⁉」

茜の能天気な声に、魔王は苦笑いを浮かべる。

お宝好きの茜としては欲しくなるであろうが、オルガンのことを思うと、あれは一応、遺品ということになるだろうと。

「オルガン、あれはお前のものだ」

「悪いが、気持ちだけ受け取っておく。あんな鎧があったら落ち着かん」

「まぁ、それもそうか…………」

魔王が頷くと、茜は片手を振り上げて喜びを露にした。

宝物庫で空振りした分、お宝らしいお宝が手に入ってテンションが上がったのだろう。魔王は念のために鎧へ手を翳し、《アイテム鑑定》を行った。

　この鑑定では精々、名前程度しか判らないが、しないよりマシだと思ったのだろう。

「アイテム鑑定――――んん？　《卒業試験》、だと…………何だ、この名前は？」

「ぷはっ！　この子、卒業試験って言うの？　ちょっと可愛いのサ！」

「可愛い…………かぁ？　私にはよく判らんな」

「それより、伯斗。この城の地下に一杯、白い粉があったのサ」

　白い粉と聞いて、魔王は眉を顰める。

　こんなファンタジーめいた世界にまで、そんなものがあるのかと。茜は魔王がどんな対応をするのかと、少し不安そうであった。

「…………どうしよっか？」

「そんなもの、この城ごと破壊してしまえばいい。いちいち処分するのも面倒だしな」

「…………ん。何かここも趣味の悪いものばっかり並べてるし、ドッカーンだ！」

「後は私がやっておく。全員を連れて外に出ていろ」

　魔王はさらりとトンでもないことを口にしたが、茜も嬉しそうに頷く。同時に、その目は何かを確信したようでもあった。

「マントちゃん、いっくよー！」

「お、おい…………」

「厨二ちゃんも、寝てる場合じゃないのサ！」

「ふぇ……疲れたし、ちょっと寝させてよ……今日のことは全部、夢。きっと夢なのよ……」

「目を覚ませ～♪」

茜は鼻歌を口ずさみながら二人を猛スピードで抱え、一瞬でその姿を掻き消す。全員が消えたことを確認し、魔王も城の一階部分へ《全移動》で飛ぶ。

1階部分は見た目にも華やかではあったが、そこにはもう、生物の気配はない。

主が消えた城、というものを体現しているような空気だけが漂っていた。

「さて、目障りな敵の拠点など、破壊しておくに限る――――」

魔王の足元から這うように黒い影が伸び、やがて城の外壁部分にまで到達した。

影は徐々に形を成し、死神が振るう鎌のように変貌していく。

―――― 特殊能力「ＳＨＡＤＯＷ　ＥＤＧＥ」発動！ ――――

その号令と共に死神の鎌が目にも留まらぬ速度で一回転し、城を真一文字に斬り裂く。

これは魔王の専用能力であり、コンボの最後に放たれる全体攻撃であった。

ダメージは50と決して高くはないが、攻撃範囲が異常に広く、ノックバックの効果まで付与されている。ラスボスとは多くの場合、大多数に囲まれることが多いため、この全体攻撃で周囲の敵を薙ぎ払うように〝大野晶〟が設計したものだ。

今は〝暴君〟の力が上乗せされているのか、その攻撃範囲は城一つを軽々と覆い、異常なまでの破壊力で全ての障害物を一閃してしまった。

真っ二つに斬り裂かれた城が、地響きを立てながら崩れはじめる。魔王は《全移動》で外へと飛び、その崩壊を全員で見守った。

「あんな大きな城が、崩れていく…………」

ミンクが呆然と呟き、オルガンは城を睨み付けたまま無言でいた。可能であれば、己の手で壊したかったのかも知れない。

魔王も思うところがあるのか、遠くを見るような目であった。

「…………壊れていくね」

横にきた茜が、後ろ手を組みながら言う。

魔王の表情を密かに窺っているような、そんな目付きをしていた。

「主を失った城になど、何の価値もない。せいぜい華麗に滅びればいいんだ」

「…………ん」

ついに悲鳴のような倒壊音が響き、城壁が一斉に崩れはじめる。

その重みに耐えかねるように下の階層が崩れ、更に重みを増した瓦礫の山が、下の階層を飲み込み、その連鎖は止まらなくなった。天井も、壁も、豪華な階段も、照明も、飾られた花々や、絵画も、楽器も、魔物の残党も、全てが瓦礫の中へと埋没していく。

まさに「土崩」といった状態であり、山一つが消えるような光景であった。

「…………伯斗、僕はこのまま旅に出るね」

「何を言っている？　今からラビの村に戻っ」

「そっちには田原のおっちゃんとか、悠姉ぇがいるしサ。僕は、僕にしかできない仕事をしたいのサ。ダメかな？」

その言葉に、魔王も暫し考え込む。

実際、村に戻るよりも茜は発掘や諜報、遊撃などに適している。また、1つの村でじっとしているような性格でもない。

「まあ、お前にはその方が向いているか…………あと、これを返しておく」

魔王はアイテムファイルからジャンプシューズを取り出し、茜に手渡しながら、他にも細々とした注意を伝える。食べ物には注意しろ、魔法には注意しろ、いざとなったらあの鎧を使えなど学校の教師が遠足に浮かれる生徒に対し、釘を刺しているような雰囲気であった。

「それと、好きに動くのは構わんが、《通信》だけは取れるようにしておけ」

「ぇー、僕は電話かけるのは好きだけど、かかってくるのは好きじゃないのサ」

「子供か！　いや、子供だったわ…………」

「それじゃ、僕は外で手柄を挙げつつ、お宝を探してくるのサ！　マントちゃん、厨二ちゃん、また会おうねー！　バイビー♪　ひゃっほー！　冒険だー！」

茜はビッと敬礼し、オルガンとミンクに手を振って姿を消した。

現れる時もそうだが、去る時まで実に騒がしい。

「はぁー……あの子も行っちゃったわね。オルガン、これからどうするの？」

ミンクからの問いかけに、オルガンは何も答えずに魔王へと視線を向ける。父親を打倒した後のことなど、本当にノープランだったのだろう。

「どうすればいい？」

「何故、私に聞く…………」

魔王は迷惑そうに顔を顰める。

ある意味、この男自体が五里霧中の中を進んでいるのだから、他人に何らかの道を示すなど、おこがましい話でもあった。

「何か、私にして欲しいことはないか？　できることなら、何でもするつもりだ」

「そもそも、この後の予定はどうするつもりだったんだ？」

「ゼノビアから、調査の依頼はきていたが、まだ返事はしていない」

その単語を聞いて、魔王は首を捻る。

田原の口から、よく出ていた国の名前であった。そして、ヘンテコな忍者のような格好をした女の姿を思い出す。

「あぁ、あの忍者の国だったか…………良いんじゃないか、そこで」

魔王は三重県にある、「伊賀の里　モクモク手づくりファーム」にでも送り出すような勢いで気軽に告げる。そんなことなど露知らないオルガンは、素直に頷いた。

「判った。ゼノビアに行こう」

「うむ…………」

オルガンから向けられる真っ直ぐな視線に、魔王は内心、たじろぐ思いであった。その表情は柔らかく変化し、瞳には好意が満ち溢れている。

（俺、この子の父親を殺しちゃったんだけどな…………）

それを思えば、魔王としては複雑であった。いかに頼まれたこととはいえ、この詐欺師としか思えない男であっても、多少は良心が疼くのであろう。

「魔王、お前は子供が欲しいと思ったことはないか？」

「えっ？」

そんなオルガンの問いかけに、魔王は間の抜けた声を返す。

いきなり子供の話をされるなど、予想もしていなかったのだろう。だが、オルガンの瞳に映る好意に気付き、魔王は見た目だけは重々しく口を開く。

「…………私は独身だと言っただろう。そんなことを考えたこともない」

魔王はマントを翻し、懐から葉巻を取り出す。シガーカッターで、キャッツ・アイと呼ばれる吸い口を作り、ゆっくりと火を点けた。

これで有耶無耶にしたかったのだろうが、オルガンは魔王の背に向けて追撃を放つ。

「私は子供が欲しいと思った。両親から愛される子を」

「…………ほ、ほぅ、少子化の社会にあって、良い心掛けではないか」

魔王は訳の判らないことを口にしつつ、葉巻の煙を吸い込む。もはや、葉巻でも吸っているしかない状況であった。

魔王の額から汗が流れる中、意外なところから助け舟が入る。

「ちょっと、オルガン！　さっきから聞いてれば、何を言ってるのよ！」

「ミンク？　別に、そのままの意味だが」

「貴女ねぇ、さっきの呪いの水とか角とかで、洗脳されちゃってるのよっ！　この男は悪の権化である堕天使ルシファーなんだから！　地に破滅をもたらす悪の星よ！」

魔王は内心でホッとしつつも、サラっと悪の星などと呼ばれていることに眩暈がする思いであった。

（悪の星って、俺がいったい何をしたってんだ……！　あれ、いや、結構してるか？）

目の前の風景が一変していることを考えると、大いにしているであろう。

大悪魔と、その居城を丸ごと消し飛ばしているのだから、悪の星と呼ばれるに相応しい所業であった。魔王が懊悩している間も、二人の会話は続く。

「私が魔王の子供を生めば、その子はきっと……大陸を代表する魔法の使い手になる。私も母として、厳しくも優し……むぐぐっ！」

「それ以上、言っちゃダメ！　言葉だけで妊娠させられかねないわっ！　この男の声って妙に耳に残るし……そうよ、きっと耳を孕ませて、洗脳しようとしているのよ！」

（耳が孕んで妊娠だぁ…………？　何を言ってるんだ、こいつは!?）

意味不明な風評被害に耐えかねたのか、魔王はとっておきのアイテムを作成した。父親を失ったオルガンに、子供は無理としても、何か贈りたくなったのだろう。

「オルガン、お前にこれを渡しておく」

「これ、は…………？」

魔王が取り出したのは、ＳＰを50も消費して作り出した黒い衣装。

それは意識してのものか、無意識であったのか――いずれにしても、その衣装は重大な意味を持つものであった。

「かつての不夜城攻防戦の際、全てを投げ捨て、こちらに寝返った者に与えた衣装だ」

「寝返った………？」

「男性には名誉帝国騎士《インペリアルナイツ》、女性には名誉戦乙女《ヴァルキュリア》の衣装を。防御力も35と高い」

魔王は特に説明らしい説明もせず、オルガンにとって運命的な衣装を手渡す。断片的な言葉ではあったが、様々な方面に想像が浮かぶものであった。

それを見ていたミンクは、わなわなと体を震わせる。考えていた危惧が的中した、と言わんばかりの流れであったのだから仕方がない。

「オルガン、行くわよ！　この男の傍にいてはダメ……近付けば近付くほど、身も心も洗脳されてしまうわっ！　私は騙されないわよ、魔王っ！」

「落ち着け、ミンク……私はな………！」

「いいから、行くわよっ！」

オルガンを抱きかかえ、ミンクは狼から娘を守るように走り去っていく。

残された魔王としては、もう苦笑いするしかない。

（何とも騒がしい奴らだったが………まぁ、目当ての物も入ったし、良しとしよう）

跡形もなく消え去った城跡を見ながら、魔王は白煙を吸い込む。そこに、かつての不夜城を幻視するように。

かの威容を誇った近代的な大要塞も、15年の歴史を経て陥落した。

「いつの時代も、どんな世界であっても、城が陥落する時は、何かが変わる時なんだろうな」

それは、かつての世界を思っての言葉であったろう。

魔王は知る由もなかったが、確かにこの日、〝世界〟は変わった――

本来であれば、ベルフェゴールは魔族領を統一し、全人類へと宣戦布告を行い、その戦火は大陸中に悲惨な結果をもたらすはずであった。

だが、歴史にＩＦが存在しないように、この世界にも「もし」は存在しない。歴史の主役になり得たであろうベルフェゴールは、既に跡形もなく消え去ってしまったのだから。

今後の世界は、魔王とその側近たちを中心にして、より激しく、ドラスティックに動いていくであろう。魔王の意思が、己の世界と権限の全て取り戻すことにある限り――

魔王は管理画面を開き、そこに映る文字を見て破顔した。

「ハハッ………アーッハッハッハッ！　これはもう、笑いが止まらんな！」

誰もいなくなった途端、魔王は子供のように膝を叩き、大笑いする。

ともすれば、踊りだしそうな勢いであった。


―――　ＣＯＮＧＲＡＴＵＬＡＴＩＯＮＳ！　―――

版図内の活動数が一定数をクリア――《エリア設置》が解放されました。

エリア設置「プール」――500PT
エリア設置「砂浜海岸」――300PT
エリア設置「灯台」――500PT
エリア設置「船着場」――500PT
エリア設置「大規模プール」――5000PT　要資金
エリア設置「森林地帯」――500PT　要資金
エリア設置「採石場」――2000PT　複数条件達成
エリア設置「採掘所」――2000PT　複数条件達成
エリア設置「団地」――3000PT　要人口

魔王はひとしきり、そこに並んだ懐かしい文字を眺めていた。

見ているだけでも満足そうであり、極楽トンボと言った様子である。

だが、次にその口から出た言葉はどぎついものであった。

「この世界に、神とやらがいるのかどうかは知らんが…………もはや、何人たりとも私を止めることはできんぞ――――ッ！」

魔王は長大なマントを翻し、秘密基地と、その中で待っているであろう、小さな姫を回収すべく、《全移動》で姿を消した。

誰もいなくなった城の跡地は静寂に包まれ、その残骸を朝日が照らし出す。

それは魔王という天災がもたらしたのか、それとも人災であったのか。いずれにしても、七つの大罪が一柱、ベルフェゴールはここに消滅した。

この日をもって、魔族領における勢力図は一変することとなる。それらは獣人国や、人間の国家にも様々な影響を与えることであろう。

文字通り、〝世界が変わった日〟である――

あとがき

5巻を手に取って頂き、誠にありがとうございます。

作者の神埼黒音と申します。

最近は神埼さんと呼ばれることが多いので、本名を忘れそうになったりしている今日この頃であります。皆さんは如何お過ごしでしょうか？

そんな訳で、ようやく5巻の発売となりました。

お待たせしてしまい、申し訳ありません。

この本が発売されるのは2月の月末辺りでしょうかね？　世間での悪習、バレンタインなどが終わって学生さんは一息ついた頃でしょうか。

私が学生の頃は、1つくらいはチョコを貰えないと何か恥ずかしい、みたいな雰囲気が漂っていたのですが、今も似たような感じなんでしょうかねぇ……。

大人になると、机の中にチョコが入っていたり、放課後に呼び出され、赤面した女の子から手作りのチョコを渡されたりとか、そんな甘酸っぱいイベントは発生しませんからね。

学生の皆さんは社会に出る前に、存分に青春を謳歌して欲しいと思います。

さて、今回は魔族領に突撃した面々を描きましたが、楽しんで頂けましたでしょうか？

遭遇した魔族たちはどれも危険な存在ばかりで、人類の生存圏に這い出てきたら、壊滅不可避といった連中ばかりでした。

今回は魔王や茜が苦もなく撃退してしまいましたが、あの男の視界に入っていない地域では、まだまだこの世界は残酷で、悲惨な状況が続いています。

次々と現れる脅威や敵に、妙な勘違いをされ続ける魔王様がどう立ち向かっていくのか、引き続きお付き合い頂ければ幸いです。

今回はページ数が膨らんでしまい、過去編が描けなかったのですが、いずれその辺りも描いて行ければと考えております。

現実世界はどうなったのか？　大野晶は何故、魔王になったのか？　あの異世界と、かつてのＧＡＭＥ会場には何か関係があるのか？

魔王は、晶は、何に再挑戦しようとしているのか？

本編と併せて、その辺りも同時に楽しんで貰えれば嬉しいです。


では、最後に謝辞を。

いつも素敵なイラストを描いて下さる飯野さん、素晴らしい漫画を描いて下さる身ノ丈さん、双葉社の皆さん、関係者の皆さん、読者の皆様に感謝を。

次は６巻で会いましょう！

おまけ
蒼空キズナ先生による
応援ファンアート
公開！
5巻発売おめでとうございます
まおりト大好きです!!
蒼空キズナ

本書に対するご意見、ご感想をお寄せください。

あて先

〒162-8540 東京都新宿区東五軒町3-28
双葉社　モンスター文庫編集部
「神埼黒音先生」係／「飯野まこと先生」係
もしくは monster@futabasha.co.jp まで

ノベルス

魔《ま》王《おう》様《さま》、リトライ！⑤

2020年3月3日　第1刷発行

著　者　神崎《かんざき》黒音《くろね》

カバーデザイン　小久江厚＋松浦リョウスケ（ムシカゴグラフィクス）

発行者　島野浩二

発行所　株式会社双葉社
〒162-8540　東京都新宿区東五軒町3番28号
［電話］03-5261-4818（営業）　03-5261-4851（編集）
http://www.futabasha.co.jp/（双葉社の書籍・コミック・ムックが買えます）

印刷・製本所　三晃印刷株式会社

［電話］03-5261-4822（製作部）
ISBN 978-4-575-24254-6 C0093　